UNE FILLE COMME TOI

POUR TOUJOURS #28

E. L. TODD

TABLE DES MATIÈRES

1. Cayson	1
2. Skye	19
3. Cayson	37
4. Slade	53
5. Arsen	67
6. Jared	77
7. Conrad	93
8. Lexie	105
9. Theo	117
10. Cayson	139
11. Beatrice	155
12. Jared	161
13. Skye	169
14. Slade	179
15. Cayson	185
16. Arsen	193
17. Skye	203
18. Cayson	213
19. Slade	231
20. Skye	239
21. Trinity	247
22. Arsen	251
23. Conrad	255
24. Cayson	261
25. Slade	271
26. Jared	281
27. Skye	285
28. Cayson	295
Du même auteur	313

1

CAYSON

J'ai caressé son ventre nu et posé un baiser tendre contre sa peau brûlante. Je n'arrêtais pas de fixer son bidon maintenant que je savais qu'une vie poussait à l'intérieur. Son bébé était au chaud, à l'abri, et se préparait à sortir un jour.

Skye m'a regardé les yeux débordant d'affection. Elle a glissé les doigts dans mes cheveux.

– T'es enceinte de combien ?

– Trois mois. Ça a dû arriver pendant notre lune de miel.

Je lui ai embrassé le ventre de nouveau.

– Et la contraception, alors ?

– Je pense qu'elle n'a pas pu lutter contre les litres que tu as déversés en moi, répondit-elle d'un air amusé.

– Plus que six mois.

J'ai poussé un gros soupir parce que ça me paraissait trop loin. J'adorais voir Skye enceinte, mais je voulais aussi que mon bébé arrive plus vite.

Elle a continué de me caresser les cheveux et le cou.

– J'avais peur que tu sois en colère…

J'ai tourné les yeux vers elle. Comment pouvait-elle penser ça ?

– Pourquoi je serais en colère ? Tu sais que je voulais déjà une famille avant nos fiançailles. C'est exactement ce que je veux.

– Je veux dire… parce que je ne te l'ai pas dit.

La culpabilité lui a rosi les joues.

Franchement, je n'y ai même pas pensé.

– Oh… et pourquoi tu ne l'as pas fait ?

– Je te connais, Cayson, soupira-t-elle. Tu serais rentré par le premier avion.

Ouais, ça ne fait aucun doute.

– Je voulais que tu achèves ta mission, poursuivit-elle. J'avais honte de te le cacher, mais je savais que tu ne ratais rien. Je n'ai fait que glander pendant que tous les membres de la famille essayaient de me gaver comme une oie.

Maintenant, je me sens nul.

– Non, j'ai raté plein de choses. J'aurais dû être là quand tu as lu le résultat du test de grossesse. J'aurais dû subvenir à tes besoins et m'occuper de toi. J'aurais dû t'emmener aux rendez-vous chez le gynéco.

Je me détestais d'avoir accepté une mission qui m'a éloigné de ma famille.

La tristesse a assombri son regard.

– Cayson, ne fais pas ça. Tu es là pour tout le reste. Personne n'a rien acheté pour le bébé ni même fêté l'événement. On attendait tous ton retour.

– Ah oui ?

Elle a confirmé d'un signe de tête.

– On ne t'aurait pas privé de ce plaisir.

J'ai embrassé son bidon.

– Je ne raterai plus jamais rien. Je te le promets.

– Alors... tu n'es pas fâché ?

Elle a grimacé comme si elle ne voulait pas que je réponde à la question.

– Comment pourrais-je être fâché ?

J'étais séparé d'elle depuis si longtemps. Elle aurait pu vendre toutes mes affaires et brûler ma bagnole, je m'en serais fichu.

– Je comprends pourquoi tu ne me l'as pas dit. Mais c'est ma faute. Si je n'étais pas parti, ce ne serait pas arrivé.

Elle a pris mon visage à deux mains.

– Je ne regrette pas que tu sois parti. Tu as pris la bonne décision. Même si c'était vraiment dur et pénible, je le referais s'il le fallait. Imagine où seraient ces populations si tu n'avais pas fait le voyage.

Je ne veux pas y penser.

– Ne ressasse pas ces pensées. Tu es ici maintenant et c'est tout ce qui compte.

J'ai posé la main sur son ventre.

– Tu sais si c'est un garçon ou une fille ?

– Non. Je voulais attendre ton retour.

– Tu penses que c'est quoi ? demandai-je en appuyant l'oreille contre son ventre. Je pense que c'est un garçon.

Un sourire a élargi sa bouche.

– Pourquoi ?

– J'en sais rien... je le sens. Et toi ?

– Je pense aussi que c'est un garçon. Trinity pense que c'est une fille.

J'ai regardé son ventre distendu, adorant son renflement.

– Qu'est-ce que tu préfères ? demanda-t-elle.

– Je m'en fiche. Tant que le bébé est en bonne santé, son sexe m'est égal.

– Je veux les deux pour avoir une expérience complète.

J'ai rampé sur le lit jusqu'à ce que je sois allongé à côté d'elle.

– Tu as des prénoms en tête ?

– Non, et toi ?

– Je viens d'apprendre que je vais avoir un bébé, m'esclaffai-je. Non, je n'y ai pas réfléchi.

Mon bras s'est enroulé autour de sa taille, juste au-dessus du ventre.

– Que dis-tu de Cloud pour une fille ? hasarda-t-elle.

J'ai ri.

– On la taquinerait toute sa vie.

– Mais personne n'oublierait jamais son prénom.

J'ai embrassé son épaule nue, puis son cou.

– Si elle te ressemble, elle sera inoubliable.

Elle s'est tournée face à moi.

– J'adorerais avoir un petit Cayson qui court dans la maison.

– J'adorerais ça aussi.

Je l'ai embrassée et j'ai sucé sa lèvre inférieure. J'adorais l'embrasser, je n'en avais jamais assez. Nous étions nus dans ce lit depuis presque vingt-quatre heures. Nous avions discuté et fait l'amour. Aucun de nous n'avait vraiment dormi, mais nous n'en avions pas envie. J'ai dégagé les cheveux de son visage et admiré ses yeux bleu clair.

– Si belle. L'écran d'ordinateur ne te rend pas justice.

– À toi non plus.

Ses doigts ont glissé le long de ma mâchoire.

– J'ai rêvé de toi toutes les nuits. Mais ça rendait le réveil si difficile. C'était pénible.

La tristesse a voilé ses beaux yeux.

– Maintenant, la réalité est mieux que tes rêves.

– Oui, dis-je en caressant son ventre. Le seul point positif, c'est que je n'ai que six mois à attendre pour voir notre bébé. Tu en as neuf.

– Tu vois ? dit-elle. Il y a toujours une raison de se réjouir.

J'ai embrassé la vallée entre ses seins.

– Et je me réjouis qu'ils soient encore plus gros.

– S'ils grossissent encore, mon dos va se briser.

J'ai sucé un mamelon en palpant l'autre.

– Je les porterai pour toi.

Elle a levé les yeux au ciel, en riant en même temps. Puis elle a regardé l'heure.

– On devrait commencer à se préparer.

– Pour quoi ? demandai-je.

– La fête. T'as oublié ?

J'ai poussé un gros soupir agacé.

– Je n'ai pas envie de voir du monde pour l'instant. Je veux juste être avec toi.

Elle m'a frotté l'épaule.

– Je sais. Mais tous ces gens ont pensé à toi pendant ton absence. Donne-leur juste un peu de ton temps. Puis on ne verra plus personne pendant une semaine.

Même une semaine ne suffisait pas. C'était trop tôt.

– On ne peut pas leur envoyer un mot ou autre ?

Elle m'a embrassé sur la joue.

– Cayson, j'y serai aussi. Ce n'est pas comme si on était séparés.

– Mais je ne peux pas te faire l'amour quand j'en ai envie.

– On a besoin d'une pause de toute façon.

– Pas du tout, dis-je en grimpant sur elle, puis j'ai relevé ses jambes. Après trois mois de séparation, crois-moi, je n'ai pas besoin d'une pause.

Je l'ai embrassée doucement avant de la pénétrer d'un mouvement leste.

Elle a planté les doigts dans mon dos et poussé un gémissement heureux.

– Cayson…

J'ignorais si j'étais excité comme un fou parce qu'elle m'avait manqué ou parce qu'elle était enceinte. Voir son ventre se distendre m'excitait incroyablement.

Ou c'est peut-être les deux.

J'ai râlé alors que nous quittions la maison.

– Cayson, c'est juste pour quelques heures. T'as vraiment pas envie de passer du temps avec tes amis et ta famille ?

– Bien sûr que si. Mais pour le moment, j'ai besoin de ma femme, dis-je en l'enlaçant et lui faisant un regard de chien battu. Annule, s'il te plaît. Je veux fuir le monde et être avec toi.

Pendant un instant, elle a paru tentée.

– C'est trop tard pour annuler maintenant…

– Alors je ne veux pas que tu me quittes de toute la soirée. Je suis sérieux, grognai-je dans son oreille.

– Et si j'ai envie de pisser ? plaisanta-t-elle.

– Je lèverai ta robe et je t'aiderai.

Elle a gloussé, puis elle est sortie de la maison.

Je l'ai rejointe et je l'ai enlacée par la taille.

– Tu es radieuse, tu sais ça ?

– Ah ouais ?

– Tellement belle.

Je l'ai collée contre mon flanc et je lui ai roulé une pelle. Quand je me suis écarté, ses joues étaient légèrement rouges.

– Je suis tellement heureuse que tu sois à la maison.

Elle a poussé un gros soupir m'indiquant à quel point notre séparation était douloureuse.

– Moi aussi.

Je l'ai embrassée à la naissance des cheveux sans ralentir le pas.

Nous sommes arrivés chez ses parents, à une maison de la nôtre, puis dirigés vers la porte. Une fois là-bas, mon corps était prêt pour un nouveau round d'ébats. Depuis mon retour, mon corps se rechargeait à la vitesse de l'éclair, prêt à servir à tout moment.

Au lieu d'entrer dans la maison, j'ai poussé Skye contre le mur et je l'ai embrassée. J'ai peloté à deux mains ses seins voluptueux, et j'avais envie de tirer sur le décolleté de sa robe et de lui sucer les tétons. Quand ma bouche a trouvé la sienne, je l'ai embrassée comme si je voulais que ça dure pour toujours.

Skye a mis les mains sur les miennes et forcé mes doigts à écraser sa poitrine. Elle a gémi fort dans ma bouche en me sentant. Puis elle m'a aspiré la lèvre inférieure avant de me donner sa langue.

J'emmerde cette fête à la con.

Skye a été la première à reprendre sa respiration.

– Plus tard...

– Maintenant.

Je l'ai embrassée au coin de la bouche.

– Cayson… qu'est-ce que tu fais ?

Elle m'a agrippé les épaules.

– Je t'aime — c'est ce que je fais le mieux.

Elle m'a repoussé doucement.

– Je me rattraperai quand on rentrera à la maison. Pour l'instant, bas les pattes.

J'ai poussé un rire sarcastique.

– Ouais, c'est ça.

J'ai pris sa main et je l'ai tirée vers moi de nouveau.

– Je ferai en sorte que tu ne regrettes pas ta bonne conduite.

J'ai arqué un sourcil en la toisant.

– Tu vas devoir me promettre quelque chose de vraiment gentil pour que je coopère.

Une lueur victorieuse a traversé son regard.

– Je te ferai ce truc que tu adores.

– Quel truc ? Il y en a beaucoup.

– Je te laisserai faire une branlette espagnole.

Ma queue a immédiatement palpité. À part la pénétration, c'était ce que je préférais. Elle avait des nichons magnifiques, et avec la grossesse, ils étaient encore plus gros.

– Tu t'agenouilleras au bout du canapé ?

– Je ferai exactement ce que tu veux.

C'est sacrément tentant.

– Marché conclu.

J'ai ajusté ma queue dans mon jean.

– Bien. Maintenant, respecte ta part du marché.

Elle a ouvert la porte et est entrée.

Je l'ai suivie, comme aimanté.

Tout le monde voulait connaître les détails de mon voyage, et il était assez difficile de condenser trois mois d'aventure en une seule conversation. Mais j'ai fait de mon mieux et raconté les moments forts. Mon père était impressionné que j'aie remis en place l'épaule d'une fillette. Maman semblait plus intéressée par le succès des appareils d'épuration.

Finalement, quand j'étais entouré de ma famille et de mes amis, ce n'était pas si mal. Skye ne me quittait pas d'un pas comme je lui avais demandé. J'avais toujours une main autour de sa taille ou de ses épaules. Je ne voulais pas qu'elle s'éloigne de moi une seule seconde. Je venais de passer trois mois sans elle, et j'avais très mal vécu la séparation.

Je me suis dirigé vers le buffet et j'ai admiré la profusion des plats. Il y avait de la pizza, de la bière, des chips et de la salsa. Mon estomac a gargouillé en les voyant.

– Ça vient du restau que t'adores, dit Slade en apparaissant à côté de moi.

– À part Skye, je n'ai jamais rien vu d'aussi beau de ma vie.

Slade a haussé les sourcils.

– Tu parles de moi ?

– Non. La pizza.

– Ooh…

Il semblait vexé que je ne parle pas de lui.

J'ai pris une assiette et entassé quatre parts de pizza. Puis j'ai attrapé une bière.

– Mec, t'es balèze, dit-il en me serrant le biceps. Putain, quel est ton pourcentage de graisse corporelle maintenant ?

– Il doit être inférieur à quatre pour cent.

J'ai croqué une bouchée et j'ai failli gémir tellement c'était bon.

– Tu ne pourras le garder à ce niveau si tu bouffes tout ça, fit remarquer Slade.

– Je m'en fous complètement.

J'ai fini une tranche en trois secondes.

Skye avait l'air impressionnée.

– Mon homme est un ogre.

Je me suis penché pour lui faire un baiser mouillé.

– Tu le savais déjà.

Je ne faisais pas référence à la nourriture, évidemment.

Slade a grimacé.

– Bref… je peux t'apporter quelque chose ?

– Non merci. Tu n'as plus besoin de veiller sur nous.

– Je mérite une médaille pour ça, au fait, dit Slade. Elle tombait toujours malade au milieu de la nuit. C'était bien chiant.

Je me suis tourné vers Skye, soudain inquiet.

– Malade ? Tu vas bien ?

Slade a levé les yeux au ciel.

– Mec, c'était il y a trois mois. C'est quand elle a découvert qu'elle était enceinte.

– Oh.

Je me suis détendu et j'ai continué de manger.

– Quand est-ce que tu reprends le boulot ? demanda Slade.

– La semaine prochaine.

– Cool. Au moins, t'as un peu de vacances.

– Tu ferais mieux de prendre une semaine de congé aussi, dis-je à Skye.

– Même si mon boss n'est pas d'accord, je vais me faire porter pâle.

Elle a souri à sa propre plaisanterie.

– Maintenant que t'es revenu, on devrait faire un truc drôle, dit Slade. Une grosse bataille de ballons d'eau à la maison. Ce serait tordant.

– Peut-être la semaine prochaine, dis-je. Ces prochains jours, je suis occupé.

– Ta bite n'est pas encore tombée ?

– Nan.

J'ai embrassé Skye sans raison, juste parce que je pouvais le faire.

– Je comprends que tu veuilles rattraper le temps perdu, que tu sois amoureux et toutes ces conneries, soupira Slade en baissant les bras. Mais enfin, tu peux arrêter de la tripoter pendant quelques heures.

J'ai enlacé Skye et l'ai collée contre moi.

– Non, impossible.

Skye a enroulé son bras autour de ma taille et m'a regardé comme si j'étais son superhéros.

Slade a roulé les yeux d'un air théâtral.

– Je parie que tu serais pareil si Trinity partait, dis-je.

– Si elle partait ? répéta Slade. Je suis comme ça dès qu'elle rentre du boulot — mais pas en public.

Trinity s'est approchée et a passé son bras sous le sien.

– Laisse-les faire ce qu'ils veulent. Tu sais que tu dis n'importe quoi juste parce que Cayson ne t'accorde pas beaucoup d'attention.

Slade l'a fusillée du regard.

– Quoi ? s'offusqua-t-elle. C'est vrai.

– T'as raison, admit Slade en soupirant. Depuis que Skye est arrivée dans le paysage, elle a saboté notre bromance…

– Bromance ?

– Tu sais, expliqua Slade. Quand deux mecs sont meilleurs amis pour la vie.

– Tu t'es transformé en gonzesse pendant mon absence ou quoi ?

Skye a ri en grouinant comme un cochon.

– C'est bien un homme. T'inquiète pas pour ça, dit Trinity en se retenant de rire.

Slade lui a jeté un regard de gratitude.

– Merci, bébé.

– Et tu passes tout ton temps avec Trinity, arguai-je. Alors, c'est la même chose.

– Ben, quand t'en auras marre de Skye, on ira boire une bière, dit Slade.

– Tu lui as dit ? lui demanda Trinity en baissant la voix.

– Me dire quoi ? demandai-je en buvant une grande gorgée de bière.

Putain, c'est bon la bière.

Le visage de Trinity s'est fendu dans un grand sourire.

– Slade et moi, on essaie…

– Vous essayez quoi ?

Qu'est-ce qu'elle veut dire ?

— D'avoir un bébé, expliqua Slade. Tu sais, pour que nos gosses aient le même âge.

Je me suis figé et j'ai failli lâcher ma bière.

— Sérieux ?

Trinity a opiné.

J'ai poussé ma bouffe sur la table et j'ai pris Slade dans mes bras.

— C'est génial ! Je suis heureux pour vous, les gars.

Slade m'a claqué le dos.

— Merci. On est heureux aussi… même si c'est pas encore fait.

Je me suis écarté, incapable de m'arrêter de sourire.

— Ça viendra, dis-je. Et ça arrivera quand vous vous y attendrez le moins. Ce serait génial d'élever nos enfants en même temps. Ils pourront aller à la même école et être meilleurs amis comme nous.

Slade a hoché la tête.

— C'est ce qu'on espère.

— Franchement, lui dis-je en baissant la voix, je suis étonné que tu sois prêt pour un tel truc.

— Je ne l'étais pas. Mais c'est très important pour Trinity, dit-il en haussant les épaules. Et tout ce que je veux, c'est la rendre heureuse.

Je voulais lui en dire plus, mais ce n'était pas le moment.

— On en reparlera plus tard.

— D'accord.

Je me suis tourné vers Skye et j'ai passé un bras autour de sa taille.

— C'est génial.

— Ouais. Nos enfants pourront faire plein de conneries ensemble.

— Ouais.

Je l'ai encore embrassée parce que j'en avais envie. J'avais voulu l'embrasser tellement de fois quand j'étais en voyage. Maintenant que je pouvais le faire, je ne m'en privais pas.

Sean s'est approché de moi, alors j'ai lâché la taille de Skye. C'était normal que je sois affectueux avec elle, mais je ne voulais pas dépasser les bornes.

– Merci pour la fête. Ça me fait plaisir.

– Scarlet a tout organisé. Tu es le bienvenu, dit-il en me tapotant l'épaule. T'aimes le buffet ?

– C'est la meilleure pizza de ma vie.

Sean avait l'air amusé.

– On voit que ça fait longtemps que tu n'as pas mangé un bon repas. T'es plus balèze que Mike et moi.

– Et moi, ajouta Slade. Moi aussi, je suis musclé.

Il a bandé ses muscles l'air de rien.

Je l'ai ignoré.

– C'est ce qui arrive quand on est tout le temps en mouvement et qu'on ne mange que des haricots, des légumes et des fruits.

– Tu ne mangeais pas de viande ? demanda Sean.

J'ai secoué la tête.

– J'avais trop peur d'être malade. La déshydratation est une maladie grave là-bas. On peut en mourir.

– Dieu merci, ça n'est pas arrivé, dit Sean en jetant un coup d'œil furtif à Skye. J'espère que tu n'es pas fâché qu'on ne t'ait rien dit… pour le bébé.

– Non, pas du tout, dis-je en tirant Skye vers moi. Comment pourrais-je être fâché quand j'ai toutes les raisons d'être heureux ?

Skye m'a souri et a posé une main sur ma poitrine.

Sean nous observait d'un air amusé.

– Cayson, tu vas être un bon père. Je suis très heureux pour vous deux.

– Merci, Sean. J'ai tellement hâte. Félicitations à toi aussi.

Ses lèvres ont dessiné un sourire.

– Merci. On est aux anges d'être grands-parents.

– Tant mieux, ça nous fera des baby-sitters gratos, dis-je à Skye. On pourra déposer le bébé quand on sortira.

– Scarlet adorerait ça, s'esclaffa Sean. En fait, elle le garderait tout le temps si ça ne tenait qu'à elle.

– Tu m'étonnes… Peut-être qu'on ne devrait pas leur confier, finalement, dis-je tout bas à Skye.

Sean a ri.

– On est collants, mais on n'est pas cinglés.

– Non, ils sont cinglés, dit Skye. Ne le crois pas.

Sean a levé les yeux au ciel.

– Dis-moi si tu as besoin de quoi que ce soit, Cayson. Scarlet et moi sommes juste à côté.

– Je sais. Merci.

Après qu'il se soit éloigné, j'ai appuyé mon visage contre celui de Skye.

– On peut y aller maintenant ?

– On est là depuis moins d'une heure, protesta-t-elle.

– Une heure, c'est assez long, dis-je en matant ses nichons. Je ne pense qu'à ma branlette espagnole.

Le désir a brillé dans ses yeux.

– Ça peut attendre.

– C'est ce que tu crois.

J'ai passé le reste de la soirée à discuter avec tout le monde. C'était sympa de les revoir, mais mon esprit ne cessait de fantasmer sur ce que j'allais faire plus tard à Skye, une fois à la maison.

– Tu as été surpris ? demanda Conrad.

– Je n'avais pas l'air surpris ? répondis-je comme un petit malin.

– Difficile à dire. T'avais les larmes aux yeux. On aurait dit que tu passais par toutes les couleurs à la fois.

– T'as pas remarqué qu'elle avait grossi ? demanda Roland. Tu sais, par Skype.

– Ben, je ne la voyais pas en entier… J'ai cru qu'elle avait pris un peu de poids.

Je ne voulais pas leur dire que je me branlais en matant essentiellement ses nichons.

– J'ai tendance à en prendre, confirma Skye en haussant les épaules.

– J'adore tes formes, lui dis-je. Tu le sais.

Elle a rougi, puis souri.

– C'était une chose que vous aviez prévue ? demanda Heath, la main posée sur la cuisse de Roland.

– Non. Mais on voulait que ça arrive. Je voulais des enfants avant même d'être marié.

– Vous ne vouliez pas perdre de temps, hein ? demanda Theo en souriant.

J'ai assis Skye sur mes genoux tandis que je me posais dans le canapé.

– Eh bien, après avoir failli la perdre… je ne voulais plus perdre de temps. J'ai trouvé la femme avec qui je veux passer toute ma vie. Alors pourquoi attendre ?

Theo a acquiescé.

– Et maintenant, c'est Slade et Trinity qui pourraient avoir un bébé en route, dit Conrad. C'est dingue. Tout le monde va avoir des enfants.

– C'est génial, dit Arsen. Ils seront tout pour vous, dans le bon sens du terme.

– Combien tu en veux ? demanda Clémentine en tenant Ward Jr dans ses bras.

– Autant qu'elle m'en laissera lui faire.

J'ai embrassé Skye dans le cou avant de me retourner vers la bande.

– On en aura donc deux, dit Skye.

– Ou trois, ajoutai-je.

Elle a secoué la tête.

– Deux, c'est tout.

– On verra. Je t'ai mise en cloque alors que tu prenais la pilule. Je peux le refaire.

Slade a ri.

– Cayson aime la difficulté.

J'ai regardé ma montre et soupiré.

– On peut y aller, maintenant ?

– Ne sois pas impoli, marmonna Skye.

Je l'ai repositionnée sur mes genoux pour qu'elle sente bien ma trique.

– Allez, ils comprendront. On a tout le temps du monde pour eux, mais là, on doit penser à nous.

2

SKYE

Quand je me suis réveillée le lendemain matin, Cayson était à mes côtés. Il occupait les deux tiers du lit avec sa carrure, et les draps étaient chauds grâce à sa chaleur corporelle. Il dormait nu, et son torse taillé dans le marbre était un véritable spectacle pour les yeux.

Pincez-moi, je rêve.

J'avais passé tant de nuits solitaires ces derniers mois. Ce lit était trop grand pour une seule personne. Je me couchais toujours de mon côté, même si personne n'occupait l'autre.

Mais il était enfin de retour.

J'étais aux anges. Maintenant que mon mari était de retour, nous pouvions reprendre les choses là où nous les avions laissées. Chaque jour lorsque je rentrerai du boulot, il sera là. Chaque soir avant de m'endormir, je pourrai m'emmitoufler dans ses bras.

Ce que je suis veinarde.

Nous attendions maintenant un bébé et j'étais soulagée qu'il ne m'en veuille pas de lui avoir caché. Je connaissais bien Cayson ; en temps normal, il aurait été en colère que je ne lui apprenne pas la nouvelle immédiatement. Mais il semblait trop heureux pour s'en soucier.

Je suis sortie du lit sans le réveiller et j'ai enfilé le t-shirt qu'il portait la veille. J'ai senti l'odeur de Cayson m'envelopper. Le t-shirt m'arrivait aux genoux et je flottais dedans, ce qui me plaisait.

Je suis descendue à la cuisine et j'ai commencé à préparer le petit-déj. J'étais contente de cuisiner pour quelqu'un d'autre que Slade et Trinity. J'avais une armoire à glace à nourrir. Tout son temps passé à l'autre bout du monde avait rendu son corps déjà parfait encore plus sexy. On aurait dit un centurion romain qui n'avait même pas besoin de bouclier.

Je fredonnais en cuisinant. Du pain perdu, des œufs et du bacon. Cayson n'avait pas eu le luxe de manger ce qu'il voulait pendant son voyage, aussi j'avais rempli le garde-manger de ses aliments préférés.

L'odeur du bacon crépitant a dû le réveiller, car il est apparu dans la cuisine. Il était en caleçon seulement, et je l'ai admiré dans toute sa splendeur. Sa poitrine était large et puissante, son bassin était étroit et un V se dessinait sous sa tablette de chocolat. Ses cuisses étaient musclées et toniques. Il était revenu deux fois plus baraqué qu'avant.

– Salut, bébé.

Il s'est passé les doigts dans les cheveux, les yeux encore endormis.

Putain, ce qu'il est sexy.

– Salut.

Il m'a clouée au comptoir et embrassée longuement. Son baiser était torride et empli de désir, et j'ai senti son érection à travers son caleçon. Il a glissé la main sous mon t-shirt et caressé mon ventre.

– Comment va ma petite famille aujourd'hui ?

– Bien… et affamée.

Il a approché la bouche de mon oreille, geste simple mais tellement érotique.

– Et si tu me laissais prendre le relais ?

– Pas la peine, j'ai fini. Il y a du café et du jus d'orange frais.

Il a contemplé mon visage.

– Quelle belle façon de commencer la journée !

Sa main a trouvé mon cul et l'a pressé doucement. Puis il m'a donné une petite tape avant de reculer et de se servir un café. Il a bu une gorgée et gémi de délectation.

– Merde, c'est trop bon.

– Tu n'avais pas de café non plus ?

– Pas souvent.

Il a préparé mon assiette, m'a guidée vers la table, puis il s'est servi avant de s'asseoir en face de moi. Il s'est mis à manger à belles dents, tellement goulûment qu'on aurait dit un homme des cavernes.

– La vache, c'est bon ça aussi, dit-il après avoir tout engouffré. Je peux me resservir ?

– Je ne te retiens pas.

Il s'est servi une autre portion et s'est rassis devant moi. Comme si c'était sa première assiette, il a tout englouti en moins de deux.

– J'adore avoir une femme. Merci de cuisiner pour moi.

Cayson a toujours apprécié ce que je faisais pour lui, mais il me le faisait savoir encore plus depuis son retour. Il avait le don de me faire sentir spéciale en tout temps.

– Je t'en prie.

– Qu'est-ce que tu veux faire aujourd'hui ? demanda-t-il. Rester dans la chambre toute la journée ? Excellente idée.

– Comme tu veux, Cayson. Tu dois être crevé.

– Jamais trop crevé pour te faire l'amour.

– Non… je veux dire, ton voyage a dû être exténuant.

Il a secoué la tête.

– T'inquiète, bébé. Je vais bien. Mais j'aimerais passer la journée à te faire hurler mon nom, dit-il le regard sulfureux en se remettant à manger.

J'ai souri.

Je suis au septième ciel.

– Tes bagages sont encore là.

Ils étaient dans l'entrée, à l'endroit exact où il les avait lancés lorsqu'il a déboulé dans la maison et qu'il m'a portée jusqu'à notre chambre. J'étais prête à parier que son ordi avait cassé sous l'impact.

– Je m'en occuperai plus tard.

Il était assis sur le canapé, vêtu d'un t-shirt et un short de course.

En temps normal, je le harcèlerais jusqu'à ce qu'il range ses affaires, mais j'ai fait une exception parce qu'il venait de rentrer. Après ces trois mois éprouvants, il pouvait bien faire ce qui lui chantait.

Il a tapoté sa cuisse.

– Viens ici. Amène-moi mon bébé.

– On est inséparables.

– Encore mieux, dit-il en me faisant signe d'approcher.

Je me suis arrêtée devant lui, mais je ne me suis pas assise.

– Je vais t'attraper, m'avertit-il.

– Tu peux enlever ton t-shirt ?

Il a plissé les yeux avant d'obtempérer, balançant le t-shirt par terre.

J'ai dévoré son physique parfait des yeux.

– Si beau…

Il a souri en coin et m'a attirée sur le canapé.

– T'aimes ce que tu vois ?

J'ai passé la main sur son torse.

– Trois mois sans toi, c'est une éternité… tu es là en chair et en os, m'émerveillai-je.

– Tu peux te rincer l'œil autant que tu veux, dit-il en m'asseyant sur ses cuisses, puis allumant la télé. Qu'est-ce que vous voulez regarder ?

Il parlait toujours à moi et au bébé, comme s'il était déjà là.

– Ça m'est égal. Ce n'est pas la télé que je vais regarder de toute façon.

Il a esquissé un sourire narquois.

– Comédie romantique ?

– Ça m'est égal.

– Film d'action ?

– Ça m'est égal.

Il a écrasé la bouche contre la mienne avant de reculer.

– Eh ben, décide quand même. Qu'est-ce que tu veux regarder ?

– Et si tu regardais ce que tu voulais et que je…

Je l'ai enfourché et j'ai porté les lèvres à son cou. Je l'ai embrassé doucement, suçotant et goûtant sa peau avant de monter vers l'oreille. J'ai mordillé son hélix avant de redescendre.

Cayson s'est penché en arrière en gémissant de plaisir.

– Ça me convient…

Je me suis mise à quatre pattes et je l'ai regardé par-dessus mon épaule.

Il s'est hissé sur moi et a pressé son torse nu contre mon dos, portant les lèvres à mon oreille.

– Qu'est-ce que tu fais ?

– Si tu ne le sais pas, alors t'es vraiment parti trop longtemps.

Il m'a empoignée par la taille et m'a retournée sur le dos.

– Je vois pas ton bidon d'ici, dit-il en me couvrant le ventre de baisers. T'as même pas l'air enceinte vue de cet angle.

– C'est pas mieux comme ça ?

Il a pressé le front contre le mien.

– Non.

Puis il a plongé la tête entre mes jambes et m'a embrassée là où j'aimais.

Je me suis tordue de plaisir sur le lit en lui empoignant les cheveux. Cayson était doué avec sa langue. J'ai laissé échapper des gémissements d'extase et ma température corporelle a augmenté de façon fulgurante.

Il s'est reculé et allongé à côté de moi.

– Baise-moi, bébé.

Je me sentais trop grosse pour être au-dessus. Je n'aimais pas ça avant d'être enceinte, et maintenant que j'avais un polichinelle dans le tiroir, j'aurais l'air encore plus grosse dans cette position, avec mon ventre en plein dans son visage. Pas question.

– Euh…

– Skye, t'es tellement belle. Je veux admirer ta beauté, insista-t-il en m'attirant vers lui.

Je me suis laissée entraîner, m'asseyant à califourchon sur ses hanches, et j'ai posé les mains sur mon ventre instinctivement. Je suis restée assise là, car je ne me sentais pas belle du tout.

Cayson s'est redressé pour s'adosser à la tête de lit.

– T'as pas idée à quel point je trouve ça sexy, dit-il en me caressant l'estomac. Si j'étais à l'autre bout du monde, je me branlerais devant une photo de toi.

– Tu mens, là ?

Il s'est penché vers moi, son regard s'assombrissant de désir.

– J'ai l'air de mentir ?

J'ai dégluti pour seule réponse.

– Je banderais comme ça si je ne te trouvais pas sexy ?

Il m'a soulevé les fesses et a pointé son gland vers ma fente. Puis il m'a descendue sur lui, m'étirant en me pénétrant. Une fois gainé, il a grogné de plaisir. Il s'est adossé à la tête de lit, les mains sur mes hanches, et il m'a fait coulisser le long de sa queue.

Le sentir en moi était tellement bon, et j'ai vite oublié que je me trouvais grosse. Je ne pensais plus qu'à l'homme sexy devant moi, les yeux plongés dans les siens. J'ai promené les mains sur son torse et ses épaules, m'y ancrant pour mieux m'empaler sur lui.

– Cayson…

Il a passé les mains sous mes cuisses et m'a guidée le long de son sexe. Il donnait des coups de bassin par-dessous, me pénétrant encore et encore.

– Putain, t'es trop bonne, dit-il en ahanant. Ta chatte est tellement serrée.

Cayson ne me disait pas beaucoup de cochonneries pendant l'amour, mais lorsqu'il le faisait, ça décuplait mon plaisir. Il a posé les mains de chaque côté de mon ventre.

– T'imagines pas comme ça m'excite.

Soudain, j'ai senti la cyprine déferler. Cayson donnait toujours les meilleurs orgasmes. Il savait exactement ce que j'aimais et comment me le donner.

– Cayson…

– Jouis pour moi, bébé.

Il s'est penché en avant et a sucé un de mes mamelons, pelotant l'autre en continuant ses coups de bassin.

J'ai planté les ongles dans ses épaules, essayant de ne pas le faire saigner. L'explosion est née au plus profond de moi et ma chatte s'est resserrée autour de sa queue épaisse. J'ai renversé la tête en me laissant balayer par l'orgasme. J'ai pratiquement hurlé en continuant de bondir sur lui.

– Oh mon Dieu…

Cayson a accéléré la cadence, et j'ai su qu'il atteignait son seuil. Il a donné un ultime coup de reins, me pénétrant le plus loin possible et déchargeant son foutre dans mon ventre, gémissant longuement. Il m'a attirée vers sa poitrine et ses lèvres ont trouvé mon oreille.

– Je veux que tu restes enceinte toute ta vie. C'est tellement sexy.

– Tu me trouves sexy quand je suis grosse ?

– T'es pas grosse, dit-il en m'avertissant du regard de ne pas l'énerver. T'es plus belle que jamais. T'as pas idée.

Je me suis étendue sur le lit et il s'est blotti contre moi. C'était l'après-midi, mais nous n'avions rien de prévu. La respiration de Cayson a changé presque immédiatement, et j'ai su qu'il s'était assoupi.

Au lieu de fermer les yeux à mon tour, je l'ai contemplé. Ses traits étaient détendus alors qu'il respirait doucement, et ses bras musclés formaient une cage protectrice autour de moi. Je ne me lasserais jamais de regarder cet homme.

J'ignorais comment c'était possible, mais je me sentais tomber encore plus amoureuse de Cayson. Je n'ai pas cessé de penser à lui pendant son absence, mais maintenant que nous étions réunis… mon amour s'approfondissait.

Et je sentais que le sien aussi.

Notre semaine de retrouvailles avait passé en un éclair, et il était maintenant temps de retourner au travail. J'aurais aimé que ce moment dure éternellement, mais il fallait bien payer les factures.

– Tu crois vraiment que tu devrais travailler ? demanda Cayson en ajustant sa cravate, puis prenant son portefeuille et ses clés.

– Tout va bien, t'inquiète.

Je me faisais violence pour ne pas lever les yeux au ciel devant lui. Si je le faisais, il me pencherait sur le canapé et me baiserait à la hussarde — pas que ça me déplairait. Mais je ne pouvais pas arriver en retard au boulot en revenant de congé.

– Je suis seulement enceinte de trois mois.

– Tu devrais rester à la maison et te la couler douce, insista-t-il. Lire un bouquin sur le canapé en t'empiffrant de crème glacée.

C'était tellement son genre de commentaire. Il connaissait mes points faibles.

– Je t'assure, tout va bien.

– Pourquoi t'as besoin de travailler de toute façon ? Je gagne assez d'argent pour subvenir à nos besoins.

– J'aime travailler, Cayson. Je reprends la boîte. T'as oublié ?

– Conrad est là, répliqua-t-il en se dirigeant vers le garage, passant à côté de ses sacs intouchés depuis son arrivée. Il peut s'en occuper tout seul.

– Au fait, t'as l'intention de défaire tes bagages ou quoi ?

– Je le ferai plus tard.

– Ils sont là depuis une semaine. T'as pas besoin de tes affaires ?

Il a secoué la tête.

– Non. Je ne veux pas repenser à ce voyage affreux.

Mon regard s'est attendri.

– Je peux les ranger pour toi.

– Non, ça va, dit-il prestement. Je m'en occuperai en rentrant ce soir.

J'ai laissé tomber le sujet et pris mon sac à main.

Cayson s'est posté devant la porte, me bloquant le passage.

– Bébé, reste ici. T'as le teint tellement radieux. C'est pas le moment de bosser.

– Je viens d'entrer dans mon deuxième trimestre, ripostai-je. À t'entendre, je ne peux rien faire toute seule.

– Je dis simplement que tu devrais y aller mollo. Si tu demandais à ton père de…

– Cayson, non, le coupai-je. Point final.

Il s'est tu, mais son regard me disait que cette conversation n'était pas terminée.

Cayson m'a accompagnée à mon bureau, le bras autour de ma taille, à croire qu'il y était soudé. Lorsqu'il est entré, il a examiné la pièce comme s'il avait oublié à quoi elle ressemblait pendant son absence. Des photos de lui étaient posées sur le bureau, et il les a remarquées avec un air satisfait.

– On déjeune ensemble ?

– D'accord, dis-je en posant mon sac à main et me tournant vers lui.

– Super. Je passe te chercher à midi.

Il m'a enserré la taille et m'a embrassée passionnément. Sa langue s'est glissée dans ma bouche et il m'a tripoté les nichons comme s'il voulait m'arracher mon chemisier.

Je voulais qu'il continue, mais je savais où ça nous mènerait.

– Je ne peux pas. Ce serait trop la honte si on nous surprenait.

Cayson a refermé la porte derrière lui et l'a verrouillée.

– Et voilà.

– Si c'est verrouillé, tout le monde saura ce qu'on fait.

– Et alors ? On est mariés.

– Mariés ou pas, je doute que mes collègues et ma famille veuillent connaître notre vie privée. D'ailleurs, tu dois aller travailler toi aussi.

Un air résigné s'est abattu sur son visage.

– D'accord. Mais tu ne perds rien pour attendre, marmonna-t-il avant de m'embrasser de nouveau, cette fois de façon moins sensuelle. Je vais penser à toi toute la matinée.

– Moi aussi.

Il a posé la main sur mon ventre.

– Bye, bébé.

Je souriais chaque fois qu'il faisait ça.

– On se voit au déjeuner.

– À plus.

Il m'a embrassée une dernière fois avant de sortir.

Cayson a toqué avant d'entrer.

– Vous êtes prêts ?

– Tu me connais, j'ai toujours faim, répondis-je en touchant distraitement mon ventre.

– Eh bien, laisse-moi te nourrir, dit-il tout sourire en s'approchant, les mains dans les poches. C'est enfin mon tour.

J'ai tenté de contenir mon sourire, mais le sien était contagieux. Son air désinvolte me faisait rire comme une écolière qui avait un béguin pour la première fois.

– Quoi ?

J'ai secoué la tête.

– Rien…

Il s'est penché sur le bureau et m'a embrassée.

– Ah ouais ?

– Ouais…

Il me regardait comme s'il pouvait lire dans mes pensées.

– On se pelotera en revenant. Et après, je te baiserai sur ton bureau pour couronner le tout, dit-il en me prenant la main et m'entraînant vers lui.

– Tu oublies tous les membres de ma famille qui bossent ici.

– Et toi, t'oublies que ta porte se verrouille, dit-il avec un clin d'œil.

Il m'a emmenée au Mega Shake, comme je m'y attendais. Au lieu de se diriger d'abord vers le comptoir, il m'a guidée vers une table et m'a aidée à m'asseoir.

– Je reviens tout de suite. Comme d'habitude ?

– Ouais.

Il s'est mis dans la file d'attente, les mains dans les poches.

Je lui ai maté le cul, appréciant la vue. Il paraissait musclé et ferme dans son pantalon. J'avais envie de croquer dedans.

Cayson est revenu avec la bouffe et il s'est assis en face de moi. Il a posé mon plateau devant moi, avec un verre d'eau et des serviettes en papier.

– Alors, t'es prêt ? demandai-je.

Il a souri de toutes ses dents, son burger entre les mains.

– Je rêve de ce moment depuis si longtemps…

– Je suis sûre que ce sera encore mieux que dans tes rêves les plus fous.

Il a pris une énorme bouchée de burger, mâché un moment, puis écarquillé les yeux.

– Oh putain de merde…

J'ai ri.

– À ce point-là ?

Il a dévoré la moitié du burger dare-dare.

– Ça rend tout ce que j'ai mangé ces trois derniers mois encore plus dégueulasse, dit-il avant d'engouffrer l'autre moitié.

Il a mâché longuement, un sourire béat aux lèvres. Après avoir tout avalé, il a poussé un soupir heureux.

– T'as même pas encore goûté aux frites…

Il m'a lancé un air amusé en prenant une poignée et la fourrant dans sa bouche.

– La perfection incarnée.

J'ai pouffé.

– Je ne sais pas si je pourrais survivre trois mois sans le Mega Shake…

– Impossible, dit-il sans détour.

– Hé, fis-je, feignant l'indignation. On sait jamais.

Il a éclaté de rire.

– Elle est bonne celle-là.

Je lui ai lancé une frite.

Rapide comme un serpent, il a ouvert la bouche et l'a attrapée. Puis il l'a avalée avec un sourire espiègle.

– Gros lard.

– Quoi ? dit-il en se regardant. J'ai pas une once de graisse corporelle.

– Ça ne durera pas si tu continues comme ça, raillai-je.

Il a pris une frite et me l'a lancée.

J'ai ouvert la bouche pour l'attraper, mais j'ai loupé.

Cayson a pincé les lèvres pour contenir un rire.

– Bien joué, ironisa-t-il.

– Essaie encore, dis-je en ouvrant la bouche.

– C'est une cause perdue… dit-il en prenant une frite et visant.

J'ai pointé ma bouche, lui indiquant la cible.

Il l'a lancée vers moi, mais elle a rebondi sur mon menton. Il a levé les yeux au ciel.

– On n'atteindra jamais les finales.

– Je l'aurai cette fois-ci, l'assurai-je en ouvrant la bouche et m'avançant.

Il a secoué la tête.

– T'as de la chance d'être aussi jolie, dit-il en prenant une autre frite, puis la lançant.

Cette fois, je l'ai enfin attrapée. J'ai mâché en brandissant le poing.

– Ouais !

– Génial, dit Cayson. Le président devrait appeler d'une minute à l'autre…

– La ferme. C'est une vraie victoire.

Il s'est penché vers moi et m'a empoignée par la nuque pour m'embrasser avec force. Ses lèvres ont massé les miennes, brûlantes comme si elles étaient en feu. Puis il s'est reculé d'un coup.

J'étais sonnée.

– C'était pourquoi, ça...?

Il a haussé les épaules.

– Parce que j'en avais envie.

Après le dîner, Cayson a posé une longue boîte sur la table. Elle était grise, couronnée d'une boucle rose.

Je l'ai zyeutée.

– C'est quoi ?

– Ouvre-la, dit-il en m'observant, les coudes sur la table.

Je l'ai tirée vers moi et je l'ai ouverte. En soulevant le papier de soie, j'ai aperçu de la lingerie noire à l'intérieur. Une nuisette transparente avec un string assorti. Le soutien-gorge de la nuisette n'avait aucun soutien, et ne cachait rien.

– C'est... suggestif.

– Ouais. Comme je les aime.

Il guettait ma réaction.

J'ai passé les doigts dessus, puis remis la nuisette dans la boîte.

– Elle me plaît.

– Je veux que tu la portes ce soir.

– J'ai encore plein de lingerie que je ne t'ai pas montrée.

Ses yeux se sont agrandis.

– Je veux voir un morceau par jour jusqu'à nouvel ordre.

– Ça peut s'arranger, dis-je espiègle.

– Tu veux dormir sur la plage ?

J'ai bronché.

– Quoi ?

– Tu veux dormir sur la plage cette nuit ? répéta-t-il. Avec juste un sac de couchage et un oreiller.

J'ai souri.

– On peut faire ça ?

– C'est une plage privée. On peut faire ce qu'on veut.

– J'adorerais.

Baiser sur la plage avec mon mari était une excellente idée.

– Super.

Il a desservi la table et s'est mis à rincer la vaisselle dans l'évier.

– Tu n'as pas à faire ça, Cayson. Je peux…

– Ne bouge surtout pas, m'ordonna-t-il, l'air menaçant.

Je suis restée clouée sur place.

Il s'est retourné et a rangé les assiettes dans le lave-vaisselle.

– Prenons un sac de couchage et allons-y.

– Tu crois que c'est dangereux ?

– Bébé, je suis là. On pourrait être sur la plage la plus dangereuse du monde que je te protégerais. Tu n'as rien à craindre.

Il a pris l'escalier et j'en ai profité pour lui mater le cul, tendant le cou pour bien voir. Il est réapparu quelques instants plus tard avec tout ce qu'il fallait.

– Allez, vous deux.

Ensemble, nous avons marché jusqu'à la plage. À l'horizon, le soleil avait entamé sa descente et bientôt l'obscurité nous envelopperait. Cayson a déroulé le sac de couchage loin de l'eau au cas où la marée monte pendant la nuit. Il a posé l'oreiller dessus, s'est allongé et a tapoté son torse.

– Viens-là.

Je me suis lovée dans ses bras, posant la tête sur sa poitrine et enserrant sa taille d'un bras. Le vent du large était frais, mais Cayson était une chaudière humaine.

– On est bien.

– Ouais.

Nous avons admiré les vagues. Elles roulaient vers la rive, frangées d'écume blanche. Des goélands piaillaient de temps en temps au loin. Mais autrement, tout était calme. J'avais l'impression que Cayson et moi étions seuls au monde.

Nous sommes restés allongés ainsi pendant presque une heure, à regarder le soleil se coucher derrière la mer. Une fois la nuit tombée, Cayson a enlevé son jean et son t-shirt dans le sac de couchage avant de me déshabiller et de se hisser sur moi.

Je n'avais jamais fait l'amour sur la plage, mais l'idée m'allumait à mort. Hormis notre lune de miel, nous avions à peine profité de nos moments de jeunes mariés, étant donné le départ soudain de Cayson. Mais nous rattrapions enfin le temps perdu, incapables de nous quitter ne serait-ce qu'une minute.

Cayson m'a pénétrée et étiré les chairs instantanément. Son large sexe me procurait des sensations incroyables. Parfois c'était douloureux, mais d'une bonne façon.

J'ai planté les ongles dans son dos tandis qu'il allait et venait lascivement en moi. La tête sur l'oreiller, je sondais son regard. Les étoiles scintillaient de mille feux autour de nous, les lumières de la ville étant trop éloignées pour atténuer leur éclat. Le roulement de la mer étouffait nos bruits. Il m'a embrassée avec passion, un baiser chaud et mouillé, me suçotant la lèvre sans cesser ses coups de reins. Il était tellement doué, et je voulais toujours que nos ébats durent éternellement. Puis sa main a trouvé mon ventre, se posant dessus comme si ça l'excitait encore plus.

– Je t'aime, Skye.

– Je t'aime aussi, dis-je entre deux gémissements fiévreux.

Son os iliaque frottait contre mon clito, décuplant mon excitation. Je me suis soudain tendue et ma chatte s'est resserrée autour de sa queue. Une chaleur est née dans mon bas ventre, s'étendant vite dans tout mon corps. C'était tellement bon que je m'en suis mordu la lèvre.

– Cayson… Cayson.

Il m'a embrassée dans le cou, puis sur l'oreille, me susurrant des mots doux. Avec lui, je me sentais toujours aimée et désirée. Puis il m'a empoigné les cheveux agressivement en déchargeant en moi, grognant en m'emplissant de son foutre jusqu'à la dernière goutte.

Après avoir repris son souffle, il s'est appuyé sur le coude et il a plongé les yeux dans les miens. Le désir avait quitté son regard. Il ne restait plus que l'amour inconditionnel qu'il éprouvait pour moi. Il a caressé ma joue du pouce, s'arrêtant à la commissure des lèvres.

– Je ne te quitterai plus jamais. Ni toi ni le bébé. C'est ici que je suis censé être, avec vous. Je me fiche du reste du monde.

La sincérité de ses paroles m'a serré le cœur.

– Je te promets qu'à partir de maintenant, je resterai à tes côtés jour et nuit, jusqu'à ce que la mort nous sépare.

– Je sais, Cayson, dis-je en prenant son visage en coupe. Je sais.

3

CAYSON

Slade a arrêté son regard sur moi dès que j'ai mis le pied dans le Mega Shake. Il a créé une visière avec sa main, plissant les yeux pour m'étudier.

– Est-ce que c'est… non, impossible.

J'ai levé les yeux au ciel.

– Est-ce bien Cayson Thompson ? Mon meilleur pote ?

– La ferme, Slade, dis-je en atteignant le box et m'asseyant devant lui.

Les plateaux du repas étaient déjà là.

– Oh mon Dieu, c'est lui ! s'exclama-t-il d'une voix aiguë. Il est enfin sorti de sa grotte.

Je lui ai fait un doigt d'honneur avant de prendre mon burger et mordre dedans.

– Ta bite est intacte ? Ou bien elle est sur le point de tomber à force de baiser ?

– Et si tu demandais à Skye ? répliquai-je en buvant une gorgée de soda.

Il a souri de toutes ses dents.

– Ce que tu m'as manqué.

– Désolé de ne pas avoir été très présent. J'étais…

Il a levé une main pour me faire taire.

– Je plaisantais, vieux, t'inquiète.

J'ai pris une autre bouchée de burger.

– Alors, content d'être rentré ?

L'euphémisme du siècle.

– J'aimais déjà ma vie, mais trois mois loin de chez moi, ça m'a fait réaliser la chance que j'ai. J'étais raide dingue de Skye avant de partir, mais… je sais pas comment l'expliquer, je suis tombé encore plus amoureux d'elle en rentrant.

Slade a enfourné une douzaine de frites.

– J'imagine même pas, dit-il la bouche pleine.

– Je suis… Je suis heureux. Enfin.

Le simple fait d'être assis en face de Slade au Mega Shake n'avait pas de prix. Surtout que je n'étais pas dévoré par les moustiques.

– Je suis content que tu sois rentré, mec. C'est pas pareil sans toi.

– Je sais.

– On s'est éclatés chez Skye, mais on avait hâte de retrouver notre intimité.

J'ai pouffé.

– Je suis sûr que Skye aussi.

– Alors, vous baisez comme des lapins ?

– En gros, ouais. Et on parle un peu… entre deux baises, dis-je en souriant comme un idiot.

– Ah ouais ? Son ventre ne t'encombre pas ?

– Elle est seulement enceinte de trois mois.

– Mais c'est pas… disons… repoussant ?

– Pas du tout, répondis-je en mâchant. C'est vachement sexy, en fait.

– Qu'elle soit grosse ? s'étonna-t-il.

– Elle n'est pas grosse, répliquai-je. Elle porte mon bébé.

– Mais c'est pas comme coucher avec Madame Patate ?

Je savais que Slade n'essayait pas d'être délibérément blessant, alors je ne me suis pas énervé contre lui.

– C'est dur à expliquer. Tu comprendras quand Trinity tombera enceinte.

Slade ne semblait pas convaincu.

– J'ai déjà vu des femmes enceintes. C'est pas sexy.

– Parce qu'elles ne sont pas Trinity et qu'elles ne portent pas ton enfant.

– Je ne te suis pas…

– Crois-moi, dès que le ventre de Trinity se mettra à gonfler, elle t'attirera comme un aimant.

Slade a secoué la tête comme s'il était en désaccord.

– Je vais coucher avec elle quand même parce que… ben, j'ai besoin de sexe. Mais je ne m'attends pas à ce que son bidon m'excite.

– Tu ne peux pas comprendre avant de le vivre.

– J'espère que t'as raison, dit-il en mangeant ses frites. Au fait…

Il a fait une longue pause, comme s'il n'osait pas prononcer les mots qui lui brûlaient les lèvres.

Je l'ai lorgné en mâchant.

– T'as parlé de cette nana à Skye ? demanda-t-il en grimaçant, à croire que la question le mettait mal à l'aise.

J'ai poussé un soupir irrité, l'appétit soudain coupé.

– J'ai même pas pensé à elle. Je l'ai oubliée dès que j'ai vu Skye à l'aéroport.

Slade a hoché la tête.

– Je comprends.

L'anxiété m'a soudain noué l'estomac.

– Tu vas lui dire ? demanda-t-il en délaissant sa nourriture et m'étudiant.

C'était un sujet difficile. Je voulais rayer de ma mémoire cette nuit horrible où Laura m'a violé. Le souvenir me rendait malade. Quand c'est arrivé, je ne pouvais que penser à Skye et à la façon dont je l'avais trahie. Comment réagirait-elle ? Me pardonnerait-elle ? Je n'avais rien fait de mal, mais verrait-elle les choses ainsi ?

– J'en sais rien…

Slade a arqué un sourcil.

J'ai inspiré profondément.

– Elle est enceinte…

Il a opiné.

– Je sais.

– Tout est tellement parfait en ce moment. Je ne veux rien foutre en l'air. Ces deux dernières semaines ont été merveilleuses. J'ai enfin retrouvé ma famille et… on est heureux comme jamais. Je veux en profiter le plus longtemps possible. J'ai pas pu lui dire en rentrant, pas quand j'ai vu qu'elle était enceinte.

– Je comprends. C'était pas le bon moment.

– C'est juste que… je ne veux pas foutre en l'air notre bonheur.

– Je sais, dit-il, le regard empreint de sympathie. C'est galère.

– Et comme je n'ai rien fait de mal, je me demande si je ne devrais pas… le garder pour moi. Ça créerait un froid entre nous. On va avoir un bébé, et c'est tout ce qui compte. Ça ne servirait à rien de lui dire, non ?

Je cherchais n'importe quelle excuse pour taire la vérité.

– Je suis entièrement d'accord avec toi. Si tu pouvais lui cacher, ce serait la meilleure option.

Cette idée me plaît bien.

– Mais si elle l'apprenait d'une autre façon... alors ce serait fini entre vous, ajouta-t-il tristement. Skye ne te pardonnerait jamais de lui avoir caché. Et ça sous-entend que quelque chose de pire s'est passé. Elle ne te ferait plus jamais confiance.

J'ai baissé la tête, sachant qu'il avait raison.

– Remarque, c'est improbable qu'elle l'apprenne, continua-t-il. Les seules personnes à le savoir, c'est moi et cette nana. Et tu la reverras un jour ?

– Jamais.

Pas question de reparler à Laura. Je l'avais supportée pendant le voyage parce que je n'avais pas le choix, mais je ne lui devais rien.

– Alors, si tu ne dis rien à Skye, tu ne te feras sans doute jamais prendre la main dans le sac. Mais il reste un risque. Minuscule, mais quand même...

J'ai hoché la tête.

– Tu veux mon avis ?

– J'imagine.

– Si ça m'était arrivé, et que je racontais à Trinity ce qui s'était passé, elle serait furax contre moi. Elle me foutrait sûrement à la porte pour la nuit. Elle est jalouse et possessive, et une révélation du genre la ferait exploser comme une bombe. Mais... elle finirait par se calmer parce que, primo, je lui ai dit la vérité, et deuzio, je n'ai rien fait de mal. Mais si je lui cachais et qu'elle l'apprenait par la bande, je sais que ce serait fini entre nous. Et même s'il y avait seulement un pour cent de probabilité que ça arrive… je ne voudrais pas courir ce risque. Trinity est trop précieuse pour moi. Je préfère subir sa fureur pendant quelques jours plutôt que de perdre ma femme pour la vie.

Je ne pouvais pas nier la sagesse de son point de vue.

– C'est mon grain de sel, conclut-il en haussant les épaules.

– T'as raison. Je dois lui avouer la vérité, grognai-je en me frottant les tempes. Disons seulement que je n'ai pas hâte d'avoir cette conversation…

– Je sais, vieux, dit-il l'air compatissant. Si ça peut te réconforter, Skye est beaucoup plus calme et pragmatique que Trinity. Ma femme pense avec son cœur plus qu'avec sa tête, et elle réagit plus vivement que la moyenne des gens. Skye est différente. Si tu lui avoues, et que tu lui expliques clairement que c'était toi la victime dans cette situation, elle comprendra.

Ses mots m'ont rassuré.

– Pas faux.

– Alors… finis-en avec cette histoire. Et n'oublie pas qu'elle porte votre enfant. Même si elle était vraiment fâchée, elle ne te quitterait pas. Pas avec un polichinelle dans le tiroir.

– Je suis encore plus content de l'avoir mise en cloque.

– Tu vois ? Il y a plus de bons que de mauvais côtés. Tout va bien se passer.

– Ouais, t'as sans doute raison.

Mais je n'avais pas plus envie de cracher le morceau.

– Alors, tu vas le faire quand ?

Je me suis frotté les tempes de nouveau.

– J'en sais rien… la semaine prochaine, peut-être.

Slade a ri faiblement.

– Tu ne pourras pas te défiler éternellement.

– Je sais… je veux seulement une autre semaine de bonheur avec elle. On a passé une nuit extraordinaire hier. Je veux m'accrocher à notre conte de fées encore un peu, au cas où ça soit la cata.

– Je comprends.

Je n'avais pas fini mon déjeuner, mais je n'avais plus faim.

– Ça va aller, Cayson. Vous êtes une famille maintenant. Et les familles ne se séparent pas comme ça.

– Je sais.

– Il s'est passé autre chose avec cette nana ?

– Non, crachai-je comme du venin. Jamais.

– Tu l'as évitée après ?

– Ben… pas exactement.

Slade m'a lancé un regard perplexe.

– Je l'ai foutue à la porte de ma tente. Elle est restée dans la sienne et on ne s'est pas adressé la parole pendant quelque temps. Mais les autres hommes du groupe se sont mis à la reluquer. Ils sont des pays de l'Est, alors ils n'ont pas les mêmes lois et les mêmes mœurs que nous. Ils voient les femmes comme inférieures aux hommes. Ils les traitent comme du bétail plus que comme des êtres humains. Bref… ils la laissaient tranquille au début, parce qu'ils croyaient qu'on sortait ensemble. Mais quand ils ont réalisé qu'on ne se parlait plus, ils en ont profité. Un soir, je l'ai trouvée dans sa tente avec un des hommes. C'était évident qu'il s'apprêtait à… tu vois.

Le seul fait de prononcer les mots me mettait mal à l'aise. J'avais une femme, et s'il lui arrivait une horreur du genre, j'en mourrais.

– Alors je suis intervenu, et je l'ai invitée à revenir dans ma tente. Mais je lui ai dit de ne pas s'approcher de moi. Que si elle le faisait, je la jetterais aux lions. Que j'en avais rien à foutre. On ne s'est pas parlé pendant plusieurs jours. Puis elle m'a présenté ses excuses, et m'a demandé si on pouvait être amis. Après ça, on s'est bien entendus.

Slade écoutait attentivement mon histoire, sans jugement dans les yeux.

– Je ne savais pas quoi faire d'autre, vieux. Je sais que j'aurais pas dû la laisser dormir dans ma tente, mais je ne supporte pas l'idée qu'une femme soit en danger. D'une façon ou d'une autre, j'étais perdant.

– T'as pris la bonne décision.

C'est ce que j'espérais entendre.

– Tu crois ?

Il a opiné.

– Et Skye serait d'accord elle aussi. Il faut protéger les plus faibles que soi — même si c'est pas à notre avantage. Si Skye t'en voulait d'avoir fait ça, ce serait cruel de sa part.

– J'en sais rien… Laura a essayé de me mettre le grappin dessus. Je doute que Skye lui pardonne aussi facilement.

– T'es un mec, Cayson. T'es plus fort que Laura. Tu ne t'es pas mis dans une situation dangereuse.

Espérons que Skye voie les choses ainsi.

– Et tu pourrais vraiment vivre avec son viol sur la conscience ? Pas moi, en tout cas.

J'ai secoué la tête.

– Au moins, elle t'a laissé tranquille après.

– Ouais…

Nous n'étions pas exactement des amis, mais ce n'était pas aussi gênant qu'au début.

– Pourquoi elle en pinçait pour toi à ce point-là ? demanda-t-il. Elle savait que t'étais marié, non ?

– Bien sûr, je n'enlève jamais mon alliance. Elle a dit qu'elle avait toujours voulu un mari qui fait de l'humanitaire. Apparemment, j'ai le profil.

Slade a roulé les yeux.

– Et elle s'attendait à ce que tu tombes amoureux d'elle et que tu quittes Skye ?

– J'en sais rien. Elle a dit qu'elle ressentait une connexion. Évidemment, pas moi.

– On dirait une psychopathe.

C'est une bonne façon de la décrire.

– Oh ! dit Slade en claquant des doigts. Skye a embrassé Ward.

Je l'ai fusillé du regard. Je détestais y penser, même après tout ce temps.

– Je dis simplement que vous êtes quittes. Elle a embrassé Ward, et t'as embrassé une nana sans importance.

– C'est pas une compétition, m'énervai-je. Et on ne sortait plus ensemble quand elle a embrassé Ward. On est mariés maintenant. Je lui ai promis mon amour et ma dévotion. Alors non, on n'est pas quittes.

Slade a levé les mains en reddition.

– Je dis ça comme ça… elle a merdé elle aussi.

Mais ça ne m'aidera pas lorsque j'aurai cette discussion avec elle.

– Changeons de sujet. Ça me déprime.

Slade s'est frotté le menton.

– Trinity et moi on a fait une offre sur un appart.

– Cool. C'est où ?

– En ville. Juste à côté de Central Park.

– Sympa.

– Mec, cet endroit est de la folie. Presque six cents mètres carrés sur deux étages.

J'ai sourcillé.

– La vache.

– Je sais, s'enthousiasma-t-il. J'espère qu'on l'aura.

– Ça doit coûter une petite fortune.

Il a haussé les épaules.

– Ma femme est pleine aux as, vieux. C'est elle qui m'entretient dans le ménage.

– Pareil.

– On est nuls par rapport à nos femmes.

J'ai pouffé.

– Pas faux.

– Quelle connerie elles ont fait de nous épouser, dit-il en buvant son soda. Mais bon, elles sont coincées avec nous maintenant.

– T'as hâte d'être père ?

Slade a détourné le regard un instant.

– Je ne suis pas prêt, mais je me débrouillerai bien.

– Trinity est vraiment pressée.

– Tu parles ! Mais je comprends pourquoi. Je lui ai promis de la rendre heureuse et j'ai l'intention de tenir ma promesse.

– Ce sera moins dur que tu le penses. Quand Trinity sera enceinte, tu seras excité.

– Ouais, j'espère…

– Ça n'est pas encore arrivé ?

Il a secoué la tête.

– Je ne sais pas comment c'est possible. Je la baise matin midi et soir. Je ne sais même pas comment elle fait pour absorber autant de foutre.

J'ai grimacé.

– Merde, Slade...

– Quoi ? demanda-t-il perplexe. T'as posé la question.

– Mais je t'ai pas demandé les détails.

Ce qu'il pouvait être bête des fois.

– Je dis seulement que je comprends pas pourquoi c'est pas encore arrivé, parce qu'on baise jour et nuit. Mais ça faisait dix ans qu'elle prenait la même pilule... peut-être que son corps a besoin de temps pour retrouver son cycle normal, je sais pas.

– Ça arrivera, le rassurai-je. D'ailleurs, s'envoyer en l'air jour et nuit n'est pas désagréable.

Un sourire espiègle lui a étiré les lèvres.

– En effet.

J'ai regardé ma montre.

– Ta femme t'attend ? demanda-t-il.

– Elle me manque.

Slade a levé les yeux au ciel.

– Quelle mauviette...

– Comme si Trinity ne te manquait pas chaque fois que t'es loin d'elle.

– Ouais, mais je m'ennuie d'elle d'une façon virile.

– Ah ouais ? dis-je la voix dégoulinante de sarcasme. C'est-à-dire ?

– Eh ben, premièrement, je n'en parle pas à mon frère.

J'ai roulé les yeux théâtralement.

– On est pas frères.

– Si tu le dis. Au fait, on devrait se faire un rencard à quatre.

Je me suis tendu.

– J'ai besoin de plus de temps seul avec elle. Je n'ai pas fini de rattraper le temps perdu.

– J'imagine que je serais pareil si j'avais pas vu Trinity depuis trois mois.

– Tu serais une épave, Slade.

– Ouais… sans doute, dit-il les yeux dans le vide.

– Bon, je dois y aller. À plus tard, dis-je en sortant du box.

– D'ac. Tu me diras comment ça s'est passé…

– Comment ça s'est passé ? répétai-je. Avec ma femme ?

– Non, abruti, dit-il en grimaçant. Quand tu lui parleras de Laura.

J'avais déjà complètement oublié.

– Oh… Ouais, d'accord.

– Tu t'es amusé avec Slade ? demanda Skye lorsque je suis rentré.

Elle portait une robe rose sous un tablier, serré autour de son ventre bombé. Ses cheveux étaient bouclés et volumineux.

– Plus ou moins.

– Comment ça ? demanda-t-elle en m'enserrant la taille et m'embrassant.

– J'ai pensé à toi sans arrêt, dis-je en l'attirant dans mes bras. Je ne pense pas être prêt à passer du temps avec d'autres gens. Je n'ai pas assez profité de toi.

J'ai posé un baiser dans son cou, puis sur son front.

– Je pense à toi constamment aussi…

J'ai posé un genou par terre et retroussé sa robe et son tablier. Une fois sa peau exposée, je l'ai embrassée.

– Et tu m'as manqué aussi.

J'ai appuyé le front sur son ventre et fermé les yeux. J'allais bientôt avoir ma propre famille. Un enfant courrait dans la maison et m'appellerait papa.

– Tu nous as manqué à tous les deux, dit Skye en glissant les mains dans mes cheveux. Comme toujours.

Je me suis relevé et j'ai passé les doigts sur son tablier.

– J'aime quand tu portes ça.

– Oh, dit-elle en se regardant. Ma mère me l'a offert à la fête prénuptiale.

– C'est joli. Tu me rappelles une mère au foyer des années cinquante.

Elle me regardait d'un air rempli de désir. Je soupçonnais qu'elle était tombée encore plus amoureuse de moi, comme moi d'elle. Nous étions épris l'un de l'autre avant mon départ, mais notre lien était encore plus puissant maintenant. Nous ne nous lâchions pas d'une semelle, et je sentais que ça ne changerait jamais.

– J'ai fait des lasagnes pour dîner. Je sais que c'est ton plat préféré.

– Tout est mon plat préféré en ce moment.

– Alors, j'imagine que je ne peux pas me tromper.

Elle s'est hissée sur la pointe des pieds et a posé un baiser à la commissure de mes lèvres.

Un désir brûlant m'a traversé le corps au même moment.

– On monte faire un tour à l'étage avant de dîner ?

– Ça refroidira...

– C'est pour ça qu'on a un micro-ondes.

– Bien vu.

Elle s'est dirigée vers l'escalier, puis s'est arrêtée. Elle a pointé mes deux sacs par terre.

– Ils sont encore là…

J'oubliais tout le temps de les ranger.

– Je m'en occuperai avant le dîner. Pour l'instant, je n'ai qu'une chose en tête, dis-je en lui pressant le cul.

Elle m'a lancé un regard aguicheur avant de monter l'escalier en courant.

Je ne voulais pas passer la soirée à défaire mes bagages, aussi je les ai portés à l'étage et posés dans le dressing. Mes affaires étaient sur la gauche, et Skye occupait tout l'espace restant. Je viderai les sacs plus tard. La plupart de mes fringues étaient trop sales pour être lavées de toute façon, et j'étais certain d'avoir cassé mon laptop. J'avais presque envie de tout foutre à la poubelle.

Je suis redescendu à l'étage, où Skye m'attendait sur le canapé. Elle portait un t-shirt à moi, et je distinguais son ventre bombé sous le tissu. Sa grossesse la rendait mille fois plus bandante à mes yeux. Je ne me l'expliquais pas. Ça m'allumait à mort, et c'est tout ce qui comptait.

Je me suis assis à côté d'elle, appuyant le bras derrière sa tête.

– Mon t-shirt te va bien.

– Merci… c'est plus une couverture.

– Eh ben, c'est sexy.

– T'es égocentrique.

– Non, seulement possessif, dis-je en lui embrassant la tempe, puis ramassant la télécommande. Qu'est-ce que tu veux regarder ?

– Ce que tu veux. C'est toi qui étais coincé dans le désert pendant trois mois.

– Je ne sais même plus ce qui passe à la télé.

– Que dis-tu de *Vidéo Gag* ?

– Parfait. Rire un bon coup me fera du bien.

J'ai zappé jusqu'à la bonne chaîne.

Skye s'est lovée contre moi comme si j'étais un ours en peluche, puis a poussé un petit soupir de satisfaction. On aurait dit qu'elle ne voulait plus jamais bouger.

Au lieu de regarder la télé, j'ai admiré Skye, imaginant notre avenir ensemble. Nos gosses s'amuseraient avec leurs jouets à nos pieds tandis que nous regarderions cette émission en famille.

C'est tout ce que j'ai toujours voulu.

4

SLADE

Nous étions de retour dans notre petit appart, et il avait l'air encore plus exigu après avoir vécu dans le manoir de Skye. Nous n'avions qu'une seule chambre et notre salon faisait la taille du hall d'entrée de Skye.

On a intérêt à obtenir l'appart de folie.

Après une longue journée de travail, je suis rentré chez moi avec ma guitare en bandoulière. Je l'emportais partout parce que je jouais après le dîner pendant que Trinity bossait sur le canapé. C'était une activité sans paroles que nous faisions ensemble.

Quand je suis entré dans l'appart, elle n'était nulle part. Le dîner n'était pas sur la table, et l'endroit semblait désert.

Elle n'est pas à la maison ?

– Bébé, t'es là ?

Silence.

J'ai sorti mon téléphone pour l'appeler.

– Je suis là, dit une voix faible en provenance de la salle de bain.

Je me suis immédiatement alarmé. Était-elle blessée ? Avait-elle glissé dans la douche ? Elle ne se sentait pas bien ? J'ai posé ma guitare et me suis dirigé vers la salle de bain, les épaules tendues.

Elle était assise sur la cuvette des toilettes, les jambes croisées. Elle tenait un test de grossesse, mais à en juger par son air dévasté, le résultat était négatif. Elle fixait le sol comme si elle allait éclater en sanglots.

– Bébé…

Je me suis approché lentement et agenouillé devant elle.

Elle ne m'a pas regardé. Elle pinçait les lèvres comme pour s'empêcher de craquer. Ses yeux étaient dans le vide. Soudain, elle a jeté le test de grossesse contre le mur. Il l'a heurté dans un bruit sec avant de tomber sur le carrelage.

Je n'ai pas bronché.

– Je ne comprends pas…

Elle s'est caché les yeux et ses lèvres se sont mises à trembler.

La voir si malheureuse m'a brisé le cœur. Il n'y a rien de pire que de voir pleurer la femme qu'on aime. Je voulais tout arranger, mais je ne savais pas comment.

– Bébé, ne pleure pas… ça va aller, Trinity.

Je l'ai levée des toilettes, puis je m'y suis assis avant de la tirer sur mes genoux.

– On essaie depuis un mois… sanglota-t-elle sur mon épaule.

– Ces choses prennent du temps. Ça n'arrive pas du jour au lendemain.

J'ai saisi son menton et je l'ai forcée à me regarder. Les larmes dévalaient ses joues et ses yeux étaient rouges et bouffis. J'ai embrassé ses larmes et je l'ai serrée contre moi.

– Skye prenait la pilule et elle est tombée enceinte…

– C'était sans doute pas la même pilule que toi… et peut-être qu'elle l'a mal prise.

– Mais je ne la prends pas du tout.

– Bébé, t'as pris la pilule pendant dix ans. Il faut du temps pour que ton corps se régule.

Elle a croisé les bras.

– Combien de temps ?

– J'en sais rien. Je ne suis pas toubib.

Elle a essayé de refouler ses larmes, mais ça n'a fait qu'empirer les choses.

– Trinity, ça va aller, dis-je en passant les doigts dans ses cheveux. Ne te prends pas la tête. On va avoir un bébé. On en aura plein.

– Et si je ne pouvais pas en avoir ?

Ce n'était tout simplement pas possible.

– Mais si, tu peux.

– Et si j'étais stérile ?

– Mais non.

– Et si le problème venait de toi ?

– Pas possible, dis-je en la forçant de nouveau à me regarder. Sois patiente. Ce n'est pas parce que t'es pas tombée enceinte tout de suite qu'on a un problème. C'est normal que ça prenne quelques mois.

– Je ne sais pas…

– On peut prendre rendez-vous chez un médecin pour te rassurer, mais il va nous dire de continuer d'essayer parce qu'on est trop irréalistes.

Elle a reniflé bruyamment.

J'ai attrapé des mouchoirs en papier sur le lavabo et je lui ai tendus.

Elle s'est essuyé les yeux et les traces de maquillage.

– J'ai tellement envie d'avoir un bébé…

Je l'ai embrassée au coin de l'œil où se formait une nouvelle larme.

– Je sais. On aura un bébé. Mais ne t'attends pas à ce que ça marche du premier coup.

– Et si ça prend trop de temps et que nos enfants n'ont pas le même âge ?

– Ils auront le même âge, bébé. Et si c'est pas le cas, ils seront proches quand même.

J'ai dégagé les cheveux de son cou parce qu'ils collaient à sa peau mouillée.

– Je ne comprends pas… est-ce qu'on le fait mal ?

– Il n'y a qu'une seule façon de le faire, bébé, répondis-je en essayant de ne pas être sarcastique.

Elle s'est mouchée dans du papier.

– Si tu continues à stresser ton corps à ce sujet, il ne va pas laisser entrer mon sperme. Tu dois te détendre. Si tu fais un test de grossesse tous les deux jours, tu vas te miner sans raison.

– J'ai trop hâte…

– Je sais. J'ai pigé. Mais tu te fais plus de mal que de bien.

Elle a posé la tête sur mon épaule et continué de pleurer doucement. Finalement, elle s'est calmée, se contentant de gémir plaintivement.

Je lui ai frotté doucement le dos, la gardant sur mes genoux.

– On va avoir un bébé. Je te le promets.

Elle m'a serré fort comme si elle avait besoin de mon contact pour vivre.

– Concentrons-nous d'abord sur la recherche de notre prochaine maison, dis-je. Ce n'est pas une mince affaire.

– Ouais…

– Et on devra faire toute la déco.

Elle a opiné.

– Il y a plein de trucs dont on doit s'occuper pour le moment. Chaque chose en son temps.

Je l'ai embrassée sur le front tout en lui caressant le dos.

Trinity s'est calmée et est restée silencieuse.

– Et si je nous faisais couler un bain ? murmurai-je. Je vais te faire un bon massage.

Je n'étais pas fan des bains jusqu'à ce que Trinity devienne mon amante. Je n'en prenais plus depuis l'enfance, mais je me souvenais de la première fois où nous avions partagé sa baignoire. C'était devenu un lieu sacré pour nous — et ça l'était toujours.

Elle a opiné.

– Ça me ferait du bien.

Je l'ai embrassée à la racine des cheveux.

– Je vais le faire couler.

Avant que je puisse la bouger de mes genoux, elle m'a cloué par son regard rempli d'émotion.

– Merci, Slade. Je ne sais pas ce que je ferais sans toi.

– Tu ne le sauras jamais, ma femme.

Les gars ont enfin arrêté de regarder Dee comme un joli petit lot. Ils lui parlaient comme une personne normale et ne la draguaient plus. Je voyais qu'elle était un peu tendue en leur présence, mais son appréhension a fini par disparaître.

Après la répétition, elle a rangé ses affaires et est venue me voir.

– Ça sonnait bien aujourd'hui.

– Ouais. L'harmonie commence à revenir.

– Je suis contente qu'ils aient arrêté de m'emmerder.

Scotty et Razor étant partis, Dee pouvait parler librement.

– Ouais, ils se comportaient comme des gros relous à un moment…

Elle a pouffé, puis coincé une mèche derrière son oreille. Elle portait un jean noir skinny et un haut gris moulant. Elle avait l'air de faire partie de la bande. La conversation était terminée, elle aurait dû s'en aller. Mais elle est restée là.

– Quelque chose te tracasse ?

Quelque part, je considérais Dee comme une petite sœur. Je n'avais jamais eu ce genre d'affection pour personne, pas même pour ma propre jumelle. Bizarrement, je ressentais le besoin de la prendre sous mon aile et de veiller sur elle. Elle était manifestement capable de se débrouiller seule, mais j'avais des réflexes protecteurs avec elle.

– Je me demandais… au sujet de ton ami, Theo.

– Quoi ?

Elle l'aime bien ? Elle a des vues sur lui ?

– Tu sais… est-ce que c'est un mec bien ?

– Bien sûr. Je ne serais pas ami avec lui s'il ne l'était pas. C'est l'un des meilleurs gars que je connaisse.

– Ben, c'est sympa de dire ça de lui.

J'ai haussé les épaules.

– Mais quel genre de mec est-il… sur le plan sentimental ?

Alors, elle a des vues sur lui.

– Je ne sais pas comment répondre. Je ne fourre pas mon nez dans sa vie privée.

– Il est du genre à n'avoir qu'une seule nana ou c'est un dragueur ? demanda-t-elle sans détour.

Comment je réponds à ça ?

– Euh... les deux ?

Elle a sourcillé.

– Les deux ?

– Eh bien, c'était un dragueur pendant longtemps, jusqu'à ce qu'il rencontre cette fille... mais ils ont rompu. Je ne sais pas quel genre de mec il est en ce moment.

Elle a hoché la tête lentement.

– Oh... Ils sont restés ensemble combien de temps ?

– Quelques années.

– Quand ont-ils rompu ?

– Il n'y a pas très longtemps. Je dirais quelques mois.

Je ne voulais pas que Dee souffre, alors je n'ai pas menti pour faire plaisir à Theo.

– Tu sais pourquoi ?

– En fait, non. Il a dit que ça n'a pas marché et je n'ai pas posé de questions. Franchement, je ne suis pas très proche de Theo. Tu ferais mieux de demander à Conrad.

– Tu sais s'il sort avec quelqu'un en ce moment ?

Je n'étais pas doué pour jouer les entremetteurs.

– Euh... je ne sais pas du tout. Mais la dernière fois qu'il a parlé de sa vie sentimentale, il ne semblait pas chercher d'histoire sérieuse. Ça t'éclaire ?

– Ouais, dit-elle en hochant la tête.

– On a fini de jouer les cupidons ? demandai-je.

– J'ai tellement de mal à trouver un mec bien. Je voulais juste savoir si je perds mon temps ou pas.

– Je peux t'assurer que c'est un mec bien. Mais je ne pense pas qu'il soit ce que tu cherches en ce moment. Il est un peu déconnecté de la réalité et je suis quasi sûr qu'il a encore du chagrin à cause de cette fille.

– Oh… c'est dommage.

J'ai haussé les épaules.

– C'est la vie.

Au lieu de partir, elle s'est adossée au comptoir.

Quoi encore ?

Elle a poussé un gros soupir.

– Je suis jalouse de ce que tu as avec Trinity. Honnêtement, je n'ai jamais été le genre de fille à vouloir me marier trop tôt… mais vous voir ensemble me donne envie de me caser.

C'était flatteur, mais aussi gênant.

– L'herbe est toujours plus verte ailleurs, comme on dit.

– Eh bien, on dirait que tu arroses ta pelouse avec soin.

Elle a croisé les bras sur sa poitrine.

– Trinity et moi sommes très heureux et follement amoureux. Mais je ne veux pas faire comme si c'était une partie de plaisir. On a bien merdé dans le passé. Notre relation exige une attention et des efforts constants. Tu dois vraiment trouver quelqu'un dont tu es follement amoureuse, sinon tu ne seras pas prête à y mettre ton sang, ta sueur et tes larmes. C'est mon meilleur conseil à quelqu'un qui veut une relation sérieuse.

Elle a hoché la tête.

– Un sage conseil.

– Pour l'instant, je n'imagine pas que ce soit possible avec Theo. Mais je ne vois pas ce qui vous empêcherait d'être amis.

– T'as raison. C'est un mec sympa. Et il est vraiment mignon.

J'ai grimacé.

– Je suppose qu'il n'est pas désagréable à regarder.

Elle m'a fait un sourire entendu.

– C'est pas sorcier de savoir si une personne du même sexe est séduisante. Je trouve Trinity très jolie.

– Ben… elle l'est.

– Alors ça ne devrait pas être difficile d'admettre que Theo est mignon.

– C'est mignon quand une fille le dit. Quand c'est un mec, c'est dégoûtant, dis-je en mettant ma guitare en bandoulière. Si cette conversation de gonzesses est terminée, j'aimerais rentrer voir ma femme. On essaie toujours d'avoir un bébé et ça va l'énerver si je rentre tard.

– Désolée qu'elle ne soit pas déjà tombée enceinte.

L'image de Trinity en pleurs m'a assailli.

– Merci… mais ça arrivera bientôt.

Elle m'a souri.

– C'est bien. Tu restes positif.

– J'essaie de rester aussi positif que possible.

Theo, Conrad, Roland et moi jouions au basket sur le terrain à une rue de mon salon de tatouage. Nous étions tous les quatre aussi bons, et il n'était pas facile de constituer les équipes. Conrad était un peu plus grand que nous, donc il avait un léger avantage.

Nous avons joué pendant quarante-cinq minutes, et à la fin, Roland et moi avons gagné.

– Prenez ça, salopes, dit Roland en faisant une danse de la victoire sur le terrain.

– Arrête de jouer les pom-pom girls, râla Conrad en lui lançant le ballon en pleine poitrine.

Roland a chancelé sous le choc.

– Quel mauvais perdant…

– Non, siffla Conrad. T'es juste un pom-pom girl qui fait chier.

– C'est une blague gay ? demanda Roland.

Conrad l'a poussé sans méchanceté.

– À toi de me le dire.

Theo a volé le ballon à Roland puis l'a fait tournoyer au bout de son doigt.

– Bon match, dit-il, mais Conrad et moi on vous a laissé gagner. On sait à quel point vous êtes susceptibles tous les deux.

– Susceptible ? m'étouffai-je. Je suis la personne la moins sensible du monde.

– Dit le mec qui essaie d'engrosser sa femme et de fonder une famille, railla Conrad.

– Ça ne fait pas de moi quelqu'un de sensible, m'énervai-je.

– Mec, t'as chialé le jour de ton mariage, dit Roland.

Je lui ai fait un doigt d'honneur.

– Tu chiales tous les jours.

– Non, c'est faux, se défendit Roland.

Theo a levé les yeux au ciel.

– Vos gueules. Cette dispute à la noix risque de durer des jours.

Nous sommes allés sur le banc prendre des bouteilles d'eau. Chacun a descendu la sienne et versé la fin sur sa tête pour rincer la sueur.

Je me suis essuyé le visage avec mon t-shirt et tourné vers Theo.

– Dee m'a posé des questions sur toi hier.

Theo a paru surpris, mais avant qu'il puisse parler, Conrad l'a devancé.

– Vraiment ? demanda-t-il avec intérêt. Qu'est-ce qu'elle a demandé ?

– Du calme, mec, dit Theo. Tu réagis comme si on était au lycée et que la plus belle fille de la classe voulait me sucer.

– La ferme. Qu'est-ce qu'elle a dit ?

J'ai joué avec ma bouteille d'eau.

– Elle a demandé si t'étais un mec bien et tout…

– Qu'est-ce que t'as dit ? s'enquit Theo.

Ça m'a énervé.

– Qu'est-ce que tu crois que j'ai dit ? Que t'es un connard ?

Conrad a froncé les sourcils d'agacement.

– Qu'est-ce qu'elle a dit d'autre ?

– Elle m'a demandé si t'étais un queutard ou l'homme d'une seule femme.

– Qu'est-ce que tu as dit ? demanda Theo.

– La vérité. Que j'en sais rien. Mais je lui ai parlé d'Alex et de ton chagrin d'amour.

– T'es pas censé raconter ça à une fille, pesta Conrad. Merde, pourquoi tu lui as dit ?

– Parce que c'est mon amie et que je veux pas lui mentir.

Theo avait les yeux dans le vide.

– Maintenant, Theo ne pourra jamais sortir avec elle, dit Conrad. Elle pense qu'il est bousillé.

Theo a levé la main.

– Non. Je préfère ça. Je ne peux pas avoir une relation sérieuse en ce moment et je ne veux pas d'un coup facile, alors c'est mieux ainsi. Elle sait que je n'ai rien à lui offrir.

Conrad a levé les yeux en ronchonnant.

– Mec, cette nana est trop cool. Ne passe pas à côté parce que tu dramatises tout.

– Je ne dramatise pas, dit Theo. Je ne veux pas lui faire perdre son temps. Elle a le droit de savoir la vérité. Je l'aime bien et je la respecte. En plus, si je lui mentais, ça créerait une ambiance bizarre avec Slade et le groupe.

– Exactement, confirmai-je.

Roland avait l'air perplexe.

– Mais qui est Dee ?

– Ma nouvelle guitariste, expliquai-je.

– Elle est super sexy, dit Conrad. Je veux que Theo la saute.

– T'as pas une copine ? demandai-je.

– *Je* ne la trouve pas sexy, justifia Conrad. J'explique simplement à quoi elle ressemble, sans besoin de détails.

– Je ne veux pas la sauter, dit Theo. J'ai levé une nana au hasard une fois et c'était déprimant. Je ne peux pas redevenir un queutard. Après avoir eu une relation qui comptait vraiment, je ne peux pas retourner en arrière. Mais je ne suis pas prêt pour sortir avec une fille.

– Tu ne crois pas que sortir avec Dee te remettrait en selle ? demanda Conrad.

– C'est trop dégueulasse pour elle. Je ne peux pas lui faire ça.

Roland a poussé un soupir d'agacement.

– Les mecs, j'ai beau être gay, cette conversation m'ennuie à mourir.

Je me suis mis à fantasmer que je prenais Trinity par-derrière. J'ai chassé cette vision avant de bander dans mon short. Il était fin et souple et ma bite le tendrait si je ne faisais pas attention.

– Je suis d'accord. Theo ne peut pas sortir avec Dee. Fin de l'histoire. Passons à autre chose.

Conrad a secoué la tête.

– C'est trop con. Combien de filles comme Dee t'as rencontrées dans ta vie ?

Theo s'est levé et éloigné. Ses épaules étaient affaissées comme s'il portait trop de poids. Sans se retourner, il a répondu :

– Zéro.

5

ARSEN

J'ai un frère.

Une personne normale serait ravie d'apprendre cette nouvelle. Elle trouverait sans doute qu'elle avait de la chance d'avoir un membre en plus dans sa famille.

Mais pas moi.

Pourquoi ça m'arrivait ? Qu'avais-je fait pour mériter ça ? Mais mère avait eu un autre fils, qu'elle avait aimé et élevé. Ils avaient une belle relation. Il l'aimait assez pour vivre avec elle.

Putain de merde.

Pourquoi n'avais-je pas eu droit à ce traitement ? Pourquoi avais-je dû dormir dans une chambre avec cinq autres garçons jusqu'à mes dix-huit ans ? Pourquoi avais-je dû vendre de la came pour survivre ?

C'est injuste.

Silke voyait bien que quelque chose clochait, mais je ne lui avais pas relaté la nouvelle de ma mère. Elle n'a pas demandé non plus, voyant sans doute que je pouvais exploser à tout moment. Durant les moments où je sentais que j'allais m'effondrer, ou briser tous les murs de la maison, Silke asseyait Abby à côté de moi et l'encourageait à me parler. Lorsqu'Abby levait ses magnifiques yeux bleus vers moi et me regardait comme si j'étais son héros, ma colère s'envolait.

C'est elle, mon héroïne.

Je savais que je ne devrais pas me laisser abattre par la situation. Je savais que j'avais beaucoup de chance malgré tout. Ma copine était d'une beauté surnaturelle, à l'intérieur comme à l'extérieur. Nous nous comprenions, et lorsque je perdais la tête, elle était là pour me soutenir.

Elle m'aimait et m'était dévouée, à jamais. J'étais reconnaissant d'avoir l'amour d'une femme aussi exceptionnelle. Elle m'acceptait comme j'étais, avec mes défauts et mes qualités, mais elle ne tolérait pas mes conneries et savait me remettre à ma place. J'étais son grand amour, et elle était le mien.

J'avais aussi une fille, l'être le plus cher à mes yeux. Elle avait un cœur d'or, elle était douce et intelligente. Lorsque les ténèbres s'abattaient sur moi, Abby me guidait vers la lumière.

Et j'avais Ryan et Janice, des parents adoptifs qui m'avaient pris sous leur aile par pure générosité. Ils m'avaient fait confiance et accueilli chez eux alors que j'aurais pu les cambrioler pendant leur absence et foutre leur vie en l'air.

Et j'avais tous mes amis sur qui compter.

Alors, je ne devrais pas me laisser démoraliser. Le passé était passé, et n'avait pas d'incidence sur mon avenir. Et pourtant, il avait encore une emprise sur moi.

J'étais allongé au lit tandis que Silke se brossait les dents dans la salle de bain. Le ventilateur était allumé au plafond, et je le regardais tourner. J'essayais de compter les tours, mais il bougeait trop vite pour mes yeux.

Silke a éteint la lumière de la salle de bain et elle est entrée dans la chambre. Comme d'habitude, elle portait un t-shirt à moi et une petite culotte. J'adorais la voir dans mes vêtements. Ils lui allaient mieux qu'à moi.

Elle a réglé son alarme avant de se glisser sous les draps. Elle s'est lovée contre moi, passant une jambe entre les miennes.

Je ne quittais pas le ventilateur des yeux.

– Tu n'es pas toi-même ces temps-ci.

Je ne l'ai pas regardée.

– Je sais.

– Abby l'a remarqué.

Le commentaire a retenu mon attention.

– Ah oui ?

Silke a hoché la tête.

– Elle m'a demandé pourquoi t'étais tout le temps triste.

Mon cœur s'est serré.

– Je lui ai dit que c'était seulement la fatigue, et de ne pas s'en faire.

Je ne voulais pas faire de mal à ma fille. C'était insupportable pour un parent de voir son enfant souffrir.

– Parle-moi, Arsen, dit Silke en passant la main sur ma poitrine.

J'ai poussé un grand soupir.

– Je suis allé prendre un café avec ma mère.

C'était une phrase étrange sortant de ma bouche.

– Et ça ne s'est pas bien passé ?

– Non.

Je ne voulais pas en parler, mais je ne pouvais pas lui cacher non plus.

Silke attendait patiemment que je développe.

– Elle m'a annoncé que j'avais un frère… plus jeune.

Je n'ai pas pu m'empêcher de parler d'une voix méprisante.

Silke n'a pas réagi. Sa main est restée posée sur mon cœur.

– Elle t'a parlé de lui ?

– Il s'appelle Levi et ils vivent ensemble en ville. C'est tout ce que je sais.

Elle a descendu la main sur mon ventre, puis sur ma hanche.

– Donc elle l'a élevé et pas toi ?

Je n'ai pas répondu.

– T'as tous les droits de lui en vouloir, Arsen. Je serais bouleversée moi aussi.

J'ai fermé les yeux, luttant contre l'émotion qui montait en moi.

– J'aimerais qu'elle disparaisse. Elle ne m'apporte que de la souffrance.

Silke s'est penchée sur ma poitrine et a posé un baiser à l'endroit du cœur.

– Je sais… ça me fait de la peine.

Le contact brûlant de ses lèvres m'a revigoré, son baiser insufflant une force nouvelle dans mon cœur. Je me suis hissé sur elle, puis j'ai enroulé ses jambes autour de moi, voulant sentir nos corps s'imbriquer. Il y avait un moment que nous n'avions pas fait l'amour. J'étais trop déprimé ces jours-ci.

– Désolé d'avoir été…

– Ne t'excuse pas, me coupa-t-elle en prenant mon visage en coupe et sondant mes yeux. Je sais que ton passé est ta bête noire. Je ne m'attends pas à ce que tu fasses comme si de rien n'était.

– Je suis désolé de t'avoir blessée.

Elle m'a embrassé au coin de la bouche.

– Quand tu souffres, je souffre. Sans que tu me dises pourquoi. Mon âme ressent ce que la tienne ressent. Toi et moi, on ne fait qu'un, Arsen.

J'ai inspiré profondément en l'observant. Ses yeux brillaient dans la pénombre alors qu'elle m'étudiait en retour. J'ignorais ce que j'avais fait pour mériter de dormir aux côtés d'une déesse nuit après nuit, mais j'avais manifestement fait quelque chose. Comment pouvais-je douter de moi avec Silke dans ma vie ? Ryan et Janice ? Abby et tous mes amis ? Comment pouvais-je laisser cette insécurité me ronger quand j'avais ce dont tout le monde rêvait ?

– Je t'aime.

Les mots me manquaient pour décrire ce que j'éprouvais. Mon sentiment était trop profond pour être exprimé, du moins verbalement. C'était la seule phrase qui s'en approchait.

– Je t'aime aussi.

Elle m'a embrassé de nouveau, encore plus tendrement.

Son contact m'a embrasé. Canalisant toutes mes émotions vers la femme sous moi, j'ai baissé sa petite culotte et je l'ai pénétrée. Dès que j'ai senti son étroitesse, j'ai soupiré de plaisir. Cette intimité était exactement ce dont j'avais besoin.

Silke était ma raison de vivre. Elle était tout pour moi. Et je devais lui montrer, car je ne l'avais pas assez fait.

Silke est passée à mon bureau sur l'heure du déjeuner.

– Salut, beau mec, dit-elle, ondulant les hanches en s'avançant sur ses talons hauts.

Dès qu'elle est entrée, ma queue s'est durcie, répondant à son sex-appeal. Elle portait une robe noire moulante qui mettait en valeur ses formes. J'ai immédiatement voulu la pencher sur mon bureau et la baiser jusqu'à ce que le meuble s'écroule.

– Salut, beauté.

Elle s'est approchée de moi, son sac à main en bandoulière.

– Tu veux manger avec moi ?

– Je veux *te* manger, dis-je le plus sérieusement du monde pour qu'elle sache que je ne plaisantais pas.

– Mais alors, qu'est-ce que je vais manger ? demanda-t-elle l'air espiègle.

Je me suis reculé dans ma chaise.

– J'ai une idée.

Silke faisait des pipes du tonnerre. En fait, c'était les meilleures que j'avais eues de ma vie. Coucher avec elle en général était le meilleur sexe de ma vie.

Elle a reculé avant que je puisse l'attraper.

– J'ai seulement une demi-heure et j'ai faim — pour de la vraie bouffe.

– Très bien, grognai-je. Mais je te mangerai plus tard.

– Ça peut s'arranger.

Elle me regardait d'un air séducteur.

Putain ce que j'ai envie de la prendre sur mon bureau.

– Arrête ça. Sinon je te baise séance tenante.

– Ohh non… quel dommage ce serait.

J'ai pris mes clés en lui lançant un regard sombre.

– Je vais te donner la fessée.

– Pourquoi ? fit-elle, feignant l'innocence. J'ai été vilaine ?

– Très.

– Oh non… je vais me faire punir.

J'ai grondé.

– Sérieux, tu ne peux pas me dire non, puis agir comme ça.

Elle a gloussé comme une écolière.

– Ça t'arrive de te demander pourquoi je fais ça ?

– Pour me torturer ?

– Non, dit-elle en s'approchant et s'arrêtant directement devant moi. Parce que je veux que tu penses à moi sans arrêt d'ici à ton retour à la maison.

Elle a empoigné ma trique dans mon pantalon et l'a massée. Puis elle a baissé la main.

J'ai poussé un gémissement étouffé.

– T'es cruelle.

Elle a haussé les épaules.

– Je sais.

La voix de mon secrétaire a retenti dans l'interphone.

– Sherry demande à vous voir, monsieur.

Le désir a quitté mon corps aussitôt. Mon flirt avec Silke s'est envolé à l'idée de la présence de ma mère dans mon garage. Les portes de mon cœur se sont refermées et je me suis mis sur mes gardes, hissant mes remparts impénétrables.

L'irritation a traversé le regard de Silke.

– C'est elle ?

Elle l'avait sans doute compris à l'expression sur mon visage.

– Oui.

La voix de Stewart a parlé de nouveau.

– Monsieur, je vous l'envoie ?

J'ignorais quoi faire. Je n'avais jamais eu à affronter ma mère en présence de Silke.

Silke a appuyé sur le bouton.

– Oui, faites-la entrer.

Euh… quoi ?

Silke s'est mise face à la porte, comme un soldat sur un champ de bataille.

Oh non, ça augure mal.

La porte s'est ouverte et Sherry est entrée. Lorsqu'elle a vu Silke, elle a bronché de surprise. Elle avait l'habitude de me coincer quand j'étais seul. Si elle me trouvait intimidant, une surprise l'attendait. Silke était de loin la plus menaçante de nous deux.

– Oh… je ne savais pas que tu avais de la compagnie.

– Il y a d'autres gens que toi dans sa vie, dit Silke en croisant les bras.

– Je… commença Sherry, sans finir sa phrase.

Manifestement, l'hostilité de Silke la prenait au dépourvu.

– J'en ai marre de tout ça. Je comprenais pourquoi tu voulais parler à Arsen au début. Soit tu voulais quelque chose de lui, ou bien tu voulais apprendre à le connaître. Très bien. Peu importe. Mais maintenant, chaque fois que mon mec rentre à la maison, il est blessé et bouleversé. J'en ai marre que tu lui bousilles l'âme, dit-elle en avançant et pointant son doigt vers elle. Ça suffit. Laisse-le tranquille. Ou je m'en mêle.

Sherry a reculé d'un pas, puis m'a imploré du regard.

– Fais ce qu'elle demande, dis-je. C'est elle qui décide.

– Je suis sérieuse, insista Silke. Je ne te laisserai plus le terroriser. Tu n'as pas réparé votre relation et tu n'as pas essayé de te racheter. Tu ne fais que le déprimer. Alors maintenant, va-t'en.

Sherry est restée ancrée sur place, mais j'avais le pressentiment que c'était par peur plutôt que par bravade.

– C'est que… vous ne comprendrez jamais.

– Je comprends qu'Arsen rentre à la maison ivre et en colère, répliqua Silke en s'avançant de plus belle. Je comprends qu'il néglige sa famille parce que tu ne cesses de le blesser. Laisse-le tranquille. Si tu te soucies de lui, laisse-le tranquille.

La lèvre de Sherry a trembloté.

– Je suis désolée. Je…

– Je m'en fous, s'énerva Silke. Tu as eu ta chance et tu l'as foutue en l'air. Alors, retourne vers ton autre fils, celui que tu n'as pas abandonné. Arsen n'a plus besoin de toi, parce qu'il a moi. C'est moi sa famille maintenant. C'est moi qui veille sur lui.

Sherry a reculé avant de se tourner vers la porte.

Silke a planté les mains sur les hanches en la regardant s'éloigner. Sa posture intimidante indiquait qu'elle était prête à en venir aux mains s'il le fallait. Elle a suivi ma mère des yeux jusqu'à ce qu'elle disparaisse complètement de notre vue.

Silke s'est retournée vers moi, l'air toujours irritée.

– Et voilà. Problème résolu.

– Tu crois vraiment qu'elle ne m'embêtera plus ? demandai-je incrédule.

– Si elle tient à ses doigts, je dirais que oui.

Elle a mis son sac en bandoulière comme si de rien n'était.

– Je sais que t'es protectrice avec moi, mais tu n'avais pas à faire ça.

– Je sais que je n'ai pas à faire quoi que ce soit, Arsen, dit-elle froidement. Mais quiconque te fait du mal m'en fait à moi aussi. Je ne tolérerai plus ces conneries. Si elle veut te parler, elle devra d'abord passer par moi.

Elle a pris ma main et l'a pressée.

– Bon, on va déjeuner maintenant ?

Je savais que ma mère finirait par revenir. Silke était redoutable, mais ma mère avait connu pire. J'allais devoir l'affronter de nouveau, mais je ne voulais pas y penser pour l'instant. J'avais seulement envie d'être avec la femme que j'aimais, la femme qui n'avait pas froid aux yeux lorsque venait le temps de me protéger.

– Ouais, dis-je en me penchant pour l'embrasser. Je suis prêt.

6

JARED

Je l'ai appelée bébé.

Qu'est-ce qui m'a pris ?

C'est sorti tout seul. Je n'ai même pas réfléchi avant de parler. Ça m'a échappé comme un gros couillon. Heureusement, Beatrice n'a pas semblé le prendre au sérieux. Elle l'a pris pour une manifestation de mon arrogance habituelle.

Dieu merci.

Ça aurait pu déboucher sur une conversation gênante que je ne voulais pas avoir. Ça aurait pu mener à une bifurcation que je ne pouvais pas prendre. Notre relation actuelle était parfaite. Si j'y allais trop fort ou que je faisais un geste déplacé, je pourrais tout perdre. Garder mes distances était la seule solution. D'une certaine façon, je me mettais au supplice. Mon cœur s'était attaché à elle. Il s'ancrait à Beatrice, réclamant de vivre. Et cette obsession ne faisait que grandir un peu plus chaque jour. Ces sentiments ne disparaîtraient pas, même si j'essayais de les étouffer.

Mais je ne peux pas l'avoir.

Pourquoi me suis-je mis dans cette situation ? Je lui ai dit que nous ne serions qu'amis et je devais tenir parole. Pourquoi était-ce si difficile à faire ? Pourquoi cela m'arrivait-il ?

Parfois, j'avais envie de céder à mes désirs, de faire ce que je voulais. Quand elle me regardait avec ses grands yeux verts, j'avais envie de prendre son visage à deux mains et de l'embrasser. Quand elle sirotait son vin, j'avais envie de lui arracher le verre des mains et de goûter l'alcool sur sa langue.

Mais où cela mènerait-il ?

Nous serions heureux ensemble pendant un temps, quelques semaines, peut-être quelques mois. Puis la bête en moi ressortirait, rugissante et insatiable. Je rencontrerais une fille dans un endroit louche. Mes pulsions reprendraient le dessus et je serais incapable de résister à ses charmes. Alors je la baiserais en prenant mon pied.

Et je blesserais Beatrice.

Ma meilleure amie.

Comment pourrais-je faire ça à quelqu'un à qui je tiens tant ? Je la perdrais. Je perdrais l'amie avec qui j'ai tout fait. Je perdrais la personne avec qui j'ai partagé tant de moments et d'expériences.

Je ne peux pas prendre ce risque.

Mais je me retrouvais dans une position difficile. Combien de temps cela durerait-il ? Comment allaient évoluer mes sentiments ? Est-ce que je finirais par ne plus y penser et tomber amoureux d'une autre ?

Mais comment tomber amoureux d'une autre alors que Beatrice était la fille la plus géniale du monde ?

Le fait d'ouvrir un bar avec elle n'allait pas m'aider. Je serai coincé avec elle tous les jours, la regarderai évoluer dans la salle, les épaules en arrière et la tête haute. Je serai obligé de voir la façon dont son jean épouse ses formes parfaites, et son cul encore plus parfait. Parfois, quand elle portait ces cardigans, j'avais envie que les boutons sautent pour que je puisse voir la rondeur de ses seins.

Mon Dieu, je suis un monstre.

Beatrice était assise en face de moi sur le canapé. Elle tenait ses cartes et les examinait attentivement.

– Pioche.

J'ai tiré une autre carte.

– Je pense que tu mens.

– Pourquoi je mentirais ?

– Parce que j'ai trois neuf. Donc, tu dois avoir un neuf.

– Non, il est dans la pioche, dit-elle les yeux rivés sur les cartes. Tu as un cinq ?

– Pioche.

Elle m'a regardé en fronçant les sourcils.

– Non, je ne mens pas, m'offusquai-je.

Elle a pioché une carte et l'a placée dans sa main. Puis elle a souri et abattu une paire sur la table.

– On dirait bien que j'ai trouvé mon cinq.

– Tant mieux pour toi, dis-je sarcastiquement.

Elle a fait la moue.

– Tu ne serais pas un mauvais perdant ?

– Tu n'es qu'une méchante gagnante.

Elle a pouffé.

– Je sais que tu détestes perdre.

– Tu as une reine ?

Elle a sorti une carte de son jeu.

J'ai souri et je lui ai arrachée des mains.

– Alors, qui est la mauvaise perdante maintenant ?

Elle a reposé les yeux sur ses cartes.

– Comment s'est passée ta journée ? demandai-je.

Je ne posais jamais cette question à personne. Je ne le demandais jamais à Lexie quand nous étions mariés. Honnêtement, je me fichais de la réponse. Mais pas avec Beatrice.

– L'entreprise de pesticides a enfin pulvérisé le vignoble. Espérons que ça ne dégrade pas la qualité du raisin.

– Ça peut vraiment les abimer ? demandai-je avec intérêt.

– Si c'est trop tard, oui.

– On en apprend tous les jours…

– T'as un as ?

J'ai grogné et je lui ai tendu.

Elle a souri.

– Merci, dit-elle en posant sa paire sur la table. Et toi, ta journée ?

– Bien. J'ai fait du travail de bureau.

– C'est pas trop ennuyeux ?

J'ai haussé les épaules.

– Ça peut l'être. Mais j'aime être mon propre patron. Je peux me barrer quand la paperasse m'ennuie trop.

– Comment vont tes parents ?

Elle ne me l'a jamais demandé avant.

– Bien. Je ne leur ai pas parlé depuis un moment.

Très longtemps, en fait. Ma mère m'a engueulé la dernière fois que je l'ai vue, mais c'était parce que je lui ai avoué que j'avais trompé Lexie. Je pressentais qu'elle n'avait pas envie de me parler.

– Ta mère va bien ?

– Oui. Pourquoi ?

– Tu m'as dit qu'elle avait eu une crise cardiaque il y a quelque temps.

Elle s'en souvient ?

– Elle va bien. Elle doit juste renoncer aux tartes à la crème.

– Mince, on sait tous à quel point c'est difficile.

Elle m'a demandé une autre carte, que je lui ai donnée.

– Je suis contente qu'elle aille bien, ajouta-t-elle.

– Ouais, moi aussi.

– T'es proche de ta famille.

J'ai haussé les épaules.

– Avant, oui.

– Et plus maintenant ?

– J'ai divorcé et ça a tout foutu en l'air.

Beatrice m'a regardé avec pitié.

– C'était il y a des années.

– Je sais. Mais j'ai dit à ma mère la vraie raison de mon divorce avant qu'on commence à traîner ensemble et elle l'a très mal pris. Je ne l'ai jamais vue aussi déçue.

Beatrice a baissé les yeux parce qu'elle ne pouvait pas me regarder.

– Ça ne veut pas dire qu'elle ne t'aime plus, Jared.

– Je sais... mais j'ai honte. Et le pire, c'est que je ne peux en vouloir qu'à moi-même.

Beatrice a fait une chose à laquelle je ne m'attendais pas. Elle a tendu le bras et posé sa main sur la mienne. Dès que sa peau a touché la mienne, j'ai senti un frisson me parcourir l'échine. Mon cœur s'est arrêté de battre un instant tellement ce contact était exaltant. En une fraction de seconde, j'ai ressenti tant de choses. Elle aussi ?

Ses yeux verts brillaient quand elle les a plongés dans les miens. Ils exprimaient de l'amitié, de la confiance... et quelque chose de plus profond.

– Tu es trop dur avec toi-même, Jared. Je n'aime pas quand tu te rabaisses. Tu es quelqu'un de bien.

Elle a retiré sa main.

J'aurais aimé qu'elle la laisse là.

Elle a reporté son attention sur ses cartes.

Pourquoi ne pouvais-je pas changer ? Pourquoi ne pouvais-je pas être différent ? Si je l'étais, je pourrais lui prendre la main quand je veux. Et je n'ai jamais autant voulu tenir la main de quelqu'un. J'avais besoin d'intimité avec elle, ce qui ne m'était jamais arrivé.

– On fait tous des erreurs, dit-elle. Comment aller de l'avant si on doit sans cesse s'excuser d'avoir fait ci ou ça ? Laisse le passé où il est et passe à autre chose. Je ne dis pas que ce que tu as fait était bien, mais la vie continue.

– Ce n'est pas si facile…

– Tu me connais. Je suis méfiante et craintive. Tu penses que je passerais mon temps avec toi si t'étais pas un homme bien ?

La chaleur s'est répandue dans tout mon corps.

– C'est peut-être parce que tu n'as pas d'amis…

Ce n'était pas le moment de plaisanter, mais je ne pouvais pas m'empêcher de la vanner quand elle disait des choses gentilles sur moi.

Elle a fait les gros yeux et m'a frappé le bras.

– Je pourrais me faire des amis si je le voulais vraiment.

J'ai essayé de ne pas rire.

– Bien sûr.

– Je pourrais, insista-t-elle.

– Ouais, c'est ça.

Elle m'a frappé le bras de nouveau.

– Ne sois pas méchant.

– Désolé, m'esclaffai-je. C'est mon rôle de te taquiner.

– Non, c'est le rôle de mon frère. Il me taquine toute la journée au boulot. Toi, tu es censé être gentil avec moi.

– Vraiment ?

– Ouais, parce que tu m'aimes.

J'ai frémi à ces mots et j'ai senti mon visage blêmir. J'ai soudain eu froid, très froid. C'était comme si quelqu'un avait versé un seau à glace sur ma tête. Mais j'avais chaud en même temps, comme si j'errais dans le désert depuis une semaine. Ses mots m'ont immédiatement perturbé, et j'ai essayé de trouver une réaction appropriée. Que voulait-elle dire par là ? Était-elle sérieuse ? Plaisantait-elle ?

– Jared ?

– Hmm ?

J'ai croisé son regard et essayé de dissimuler mon air paniqué.

– T'as un valet ?

– Oh... Euh...

J'ai regardé mes cartes pour en chercher un. J'ai essayé de ne pas me troubler, mais je n'arrivais pas à me concentrer. J'ai soudain eu les mains moites.

– Non, finis-je par répondre.

Beatrice n'a pas semblé remarquer ma réaction parce qu'elle a pioché une carte.

Putain, il faut que je me détende.

– *Mission impossible*, nous voilà, proclamai-je.

Nous nous sommes assis dans la salle de ciné avec nos boîtes de friandises.

– J'ai l'impression qu'il sera comme tous les autres *Mission impossible* que j'ai vus.

Elle a lancé des Maltesers dans sa bouche.

– Non, il va être génial. Attends de voir.

– OK... dit-elle d'un ton sceptique.

– S'il est nul, je t'invite à dîner.

– Et s'il est bien ? demanda-t-elle en se tournant vers moi.

– Je t'invite quand même à dîner.

Elle a souri.

– Ça me semble un bon deal.

Elle s'est enfoncée dans son siège et a posé sa boîte vide dans le porte-gobelet. Elle a frissonné et s'est frotté le bras.

– Tu as froid ?

– Un peu.

J'ai enlevé mon sweatshirt et je lui ai donné. Je l'ai fait sans hésiter. Si elle avait froid, je voulais la réchauffer.

– Merci.

Elle l'a enfilé sur sa chemise ; il était mille fois trop grand.

Je l'ai immédiatement imaginée en train de se promener dans l'appartement, vêtue d'un de mes t-shirts. Elle ne portait qu'une culotte dessous et entrait dans ma cuisine à la recherche d'un truc à manger.

Merde, je ne peux pas avoir ce genre de pensée.

Elle a croisé les bras sur sa poitrine, ayant trouvé une position confortable.

Je me suis forcé à ne pas la regarder et à me concentrer sur l'écran. Le film a enfin commencé après une tonne de bandes-annonces. Au milieu du film, j'ai jeté un coup d'œil vers elle pour voir si elle s'amusait.

Ses paupières étaient fermées.

J'ai levé les yeux au plafond et secoué la tête en même temps. Puis j'ai reporté mon attention sur l'écran. Quelques instants plus tard, elle s'est penchée vers moi et a appuyé sa tête sur mon épaule. Elle n'a pas dû s'en rendre compte parce qu'elle dormait.

Je me suis raidi à son contact. L'odeur de ses cheveux m'a enveloppé. Ils sentaient la prairie en été. Il y avait des fleurs et des feuilles portées par le vent. Le soleil se levait, réchauffant les oiseaux et les arbres. Puis elle a passé son bras sous le mien. Nos mains étaient près l'une de l'autre, mais ne se touchaient pas.

J'ai observé sa paume, remarquant la finesse de ses doigts. Au lieu de regarder le film, je la regardais elle. Je n'arrêtais pas de me demander ce que ça ferait de lui tenir la main.

Merde, pourquoi je pense à ça ? Qu'est-ce qui cloche chez moi ?

Puis j'ai fait un truc vraiment idiot. J'ai pris sa main et entrelacé nos doigts.

Qu'est-ce que je fous, bordel ?

Ça m'a tout de suite fait du bien. Ça n'avait rien à voir avec le sexe, mais c'était meilleur que n'importe quelle expérience sexuelle. Je ne pouvais pas le décrire. Était-ce un remède contre la solitude ? Était-ce parce que je me sentais plus proche d'elle ? Qu'est-ce que c'était ?

Ses doigts se sont resserrés autour des miens et elle s'est blottie contre moi.

Qu'est-ce qui nous prend ?

J'aurais dû retirer ma main, mais c'était trop tard. Le mal était fait. J'avais fait ce geste sans réfléchir et je devais maintenant en assumer les conséquences. Peut-être qu'elle était endormie et ne s'en rendait pas compte. À la fin du film, je retirerai rapidement ma main et ferai comme s'il ne s'était rien passé.

J'ai reporté mon attention sur l'écran, mais je ne pensais qu'à nos mains jointes. Ses doigts étaient si petits comparés aux miens. Son odeur m'enveloppait toujours et je me demandais si mon pull aurait son parfum jusqu'à ce que je le lave. J'aimerais que cette odeur imbibe mes draps. Je me demandais si elle avait aussi bon goût qu'elle sentait bon.

Le film s'est terminé et la salle s'est allumée.

J'ai retiré discrètement ma main et essayé de me comporter comme si je n'étais pas un enfoiré.

Beatrice a remué, puis s'est écartée de mon épaule. Elle a cligné des yeux plusieurs fois comme si elle se forçait à émerger d'un rêve agréable.

– Pardon… je crois que je me suis endormie.

– C'est pas grave.

J'ai croisé les bras sur ma poitrine d'un air gêné.

Elle a souri, puis dégagé les cheveux de son visage.

– Eh bien, on dirait que tu me dois un dîner.

Je l'ai raccompagnée jusqu'à sa porte. Elle portait encore mon sweat. Je n'avais pas froid et je n'en avais pas besoin. Et puis, j'aimais le voir sur elle. C'était l'un des sweats que je portais quand je jouais au basket avec mes potes. Il était bien trop grand pour elle, mais elle était trop mignonne dedans.

– Merci de m'avoir invitée au restau et au cinéma.

Elle s'est arrêtée devant sa porte et m'a regardé avec un sourire indélébile. Elle me regardait toujours comme ça, comme si j'étais la personne qu'elle préférait au monde.

– De rien.

Elle a commencé à enlever le sweatshirt.

– Je dois te le rendre.

J'ai levé la main.

– Garde-le. Tu me le rendras plus tard.

– T'es sûr ?

– Je ne voudrais pas que tu attrapes froid.

Elle a tiré sur le sweat, même s'il n'y avait aucun pli dans le tissu.

– Excuse-moi de m'être endormie pendant le film.

– C'est pas grave. Je n'y prêtais même pas attention.

Elle a levé un sourcil.

– Quoi ?

Merde.

– Je veux dire que je ne prêtais pas attention à toi. Je n'ai même pas remarqué que tu dormais avant que tu me baves sur l'épaule.

J'espérais qu'elle goberait cette histoire bidon.

Elle s'est couvert la bouche et a étouffé un petit cri.

– Oh, mon Dieu… j'ai bavé ?

J'ai souri parce que sa gêne était trop mignonne.

– Non. Je blaguais.

– Oh, souffla-t-elle soulagée en s'agrippant la poitrine. Heureusement. J'aurais eu trop honte.

– Il n'y a pas eu de bave sur mon épaule, alors tout va bien.

– Ouf. Sinon tu m'aurais vannée jusqu'à la fin de ma vie.

J'ai haussé les épaules.

– Je trouverai autre chose pour te vanner.

Elle a jeté un coup d'œil vers la porte.

– Bon, ben, bonne nuit.

– Bonne nuit.

Mais je suis resté planté devant sa porte, sans savoir pourquoi. Mes pieds ne voulaient pas m'emmener. J'espérais qu'elle allait m'inviter à entrer ? Je voulais entrer chez elle ?

Qu'est-ce qui ne va pas chez moi ?

Au lieu de déverrouiller sa porte, elle s'est approchée de moi et a passé les bras autour de ma taille. Elle m'a serrée et a posé la joue contre ma poitrine.

Je me suis figé à son contact parce que je ne m'y attendais pas. Je n'ai compris ce qui se passait que lorsque j'ai senti ses bras autour de ma taille. Automatiquement, les miens se sont enroulés autour de sa taille et je l'ai tirée vers moi. Mes mains semblaient mues par leur propre volonté et faisaient ce qu'elles voulaient.

J'ai posé le menton sur sa tête parce qu'elle était à la bonne hauteur. Elle paraissait minuscule dans mes bras, comme si je pouvais la soulever d'une main et la hisser sur mon épaule. J'ai glissé la main le long de son dos et je l'ai laissée là. J'adorais cette partie de son corps. Elle accentuait les courbes de son corps. Je donnerais n'importe quoi pour sentir sa peau nue contre la mienne. Je savais qu'elle serait douce et lisse sous ma langue.

Nous sommes restés ainsi un long moment, aucun de nous ne parlant. C'était comme si nous ne voulions pas mettre fin à l'étreinte. La dernière fois que nous nous étions enlacés, il s'était passé la même chose. Il semblait plus difficile pour nous deux de nous séparer chaque fois que cela se produisait.

Et si on ne se séparait jamais ?

Elle s'est écartée la première, puis elle m'a regardé dans les yeux. Ses yeux verts scintillaient comme des guirlandes de Noël. Ils avaient leur propre lumière que rien n'obscurcissait. L'affection profonde qu'ils exprimaient me faisait me sentir bien dans ma peau. C'était un sentiment inexplicable. Ses émotions étaient faciles à lire une fois qu'elle vous laissait l'apprivoiser.

Je devais la lâcher. Je devais m'éloigner. Je devais lui dire au revoir.

Beatrice me fixait toujours. Puis elle a jeté un coup d'œil vers mes lèvres.

Non.

Ça ne peut pas arriver.

Non.

Elle m'a regardé de nouveau, avant de baisser les yeux vers ma bouche. Son intention était claire comme de l'eau de roche.

Je ne peux pas laisser faire ça.

Elle s'est approchée pour me donner l'estocade finale, se hissant sur la pointe des pieds pour atteindre mes lèvres.

Je devais m'éloigner. Je devais tout arrêter avant que ça commence. Je ne pourrais que lui faire du mal. Je n'étais pas capable d'autre chose.

Ses lèvres ont effleuré les miennes. À peine. J'ai senti leur douceur même si je n'en ai eu qu'une infime parcelle. J'étais si près maintenant que je ne voulais plus m'arrêter. Je la voulais tout entière. Je la désirais depuis si longtemps que je ne pouvais plus le nier.

Lentement, elle a pressé les lèvres sur ma bouche.

Nous nous sommes imbriqués.

Ses lèvres frottaient doucement les miennes, glissant dessus comme si elles étaient faites pour s'embrasser. Elle bougeait sa bouche méthodiquement, m'allumant intentionnellement. Par moments, elle m'embrassait et à d'autres sa bouche m'effleurait dans une danse envoûtante.

Putain, elle embrasse bien.

Puis elle m'a embrassé de nouveau en m'aspirant la lèvre inférieure. Pour une fille aussi timide et renfermée, elle savait comment m'embraser d'un feu ardent. Puis elle a écarté mes lèvres avec sa langue… et l'a enroulée autour de la mienne.

Oh, putain de bordel de merde.

Tout mon corps était en feu. Ça me brûlait partout, me donnant si chaud que j'en avais froid. Je haletais dans la bouche, la respiration hachée. Je m'étais laissé séduire par cette belle fille qui m'avait volé mon cœur par inadvertance. J'ai empoigné sa nuque et glissé les doigts dans ses cheveux, puis j'ai incliné sa tête en arrière, plus agressivement.

Je ne savais pas ce que je voulais exactement, mais je savais que je voulais plus que ça. Je voulais que sa bouche soit à moi pour toujours. Je voulais ça tous les jours et toutes les nuits. Je ne voulais qu'elle, la fille qui m'avait fait revivre.

Puis je me suis souvenu que c'était une connerie.

Je me suis souvenu que j'étais un monstre.

Je me suis souvenu de ce que j'avais fait à Lexie.

Beatrice serait la prochaine.

Je ne pouvais pas lui faire ça. Comment pourrais-je faire du mal à une si belle personne ? Comment pourrais-je salir sa pureté ? Elle méritait le meilleur des hommes. Et ce n'était certainement pas moi. Même si ça me brisait en mille morceaux, j'ai trouvé la force de m'éloigner.

À la seconde où nos bouches se sont séparées, j'ai eu l'impression d'avoir le cœur arraché de la poitrine. Mon corps allait devoir continuer de vivre sans son organe le plus important.

L'expression de son visage m'a brisé le cœur.

Il exprimait l'embarras et le chagrin. Elle voulait se cacher, mais n'avait nulle part où aller. Je l'ai rejetée, froidement. Ça blesserait n'importe qui. J'ai brisé notre étreinte pour ne pas lui faire du mal. Mais je lui en ai quand même fait.

– Je… je t'appelle plus tard.

Je suis parti sans me retourner. J'ai marché dans le couloir en me retenant de faire demi-tour et courir vers elle. Mon corps voulait la plaquer contre la porte et poursuivre ce baiser brûlant. Mais j'ai trouvé le courage de m'en aller.

Parce que je l'aime.

7

CONRAD

Lexie semblait avoir retrouvé son état normal. Après que je lui ai dit que je ne la baiserais plus comme un animal, elle a compris qu'elle ne pouvait pas refouler son chagrin et faire comme s'il n'existait pas. Alors nous avons fait l'amour au lieu de forniquer, ce que nous étions censés faire depuis le départ.

Je suis le meilleur petit ami que la Terre ait jamais porté.

Je traitais Lexie comme une reine avant que tout ça n'arrive, mais maintenant, je me donnais encore plus de mal pour veiller à ce que les drames qui se déroulaient autour de nous ne contaminent pas notre amour. Voir son père quitter sa mère l'avait ébranlée. Si mon père faisait ça à ma mère... je ne pourrais plus jamais le regarder de la même façon.

Mais elle et moi n'étions pas comme ça. Ce que nous vivions était unique et vrai. J'ignorais comment je le savais, mais notre histoire durerait pour toujours. Elle me complétait à merveille. Je faisais sans cesse ce rêve où elle était ma femme ; je rentrais chez nous le soir dans l'immense demeure que je lui avais achetée. Le dîner était sur la table quand j'arrivais et nos enfants couraient dans la maison.

Mon vœu le plus cher est que ce rêve se réalise.

Elle était stérile et ne pouvait pas avoir d'enfants, mais il existait d'autres moyens. La médecine offrait des solutions pour réaliser ce rêve. Si nous devions recourir à la science, nous le ferions. Et s'il n'y avait pas de solution, nous pourrions adopter. Dans tous les cas, ça ne m'empêcherait pas de l'épouser.

Je dois juste attendre le bon moment.

Était-elle prête pour le mariage ? Combien de temps devais-je attendre pour que ce soit le bon moment ? Je devrais peut-être attendre que sa mère fréquente un autre homme. Quelle était la réponse ?

Je ne voulais pas précipiter les événements si elle n'était pas prête. Ce serait insensible et franchement grossier. Quelle importance que l'on se marie maintenant ou dans un an ?

Je peux attendre.

J'étais à la maison quand j'ai reçu un appel d'un numéro inconnu. J'ai répondu, pensant que c'était peut-être professionnel.

– Conrad Preston.

– Bonjour, c'est Melissa de chez Tiffany.

Pourquoi m'appelle-t-elle ?

– Vous êtes venu à la boutique il y a environ un mois et vous êtes tombé en admiration devant un de nos bijoux. Je vous l'ai réservé, mais le délai est écoulé. Je voulais savoir si vous étiez toujours intéressé par l'achat de cette bague.

Ça m'était sorti de l'esprit. J'ai été tellement occupé, notamment avec le retour de Cayson, que je n'y ai pas vraiment réfléchi. Je ne savais même plus ce qui m'avait poussé à entrer dans cette bijouterie, d'ailleurs.

Mais quand j'ai vu cette bague, j'ai immédiatement pensé à Lexie.

– Monsieur ? Vous êtes là ?

Je me suis frotté la tempe en réfléchissant à sa question. La bague était chère, très chère pour les goûts simples de Lexie, mais je savais qu'elle l'adorerait. Elle lui irait tellement bien. Elle était ornée d'un gros diamant qui brillait même en l'absence de lumière. Je voulais qu'elle la porte partout où elle allait. Tous les hommes sauraient qu'elle était intouchable.

Je ne savais pas encore quand j'allais faire ma demande, mais il ne faisait aucun doute que j'en avais l'intention et l'envie. J'aimais Lexie de toutes les fibres de mon être. Même dans ses pires jours, elle me rendait heureux. Elle me faisait rire et me réchauffait le cœur. Être avec elle, c'était comme être avec ma meilleure amie.

– Conrad ? Le moment est mal choisi ?

Je me suis éclairci la voix.

– Je la prends.

Lexie s'est habillée et recoiffée devant la glace. Il était évident qu'elle venait de se rouler dans mon lit. Ses lèvres étaient rougies par l'agressivité de mes baisers et ses cheveux emmêlés comme si je les avais empoignés d'un bout à l'autre de nos ébats.

Ça m'a fait rebander immédiatement.

– Où est-ce que tu t'enfuis ?

Elle a passé les doigts dans ses cheveux pour les lisser.

– Chez ma mère.

– Ah ouais ? C'est quoi votre programme ?

– On va faire des tartes.

– Pour…?

– Pour rien, dit-elle en haussant les épaules. J'essaie de trouver des raisons de passer du temps avec elle pour briser sa solitude.

– C'est une bonne idée.

– Faut juste que je fasse attention de ne pas m'empiffrer.

Elle s'est tapoté l'estomac.

– Ça fait un coussin pour amortir les chocs, raillai-je en clignant de l'œil.

Elle a levé les yeux au ciel.

– Si tu le dis, Conrad.

– Je peux t'accompagner ?

Elle m'a jeté un regard incrédule.

– Tu veux faire des tartes avec ma mère ?

– Pourquoi pas ? dis-je sérieusement. Tu viens de parler de tartes et tu sais à quel point j'aime ça.

– T'as pas besoin de m'accompagner, Conrad. Je vais bien.

– J'en ai envie. Je ne te l'aurais pas proposé si je ne voulais pas.

Je me suis assis et appuyé contre la tête de lit.

– Vraiment ? demanda-t-elle en me scrutant, une main sur la hanche.

– Vraiment.

Je l'ai saisie par le bras et tirée vers moi. Quand elle a été suffisamment près, j'ai enlacé sa taille d'un bras.

– À condition que tu passes toute la semaine avec moi, ajoutai-je.

Elle a froncé les sourcils.

– J'aurais dû me douter qu'il y avait un piège…

Je l'ai embrassée à la commissure des lèvres

– Allez, bébé. Amène tes affaires ici et on passe la semaine ensemble.

– Tu ne t'énerveras pas contre moi ?

– M'énerver ? Certainement pas.

– Je vais mettre des cheveux dans ton siphon…

– Et alors ?

– Mon maquillage et mes produits de beauté vont envahir ton espace.

– Je peux le supporter.

Elle a pincé les lèvres, comme si elle réfléchissait à cette éventualité.

– Allez. Je sais que tu adores dormir avec moi.

– C'est sympa… c'est comme avoir mon propre grizzli.

Je l'ai tirée plus près de moi et j'ai grogné dans son cou.

– Et tu sais comment sont les grizzlis quand ils ont faim…

– Et je sais que j'ai un goût de miel…

Je l'ai embrassée sensuellement dans le cou.

– C'est vrai.

Elle s'est dégagée de mon emprise.

– D'accord. Ça marche.

– On tope ?

– Et si on s'embrassait plutôt ?

Elle s'est blottie dans mes bras et m'a donné un long baiser.

Au lieu d'en rester là, je l'ai soulevée et jetée sur le lit. Je me suis immédiatement inséré entre ses cuisses en prévision d'un nouveau round.

– Conrad, je viens de me coiffer…

Je l'ai écrasée sous moi.

– On dirait que tu vas devoir recommencer.

– Tu as déjà fait une tarte, mon chou ? m'interpella sa mère par-dessus la table.

Elle avait un saladier rempli de pâte et un moule à tarte devant elle.

J'ai relevé mes manches.

– Nan, mais j'en ai mangé plein, répondis-je en donnant un coup de coude espiègle à Lexie.

Elle a gardé les yeux baissés sur son ouvrage, mais elle a souri.

– Tu manges n'importe quoi, Conrad. Ce n'est pas un compliment sur mes talents de cuisinière.

– Je ne suis pas d'accord.

J'ai regardé les différents bols de fruits.

– Et maintenant ?

– Tu dois décider ce que tu vas faire, dit sa mère. Puis tu étales la pâte dans le moule avant de la fourrer.

– Ça n'a pas l'air trop dur.

– C'est ce que tu crois.

Macy a levé les yeux au ciel avant de prendre une boule de pâte et la poser dans le moule.

Lexie a pointé le saladier du menton.

– À toi de jouer.

J'ai plongé la main à l'intérieur et j'ai tout pris.

Elle a ri en m'attrapant le bras.

– Pas autant. La tarte doit être fine.

– Oh, dis-je en remettant la moitié de la pâte dans le saladier. C'est mieux ?

– Beaucoup mieux.

J'ai lâché la pâte dans le moule. Elle est restée en boule et s'est collée au fond.

– Je peux en manger ?

– Non, répondit immédiatement sa mère. Ne mange pas de pâte crue.

Lexie en a détaché un bout qu'elle a fourré dans sa bouche.

– Je trouve ça bon.

Macy a fait la même chose.

– Moi aussi.

Leur mère a poussé un gros soupir.

– Ne venez pas pleurer quand vous serez malade.

Lexie avait un peu de pâte sur la lèvre inférieure, mais elle ne l'a pas remarqué.

Je l'ai fixée en essayant de ne pas sourire. Elle était trop mignonne sans même le vouloir, et ramenait ses cheveux sur une épaule d'une façon super sexy. Parfois, je me demandais si elle réalisait à quel point elle était belle.

– Bébé, t'as un truc sur la lèvre.

Si nous étions seuls, je lui enlèverais d'un coup de langue. Mais je voulais rester décent devant sa famille.

– Oh.

Lexie a louché sur son visage, puis elle a tiré la langue pour le lécher. Elle n'arrêtait pas de le rater.

– Laisse-moi t'aider, m'esclaffai-je.

Je lui ai enlevé du pouce, puis j'ai sucé mon doigt.

– C'est super bon.

– Je te l'avais dit, jubila Lexie avant d'étaler la pâte dans son moule du plat de la main.

Je me suis tourné vers mon moule pour faire pareil, mais j'ai surpris sa mère qui me regardait fixement, un petit sourire aux lèvres.

Qu'est-ce que j'ai fait ?

Toujours en souriant, elle m'a saisi les mains et les a appuyées au fond du moule.

– Comme ça, Conrad. Pousse la pâte vers l'extérieur.

– C'est hygiénique ?

– Ça dépend. Tu as les mains sales ?

Elle m'a lancé un regard que moi seul pouvais saisir. Une allusion grivoise.

J'ai essayé de ne pas sourire.

– Je les ai lavées juste avant.

– Alors ça devrait aller.

Elle s'est occupée de son propre moule, poussant la pâte vers l'extérieur. Quand elle est arrivée sur le rebord, elle l'a recouvert de pâte aussi.

– Ça empêche la pâte de se recroqueviller.

Quand j'ai essayé de faire pareil, j'ai déchiré et troué la pâte.

– Oups.

– C'est à cause de tes grosses paluches, dit Lexie en rebouchant le trou.

– Je ne dois surtout pas démissionner pour devenir pâtissier, plaisantai-je.

– Tu te débrouilles bien, mon chou, dit sa mère. Ta seule présence ici fait de toi un pâtissier professionnel.

Ses doigts malaxaient la pâte à toute allure comme si elle avait fait ça des centaines de fois.

– Qu'est-ce que tu vas mettre dans la tienne ? me demanda Macy.

Elle ne me draguait plus. Les regards qu'elle me lançait étaient purement amicaux. J'ignorais ce qui s'était passé entre elle et Lexie, mais elles avaient fait une trêve. Le départ soudain de leur père leur avait peut-être fait relativiser les choses. C'était un soulagement pour moi, car je pouvais enfin avoir une relation avec elle. Je voulais être proche de la famille de Lexie, pas les tenir à distance.

– Je ne sais pas encore. Pour l'instant, je pense à des myrtilles.

– Tu peux mélanger les fruits, dit Macy. Myrtilles, cerises et fraises.

– Bonne idée.

Je l'ai remerciée d'un petit signe de tête. La voir me parler comme une personne normale, sans exhiber ses nibards ou autre, était un changement agréable.

– Tu la fais à quoi, bébé ? demandai-je à Lexie.

– Myrtilles.

Elle s'est frotté vivement les paumes avant de prendre des fruits dans le bol.

– Toute cette histoire de tarte me donne faim, grognai-je.

– Ça vaut la peine d'attendre un peu, crois-moi, dit sa mère. On pourra manger nos tartes à même le moule.

– Chouette, s'exclama Macy.

La conversation a dérivé vers la couture et le crochet, sujets dont j'ignorais tout. Je me suis concentré sur ma tâche et essayé de mettre pile la bonne quantité de fruits. Tout le monde s'en ficherait si ma tarte était laide, mais je voulais au moins qu'elle soit bonne pour pouvoir la manger.

– Comment va ton travail, mon chou ? me demanda sa mère.

Elle m'appelait toujours par un surnom. Je me demandais si c'était sa façon d'être affectueuse et de me faire sentir le bienvenu. Elle appelait ses filles par leur prénom.

– J'ai pas à me plaindre. On est débordés, mais c'est plutôt bon signe.

– Qu'est-ce que tu fais exactement ? demanda Macy.

J'ai haussé les épaules.

– Grosso modo, je dirige la boîte. Je m'occupe des réunions avec les investisseurs. Je gère les contrats. Je parle directement avec nos développeurs. Et je me charge de tous les trucs chiants qui en découlent.

– C'est merveilleux, s'extasia sa mère. Tu es quelqu'un d'important.

– Et blindé, lâcha Macy.

Sa mère lui lança un regard noir.

– Ne parle pas comme ça à notre invité.

– C'est bon, dis-je. Je ne suis pas offensé.

– Quand vas-tu reprendre officiellement la boîte ? demanda Lexie.

– Je ne sais pas. Mais très bientôt.

– Ton père doit avoir hâte de partir à la retraite, avança sa mère.

– Il est encore jeune. Mais je sais qu'il veut jouer au golf et voyager avec ma mère.

– Ils sont adorables, dit Lexie.

– Par adorables, tu veux dire dégoûtants ? demandai-je.

Lexie a levé les yeux au ciel.

– Non, juste adorables.

– Ils sont mariés depuis combien de temps ? demanda sa mère.

C'était un sujet délicat. Le mariage heureux de mes parents venait rappeler à tout le monde l'effondrement du sien.

– Je ne sais pas exactement, mais au moins vingt ans. Ils se sont rencontrés au boulot. Je crois que ma mère était comptable ou un truc comme ça. Mon père l'a harcelée sexuellement jusqu'à ce qu'elle accepte de sortir avec lui… il me semble.

– C'est mignon. Tu as des frères et sœurs ?

– Une grande sœur.

– Que fait-elle ?

– Elle a créé une marque de mode.

C'était complètement dingue. Son entreprise avait presque autant de succès que Pixel, qui existait depuis des décennies.

– Elle cartonne vraiment, ajoutai-je. Parfois, j'ai du mal à y croire. Je la vois toujours comme une sale morveuse.

Lexie a pouffé.

– Elle est vraiment cool. Vous vous ressemblez plus que tu le penses.

– C'est magnifique, dit sa mère.

– Elle s'est mariée l'année dernière. Son mari et elle essaient d'avoir un bébé. Alors il se peut que je sois tonton dans pas longtemps.

– Félicitations. Tu adoreras avoir une nièce ou un neveu.

– Je le monterai contre ma sœur, dis-je avec un rire diabolique. Elle ne sait pas ce qui l'attend.

Macy a ri tout en continuant de préparer sa tarte.

Après avoir placé les fruits à l'intérieur, il fallait les recouvrir de pâte. C'était la partie la plus difficile parce que si j'appuyais trop fort, les fruits s'échappaient sur le côté et atterrissaient sur la table. La pâtisserie était une science exacte.

Une fois la préparation terminée, il ne restait plus qu'à cuire la tarte. Il y avait deux fours dans la cuisine, pouvant contenir chacun deux tartes. J'ai tenu le plateau chargé des moules pendant que sa mère insérait les tartes dans le four. Macy et Lexie sont restées à table, bavardant tranquillement.

Une fois les moules enfournés, la mère de Lexie a fermé les portes et enclenché le minuteur.

– On n'a plus qu'à attendre.

– Plus facile à dire qu'à faire…

Elle a tourné les yeux vers moi, une lueur particulière dans le regard.

C'était comme si elle me voyait pour la première fois. Comme si elle braquait une torche sur moi, me mettant en lumière pour que je ne puisse pas me cacher.

– Tu es un jeune homme étonnant. J'aime beaucoup ta façon de regarder ma fille.

Mon corps s'est raidi à ses mots, incapable de répondre. C'était un compliment, mais je ne savais pas comment réagir. Était-ce si évident que Lexie m'obsédait ? Je ne pouvais même pas le cacher à sa propre famille ?

– J'ai hâte de danser à votre mariage.

Je me suis figé et j'ai dégluti difficilement.

– Merci…

Elle m'a souri, puis m'a pris dans ses bras. Elle m'a serré très fort comme si elle ne prévoyait pas de me lâcher un jour.

– Je n'arrête pas de lui dire que ce sera différent. Cette fois, elle a trouvé le bon.

Elle m'a libéré et m'a jeté un dernier regard affectueux avant de s'en aller.

Je suis resté sur place, essayant de comprendre ce qui venait de se passer. Beaucoup de choses avaient été dites et ressenties. Mais j'étais sûr d'une chose : elle m'avait donné l'autorisation d'épouser Lexie.

8

LEXIE

Conrad voulait que je reste avec lui toute la semaine, et j'ai fait semblant de ne pas être enthousiasmée par sa proposition. En réalité, je l'étais. L'idée d'être avec lui tous les jours pendant sept jours d'affilée semblait merveilleuse. Quand je pieutais seule dans mon appartement, je ne dormais pas aussi bien. J'avais besoin de mon homme dans le lit pour me tenir chaud toute la nuit.

J'ai posé mes sacs, puis j'ai installé mon maquillage et mes produits de soins dans sa salle de bain.

Il était allongé sur le lit, les bras derrière la tête.

– J'ai fait de la place pour toi dans le placard.

– Comme c'est gentil de ta part…

J'ai ouvert et vu qu'il était à moitié vide.

– Et cette table de nuit est entièrement pour toi.

Il a ouvert le tiroir du haut pour me montrer qu'il était vide.

– Tu n'avais pas à faire ça juste pour une semaine.

Il a haussé les épaules.

– Tu peux laisser des affaires ici pour aller et venir à ta guise… comme tes culottes, dit-il en remuant les sourcils.

J'ai levé les yeux au ciel.

– T'es vraiment un gros pervers.

– Quoi ? Me branler sur une petite culotte de ma copine fait de moi un pervers ?

– C'est la définition exacte, en fait.

Il a souri comme un idiot.

– Alors j'accepte ce qualificatif avec plaisir.

J'allais relever les yeux au ciel quand il m'a attrapée par le poignet.

– Quelqu'un veut sa fessée, on dirait…

Je me suis dégagée de son emprise.

– Comme si tu pouvais m'attraper.

Il m'a saisie prestement par la taille et m'a jetée sur le lit, le ventre contre le matelas. Il a réussi à me maintenir en place d'un seul bras et une seule jambe. Ses mains libres sont remontées le long de ma cuisse et ont retroussé ma robe, exposant mon cul dénudé par le string.

– Eh bien, c'était facile.

Je me suis débattue, en vain.

Il m'a tapoté le cul de la paume de la main.

– Je t'ai prévenu que j'allais te donner une fessée.

– Oh non…

Il m'a caressé la fesse avant de la gifler. Un contact trop bref pour que ça brûle.

– C'est tout ce que tu as dans le ventre ?

Il m'a fessée un peu plus fort, mais le geste était toujours mollasson.

– C'est toute la force dont mon grand costaud peut faire preuve ?

Il s'est penché et a posé un baiser mouillé sur ma fesse.

– Je garde mes forces pour te protéger, pas pour te frapper.

Il m'a lâchée et m'a embrassé une fesse, tout en pelotant l'autre.

La chaleur a envahi mon corps à son contact.

Il a rampé le long de mon dos en me picorant la peau. Quand il a atteint ma nuque, il a posé des baisers à la naissance des cheveux. Ce geste intime m'a donné le frisson.

Conrad m'a retournée d'un seul bras et positionnée sous lui. Le regard enflammé qu'il m'a lancé m'a donné envie de me tortiller. Il y avait tant d'amour et de possessivité dans ce regard. Sans détacher les yeux des miens, il a glissé la main sous ma robe et baissé mon string. Puis il a enlevé son t-shirt par la tête et déboutonné son jean. Il me fixait toujours, et voir la confiance dans son regard a incendié mon entrejambe.

Une fois nu, il s'est inséré entre mes cuisses, m'empoignant les cheveux d'une main. Il m'a possédée comme il l'avait fait des centaines de fois, mais j'aimais être obligée de me soumettre à sa domination.

Conrad m'a effleuré les lèvres, pour m'exciter. Puis il m'a embrassé au coin de la bouche tout en me doigtant doucement. Il a tout de suite senti que je mouillais, et j'étais un peu gênée qu'il lui soit si facile de m'allumer. Lui faisais-je le même effet ?

Il a attrapé un oreiller et l'a glissé sous mes hanches, ce qui a eu pour effet de me relever le bassin. Sa queue a trouvé facilement ma fente et il m'a pénétrée presque sans friction tellement j'étais mouillée.

À la seconde où je l'ai senti en moi, j'ai agrippé ses bras et enfoncé les ongles dans sa peau.

– Conrad…

Mes hanches étaient inclinées et je me sentais plus remplie que d'habitude. Son sexe me semblait plus long et plus épais.

– Bébé.

Il m'a regardée dans les yeux quand il a commencé à bouger. Il n'a pas détourné le regard du mien. Le contact visuel insistant pendant les rapports sexuels me mettait mal à l'aise, mais Conrad a réussi à le rendre excitant. Les fenêtres de nos âmes étaient ouvertes, et le lien ne pouvait pas être rompu parce que nous refusions tous les deux de ciller.

– Tu es toute ma vie, tu sais ça ?

J'ai opiné doucement, car j'avais perdu la voix.

Il m'a embrassée sensuellement, respirant dans ma bouche. Puis il a replongé les yeux dans les miens.

– Je t'aime tellement, putain.

Je l'ai serré contre moi et j'ai enroulé les jambes autour de sa taille.

– Je t'aime encore plus, soufflai-je.

Je me suis brossé les dents au-dessus du lavabo, et Conrad a fait de même au-dessus de l'autre lavabo. Il était torse nu, vêtu seulement d'un caleçon. Il incarnait la perfection au masculin. Il avait des épaules larges, une poitrine puissante et des abdos plus durs qu'une dalle de béton.

Il m'observait dans la glace en souriant, tout en se brossant les dents.

J'ai surpris son regard et rapidement détourné les yeux.

Il n'arrêtait pas de me fixer.

– Quoi ? dis-je la bouche pleine de dentifrice.

Il s'est penché sur le lavabo et a craché.

– T'es sexy quand tu te brosses les dents.

J'ai grimacé et craché.

– Comment est-ce possible ?

Il a haussé les épaules, puis a remis la brosse dans sa bouche.

– À toi de me le dire.

J'ai rincé ma brosse à dents, puis versé du bain de bouche. Après m'être gargarisée, j'ai craché.

– T'es sexy quoi que tu fasses — surtout quand tu es torse nu.

– Même quand je fais une tarte ?

Il s'est aspergé le visage et essuyé avec une serviette.

– Surtout quand tu fais une tarte.

Il a souri en me regardant dans le miroir. Puis il est venu derrière moi et m'a claqué les fesses.

– Je dois m'habiller.

Il est sorti et a disparu de ma vue.

Je pourrais faire ça tous les jours.

Après m'être coiffée, maquillée et préparée, je l'ai rejoint pour que nous partions ensemble.

Conrad a ouvert le tiroir d'une commode près de la porte et a pris une clé. Puis il me l'a donnée.

– C'est la clé de chez moi. Entre et sors à ta guise.

Je l'ai prise et j'ai senti mon cœur s'arrêter.

– Quoi ?

– Tu restes ici pour la semaine, c'est plus pratique. Ne la perds pas.

J'ai regardé la clé pendant longtemps avant de la glisser dans ma poche.

– Oh… merci.

Il m'a embrassée avant de partir.

– Allons-y. Plus vite on aura fini, plus vite on reviendra ici.

– Bien vu.

– Lexie, il y a un monsieur qui veut te voir, dit la voix de ma secrétaire dans l'interphone.

J'ai appuyé sur le bouton.

– C'est qui ?

J'espérais que c'était Conrad. Il pouvait se pointer ici et me prendre sur mon bureau quand il voulait.

– Mike Preston.

– Oh…

J'ai essayé de masquer la déception dans ma voix. J'aimais beaucoup le père, mais je préférais de loin le fils.

– Fais-le entrer.

– Tout de suite.

J'ai attendu assise à mon bureau que la porte s'ouvre.

Mike est entré, vêtu d'un costume noir. Il ressemblait tellement à Conrad que c'en était flippant. Ils avaient tous les deux les mêmes traits et la même morphologie. Ils étaient à la fois costauds et solides, le genre de silhouette que l'on éviterait dans une ruelle sombre. Ils avaient des yeux bleus, mais qui n'étaient pas clairs. Ils prenaient toujours une teinte plus foncée. C'était un autre de leurs points communs. Si Conrad ressemblait à son père en vieillissant, je serais une femme très heureuse.

Il m'a fait la bise en m'étreignant.

– Bonjour, Lexie. Comment vas-tu ?

– Bien. Qu'est-ce qui vous amène ici ?

– J'étais dans le quartier et j'ai pensé qu'on pourrait déjeuner ensemble, si tu as le temps, bien sûr.

– J'ai toujours le temps de manger.

J'ai pris mon sac à main et j'ai appuyé sur le bouton de l'interphone.

– Lucy, je sors déjeuner. Prends mes appels.

– Bien sûr, Lexie.

– Alors, où voulais-tu aller ?

– Thaï ?

– Ça me va bien.

Nous avons commandé nos plats, puis rendu les cartes au serveur. Mike était assis face à moi, ses épaules larges dépassant de la chaise. On aurait dit qu'elle était trop petite pour lui et pouvait se briser sous son imposante masse musculaire.

– Pourquoi Conrad n'est pas venu ?

Il a gardé un visage grave.

– Je ne l'ai pas invité.

– Pourquoi ? demandai-je en buvant mon thé.

– Je le vois tous les jours. J'en ai marre de sa gueule au bout d'un moment.

Je ne me lasse jamais de lui.

– Il sera furieux quand il l'apprendra.

– Je m'en tape, dit-il en posant une main sur la table. Il trouve toujours une excuse pour piquer sa crise. Comment vas-tu ?

Il se moquait toujours de Conrad, mais il montrait à quel point il l'aimait en même temps. C'était une relation inhabituelle.

– Je vais bien.

Vivre chez Conrad pour la semaine était un rêve. J'adorais dormir avec lui tous les soirs et me réveiller avec son beau visage le matin.

Il m'a regardée comme s'il ne me croyait pas.

Qu'est-ce que j'ai dit ?

Il s'est frotté le menton avant de reposer sa main sur la table.

– Excuse-moi, mais Conrad m'a appris pour tes parents…

Juste quand j'avais arrêté d'y penser, c'est revenu au galop.

– Oui, c'est triste.

– Je voulais juste m'assurer que tu allais bien. Tu peux me parler si Conrad est trop nul pour t'écouter.

Mike a toujours été gentil avec moi. Cassandra aussi. Il m'a accepté dans leur famille dès notre rencontre. Il s'est occupé de moi comme si j'étais sa propre fille. Toute sa famille m'a accueillie sans condition préalable. Même si ma profession était un peu bizarre, ils me respectaient et m'appréciaient.

– Ça va. C'est voir ma mère seule qui me fait le plus de mal. J'ai perdu tout respect pour mon père. En fait, je ne le considère même plus comme mon père.

J'ai contenu mon émotion, car nous étions en public.

– J'imagine…

J'ai regardé mes mains posées sur la table parce que je ne savais pas quoi ajouter.

– Mes parents ont divorcé, dit-il de but en blanc.

Ah bon ? Je croyais qu'ils étaient toujours ensemble.

– Ils se sont remariés, expliqua-t-il en voyant mon air perplexe.

– Oh… voilà une histoire intéressante.

– Ma mère a perdu la tête. Elle est devenue critique, brutale et désagréable. Elle était particulièrement méchante avec Scarlet et Cassandra. Mon père en a eu marre et il l'a quittée.

– La vache…

– On a découvert plus tard qu'elle avait une tumeur au cerveau.

– Oh mon Dieu, glapis-je.

– Ça a créé un déséquilibre chimique responsable de son attitude agressive. Quand mon père l'a réalisé, il est revenu vers elle. Ensemble, ils ont surmonté cette épreuve. Elle a été opérée avec un succès total.

– Je suis contente que tout se soit bien terminé.

– Moi aussi. Mais bref, quand mes parents ont décidé de se séparer, j'ai eu du mal à le supporter. J'étais un adulte, mais j'en ai quand même souffert. C'était dur pour mon frère aussi. Ce que je veux dire, c'est que je comprends ce que tu ressens.

J'ai hoché la tête même si je n'étais pas tout à fait d'accord. Mon père était une ordure qui avait laissé ma mère en plan. Maman pourrait peut-être lui pardonner, mais pas moi. Peu importe que mon père et moi ayons le même sang ; je ne fréquentais pas des gens comme ça.

– Les choses s'arrangeront, dit-il. Sois patiente.

– J'espère que ma mère trouvera quelqu'un d'autre et tombera amoureuse. Mais je doute que ça arrive. Ma mère aime tellement mon père, même aujourd'hui. Et je ne crois pas que ça changera un jour.

Il m'a lancé un regard désolé.

– La pouffe de mon père va le planter un jour ou l'autre. Il réalisera peut-être alors qu'il a été con et retournera voir ma mère. Mais j'espère sincèrement qu'elle ne le reprendra jamais. Elle mérite quelqu'un de mieux que lui.

Mike ne savait visiblement pas quoi dire, car il me regardait fixement.

– Qui a trompé un jour trompera toujours. C'est mon dicton.

Mike a haussé les épaules.

– Je ne pense pas que ce soit toujours vrai, mais ça l'est souvent.

Ses paroles m'ont fait penser à Jared. Quand il s'est excusé, il semblait sincère. Mais comment pourrais-je faire confiance à quelqu'un comme lui à nouveau ? Comment ma mère pourrait-elle faire confiance à mon père ?

– Conrad n'est pas du tout comme ça. J'espère que tu en as conscience.

Ces mots sont sortis de nulle part, et j'ignorais pourquoi il les avait dits.

– Je sais.

Mike a acquiescé d'un signe de tête.

– Parfois, quand on a eu un chagrin d'amour, on devient parano. Je veux juste m'assurer que tu sais que mon fils ne te fera jamais souffrir.

J'étais surprise que Mike se mêle de notre relation.

– Conrad ne serait pas heureux s'il savait de quoi on parle.

– Non, admit Mike. Mais il ne serait pas étonné non plus.

J'aimais le père de Conrad, mais je ne pouvais pas lui dire la vérité sur ma relation avec son fils. Nous étions heureux de ce que nous avions, même si nous savions que cela ne durerait pas éternellement. Il ne pouvait pas y avoir de mariage ni d'enfants, et nous nous vivions au jour le jour en essayant d'en tirer le plus de plaisir possible. Puis, soit je le quitterais pour un autre, soit il me quitterait pour une autre. Ce n'était qu'une question de temps. Mais je n'allais pas briser le rêve de Mike de nous voir nous marier.

Je suis entrée avec la clé de Conrad.

– Voilà ma belle, dit-il en se levant du canapé pour m'embrasser passionnément.

– Salut.

Je ne pouvais pas m'empêcher de sourire quand il me saluait comme ça.

– Comment va ma chérie ?

Il a placé une main sous mon menton et a incliné mon visage vers lui. Il matait mes lèvres comme s'il voulait m'embrasser encore.

J'ai pensé à mon déjeuner avec Mike. Ça énerverait Conrad s'il savait que son père était venu prendre de mes nouvelles. Il était très possessif et il n'aimerait pas que son père fourre le nez dans ses affaires. Ça venait d'une bonne intention chez Mike, aussi je ne voulais pas créer une brouille entre eux.

– Bien. Et toi ?

– Merveilleusement bien depuis que tu as franchi la porte.

9

THEO

Conrad et moi nous étions retrouvés au bar pour regarder le match. Nous descendions nos bières comme de l'eau. Nous avions fait un pari. C'était notre habitude quand nous regardions du sport ensemble. Ça rendait le jeu plus intéressant.

– Comment va Lexie ? demandai-je sans quitter l'écran des yeux.

Il a pris une longue gorgée de bière.

– Beaucoup mieux. Elle souffre encore de la situation, mais elle est plus apaisée. On est allés chez sa mère et on a fait des tartes ensemble.

Je l'ai dévisagé, ahuri.

– T'as fait quoi ?

– Ce n'est pas aussi ringard que ça en a l'air, dit-il immédiatement. C'était une activité familiale.

– C'est sympa de manger une tarte. Pas de la faire.

– Je t'emmerde, aboya-t-il. Tu faisais des trucs aux fruits tout le temps avec Alex.

– Je peux affirmer sans mentir que je n'ai jamais fait de tarte avec elle.

– Peu importe, soupira-t-il irrité. En tout cas, Lexie va mieux. Elle m'a repoussé pendant un temps, mais j'ai réussi à l'amadouer.

– La séparation de ses parents la mine à ce point ?

Je n'aimerais pas que mes parents divorcent, mais ça ne me dévasterait pas s'ils le faisaient.

– C'est plus compliqué que ça. Son ex-mari l'a trompée. C'est pour ça qu'elle a divorcé. Puis son père a fait la même chose à sa mère… c'est une combinaison des deux.

– Oh, je comprends mieux.

– Mais elle va de l'avant et on a repris où on en était. J'allais devenir son pote de baise, mais j'ai mis un terme à tout ça.

J'ai haussé un sourcil.

– Pourquoi tu voudrais y mettre un terme ?

– Parce que ce n'était pas moi. J'avais l'impression d'être un type qu'elle aurait levé au hasard dans un bar.

J'ai bu ma bière et l'ai reposée sur le dessous de verre.

– Eh bien, je suis content que tout se soit arrangé.

– Moi aussi, dit-il en regardant l'écran dans mon dos.

Je savais que je ne devrais pas le titiller, mais je n'allais pas m'en priver.

– Alors… tu songes toujours à en faire ta femme ?

Sans s'en rendre compte, Conrad disait des choses qui trahissaient ses sentiments, et je voyais bien que Lexie était la femme de sa vie.

– Comme si je te le dirais.

– Allez, je veux vraiment savoir.

Il a étudié mon visage, y cherchant un signe d'ironie.

Je l'ai regardé d'un air absent.

– J'y réfléchis pas mal...

Oh merde.

– Vraiment ?

Il a hoché la tête.

– J'y pensais déjà avant que ses parents divorcent.

Je savais que Conrad l'aimait, mais pas qu'il envisageait déjà de passer à l'étape suivante. Je pensais qu'il attendrait au moins un an de plus.

– Waouh, c'est énorme. Alors ce n'est plus à l'ordre du jour, du coup ?

– Disons que je dois attendre un peu avant de lui demander.

– Parce que...?

– Je veux m'assurer qu'elle s'en est remise avant de franchir ce cap dans notre vie. Quand j'étais seul avec sa mère, elle m'a pratiquement poussé à la demander en mariage. Apparemment, elle pense que je suis l'homme qu'il lui faut.

– Tu l'es, dis-je sans hésiter. Et c'est la femme qu'il te faut.

Maintenant qu'il savait que je n'allais pas me moquer de lui, il s'est ouvert à moi.

– J'adore la voir tout le temps. Je veux qu'elle vive avec moi. Je veux passer toute ma vie avec elle. Quand je rentre du travail et qu'elle a préparé à dîner... je me rends compte que je veux ça tous les soirs de ma vie. Je ne veux pas la perdre et recommencer à zéro. C'est elle...

J'ai souri.

– Je suis content pour toi, mec.

Il s'est raclé la gorge comme s'il était mal à l'aise.

– Merci... J'attends juste le bon moment et je ne sais pas quand il arrivera. Peut-être quand sa mère recommencera à fréquenter un homme.

– Quelques mois s'imposent. Mais n'attends pas plus longtemps. Il faudra peut-être des années avant que sa mère commence à voir quelqu'un.

Il a hoché la tête.

– Tu m'étonnes.

– Et Lexie est une fille intelligente. Elle sait qu'elle ne peut pas laisser le divorce de ses parents affecter toute sa vie.

– Oui, je suppose.

– Alors… t'as une bague ?

Ses joues se sont légèrement teintées.

– Oui.

Merde, ça se concrétise.

– Sérieux ?

Il a opiné.

– Je peux la voir ?

– Je ne la trimballe pas sur moi, s'esclaffa-t-il. Tu me prends pour un idiot ?

– T'as une photo ?

– En fait, oui.

Il a posé son téléphone sur la table et l'a poussé vers moi.

J'ai levé l'écran vers mon visage et examiné la bague. Elle était ornée d'un énorme diamant, dont même une photo permettait d'estimer la perfection.

– Putain… tu l'as payée combien ?

– Vaut mieux que tu le saches pas.

Conrad a repris son téléphone et l'a fourré dans sa poche.

– Waouh… j'arrive pas à y croire.

Il a poussé un soupir.

– J'arrive pas à y croire non plus. Je ne m'imaginais pas me marier un jour, mais maintenant... c'est tout ce que je veux. C'est la femme de ma vie, mec. Je sais que c'est elle.

Aussi égoïste que cela puisse paraître, le bonheur de Conrad me rappelait ma propre solitude. J'aimais Alex quand on était ensemble et je pensais que notre couple durerait. Mais ça n'a pas marché, et elle a couché avec un autre mec dès qu'on s'est séparés. Mais je ne pouvais pas laisser mon vécu me miner. Conrad méritait d'être heureux.

– Vous allez super bien ensemble. Et Lexie est le genre de femme qui vieillira bien, ça se voit.

– Ouais, c'est sûr.

– Comment tu vas faire ta demande ?

Il a secoué la tête.

– J'en ai aucune idée. J'espérais avoir une illumination, mais je ne l'ai pas encore eue.

– Laisse-toi un peu de temps.

– Ouais...

Il a bu de nouveau.

– Quelqu'un d'autre le sait ?

– J'en ai parlé à mon père il y a quelque temps, mais il n'est pas au courant pour la bague.

– Tes parents vont être aux anges.

Il a levé les yeux au ciel.

– Ils voulaient déjà que je l'épouse, genre, il y a un an.

– Au moins, ils l'aiment bien.

Il a ri.

– Tu m'étonnes, ils l'aiment plus que moi.

– Comme nous tous.

Il m'a jeté un dessous de verre.

J'ai pouffé.

– Tu sais bien que je plaisante. Préviens-moi avant de faire ta demande.

– Promis. Tout le monde le saura. On organisera une fête de fiançailles ou un truc du genre.

– J'ai hâte d'y être.

D'abord, Slade et Trinity. Puis Skye et Cayson. Qui aurait cru que Conrad serait le prochain à se marier ? Mais c'était un chic type et il méritait le bonheur. J'étais heureux pour lui.

Heureux, vraiment.

– Si c'est juste pour regarder le match, pourquoi vous ne restez pas à la maison ?

Dee est arrivée près de nous, en robe noire moulante, perchée sur des talons hauts, les cheveux bouclés. Toutes ses formes étaient exposées à la vue.

Je n'avais pas remarqué qu'elle était là. Si je l'avais vue de loin, je ne l'aurais pas reconnue. Seul son tatouage d'ours témoignait de son ancienne identité. Je ne l'avais jamais vue habillée en fille. Elle portait généralement un jean et un t-shirt. Mais là… elle ressemblait à un top-modèle new-yorkais.

– Salut, Dee…

J'ai essayé de trouver quelque chose de plus intelligent à dire. Elle me prenait au dépourvu et devait s'en rendre compte. Mes yeux la déshabillaient du regard malgré moi.

– On est venus pour la bière, expliqua Conrad. Elle est meilleure à la pression qu'en bouteille.

Elle a hoché la tête, compréhensive.

– Et toi, qu'est-ce que tu fais là ?

C'était une question stupide. Mais je ne trouvais vraiment pas mes mots.

– Je suis avec une copine. On aime partir à l'assaut de la ville.

Putain, elle doit se faire draguer tout le temps.

– Tu lui plais à donf, mais je lui ai dit que t'étais pris, ajouta-t-elle en s'adressant à Conrad.

Il a levé son verre avec gratitude.

– Merci.

– Elle était plutôt déçue.

Il a haussé les épaules.

– J'ai l'habitude de briser des cœurs. C'est normal quand on est irrésistible.

Conrad plaisait-il à son amie parce que Dee s'intéressait à moi ? Où me faisais-je des idées ?

– Vous vous amusez bien ?

Elle a levé son verre. Il contenait un liquide ambré, comme du whisky. Et deux énormes glaçons.

– Mouais. Il y a de la quantité ce soir, mais ça manque de qualité.

Elle parle des hommes ?

– Tu veux mon avis ? dit Conrad. Ne drague pas un type dans un bar.

– Et où me conseilles-tu de chercher des mecs, alors ? demanda-t-elle d'une voix blasée, comme si elle se fichait de la réponse de Conrad.

Il a bu de la bière en la regardant.

– Je ne sais pas… le métro ?

– Oh… quel endroit romantique, dit-elle sarcastique. Au moins, je me fais offrir des verres quand je suis dans un bar.

Elle a vidé le sien.

– Tu aimes le whisky ?

– Ouaip.

Elle m'a fait un petit sourire avant d'en commander un autre.

Waouh, c'est sexy.

– Alors, t'as fait des touches ? demanda Conrad.

Elle a secoué la tête.

– Rien qui me plaît. Et il y a une sangsue là-bas.

– Une sangsue ? demandai-je.

– On est censés comprendre ? renchérit Conrad.

– Un mec à qui tu dis non, mais qui insiste quand même. Puis il te mate en faisant la gueule pendant une demi-heure, jusqu'à ce qu'il ait une autre ouverture, expliqua-t-elle clairement pour que l'on comprenne bien de quoi elle parlait. Je sens ses yeux me brûler le dos en ce moment même.

J'ai scruté la salle.

– Sois discret, souffla-t-elle.

– T'inquiète.

Pas besoin de faire le tour du propriétaire pour le repérer. Il était assis seul à une table, vêtu d'un costume-cravate. Son regard possessif indiquait qu'il pensait que Dee était pour lui, pas pour nous.

– Ouais… c'est définitivement un mateur.

– Tu vois ce que je veux dire ? Le prince charmant n'est pas dans la place ce soir.

– Où est ta copine ? demandai-je.

Elle a regardé par-dessus son épaule en direction du bar.

– Hmm… elle était là il y a une seconde.

– Elle a peut-être trouvé un mec pour la soirée, dit Conrad.

– Probablement. Elle cherchait un coup facile, dit-elle. Elle est sublime, alors elle a pas de mal à trouver quelqu'un en quelques minutes.

Je n'aimais pas la façon dont le type la regardait. En fait, j'avais envie de lui briser la nuque.

– Tu peux rester avec nous, proposai-je.

Je n'aimais pas l'idée de la laisser seule alors que son amie s'était évaporée.

Conrad m'a lancé un regard amusé.

– Merci, dit-elle. Je dois aller aux toilettes, mais je ne peux pas m'en approcher. Il va me sauter dessus comme un chat qui chasse une souris.

Ça craignait d'être une fille.

– Je peux t'accompagner.

Elle a décliné mon offre.

– T'inquiète pas. Je vais gérer. Mais j'ai pas envie de le faire maintenant.

Conrad a jeté un coup d'œil à sa montre.

– Merde, il est tard…

Il a feint un bâillement et a étiré les bras au-dessus de sa tête.

Il est vingt-deux heures et le match n'est même pas fini.

– Je dois aller me coucher. J'ai un truc à faire avec Lexie demain matin. À plus, les jeunes.

Il s'est levé de table, puis nous a salués de la main.

J'ai eu du mal à me retenir de rouler les yeux.

Dee lui a fait un signe de la main.

– Au revoir, Conrad.

Je n'ai pas bougé, me sentant soudain mal à l'aise. La conversation qu'elle avait eue avec Slade m'est revenue en mémoire. Devais-je faire comme s'il m'en avait parlé ou comme si j'ignorais tout ?

Elle est restée debout près de la table, sans faire le geste de s'asseoir en face de moi.

Voulait-elle me parler ? Ou était-elle mal à l'aise maintenant que Conrad était parti ? J'ai essayé de ne pas trop y penser, mais j'étais tellement résolu à ne pas la draguer que je rendais la situation encore plus embarrassante.

– Eh bien, je crois que je vais rentrer chez moi aussi, bredouillai-je.

Un éclair de déception a traversé son regard, disparaissant comme une étoile filante dès que je l'ai vu.

– Ça t'ennuie de faire comme si tu me raccompagnais ?

– Bien sûr que non.

J'espérais qu'elle allait me le demander. Ce pervers m'inquiétait. Dee était petite et sans défense. L'idée qu'il la harcèle pour qu'elle sorte avec lui m'irritait au plus haut point. J'ai jeté des billets sur la table et je me suis levé. Même avec ses talons hauts, j'étais bien plus grand qu'elle.

Nous nous sommes dirigés vers la sortie. J'ai gardé les mains dans mes poches et je ne l'ai pas touchée. Nous n'avions pas l'air d'être ensemble, mais j'espérais que son admirateur supposerait que je la ramenais chez moi pour la sauter.

Une fois dehors, j'ai baissé les yeux vers elle.

– Tu habites où ?

– Par là, dit-elle en se dirigeant vers la gauche.

– Je peux te raccompagner chez toi ?

– Pas la peine, dit-elle. Je peux rentrer seule.

Elle marchait avec ses talons aiguilles comme si elle était en sandales. Pour un garçon manqué qui jouait les dures, elle affichait sans complexe sa féminité.

– Ça ne me dérange pas.

Je ne voulais pas qu'elle rentre seule à pied, mais je ne voulais pas insister.

– D'accord.

Sans discuter plus longtemps, elle a mis son sac en bandoulière.

Le silence s'est installé entre nous. Nous avancions en croisant les passants sur le trottoir, tandis que la circulation routière était dense.

– C'est une nuit magnifique.

– Oui, répondit-elle laconique.

J'avais du mal à parler en étant aussi tendu. Je ne voulais pas lui envoyer de mauvaises vibrations.

– Comment s'est passée ta journée ?

– Pas mal, dit-elle. J'ai eu un élève le matin, puis j'ai glandé chez moi.

– Tu lui enseignes quel instrument ?

– Le piano.

– Tes élèves sont bons ?

Elle a haussé les épaules.

– Assez bons pour l'orchestre du lycée, pas pour en faire leur métier.

– Cool.

Je ne savais pas quoi dire d'autre.

Elle a tourné dans une rue.

– Par ici.

Je l'ai suivie.

– Tu habites où ?

– Dans cette direction. J'ai un appart près de la Cinquième et Broadway.

– On n'est pas très loin l'un de l'autre.

Nous avons marché encore quelques minutes avant d'entrer dans son immeuble. Il venait sans doute d'être rénové, les murs et le parquet semblaient flambant neufs. Les murs étaient d'un blanc immaculé, et une frise grise courait le long du plafond.

– C'est un bel immeuble.

– J'aime cet endroit, dit-elle. Et les chiens sont interdits, alors c'est calme.

– Je suis sûr que tes voisins adorent t'entendre jouer de la musique, dis-je en riant. Tant pis pour le calme.

Elle a pouffé.

– Quand je joue, c'est souvent d'un instrument acoustique. Et si jamais je branche l'ampli, je mets le son tout bas. Mais quand j'aurai une maison, je l'insonoriserai pour pouvoir balancer du gros son comme une rock star.

– Slade sera tout le temps chez toi.

Elle s'est arrêtée devant une porte.

– C'est ici.

J'ai regardé le numéro. Elle vivait dans l'appartement 20. J'ignorais pourquoi je faisais attention à ce genre de détail.

– Merci de m'avoir laissé te raccompagner.

– Merci à toi. Je suis sûre que la sangsue m'aurait suivie si tu n'avais pas été là.

J'ai jeté un coup d'œil à son sac.

– T'as une bombe lacrymogène là-dedans ?

– Ouaip, dit-elle en l'ouvrant pour me montrer le contenu. Du gaz lacrymogène et un cran d'arrêt.

Ça me rassure un peu.

– Mais mon frangin m'a appris à casser un nez du tranchant de la main. Je commencerais probablement par ça si on m'emmerdait.

– C'est bien. Je suis content qu'il t'ait appris ce coup.

J'ai mis les mains dans mes poches pour ne pas être tenté de la toucher. Elle était indéniablement irrésistible dans cette petite robe. J'adorerais clouer ses talons au-dessus de sa tête en la basculant.

Ouah... elle sort d'où cette image ?

– Bonne nuit, Dee.

Je me suis reculé pour indiquer clairement que je n'allais pas lui faire la bise.

– Bonne nuit, Theo.

Elle a tourné sa clé dans la serrure.

– On se recroisera dans le coin...

Je me suis éloigné dans le couloir en agitant la main.

– Ouais. À un de ces quatre.

Nous étions debout dans la foule. Les gens hurlaient et chantaient les paroles. Le volume des basses me cassait les tympans. Slade occupait le devant de la scène, mais je ne le regardais pas.

J'avais les yeux rivés sur Dee.

Elle lui volait indéniablement la vedette. Elle ne faisait pas de gestes loufoques ni de solo de guitare, mais elle était le point de mire de la salle. Tout le monde était fasciné. C'était la rockeuse super mignonne qui assurait grave à la gratte.

– Mec, Dee est incroyable, hurla Conrad dans mon oreille.

– Je sais, criai-je.

– Il s'est passé un truc entre vous l'autre soir ?

– Non. Je l'ai seulement raccompagnée chez elle.

Il a levé les yeux au ciel.

– T'es la plus grosse fiotte que j'ai jamais rencontrée, tu le sais ça ?

– Je ne veux pas sortir avec elle. Qu'est-ce que j'étais censé faire ?

– Avoir des couilles, cria Conrad. Voilà ce que t'es censé faire.

Lexie, qui se tenait près de lui, s'est jointe à la conversation.

– Cette fille est vraiment adorable, Theo. Tu devrais l'inviter à sortir.

Je me suis efforcé de ne pas paraître agacé.

Conrad a secoué la tête.

– C'est une cause perdue, bébé.

Le concert s'est terminé et le groupe a remercié le public en s'inclinant. Un tonnerre d'applaudissements s'est élevé, et quelques fans ont lancé des roses sur la scène. Puis Slade et les autres ont disparu derrière le rideau.

Je me suis tourné vers Cayson pour lui dire quelque chose, mais je me suis arrêté net quand je l'ai vu embrasser Skye comme si un astéroïde allait frapper la terre et nous tuer tous. Il avait une main sur son petit ventre et l'autre soutenait son dos.

C'est pas la peine.

Slade est sorti des coulisses et a immédiatement saisi Trinity, la penchant en arrière.

– Ma groupie numéro un.

Il lui a roulé une pelle qui a littéralement enfreint les règles de la bienséance.

Conrad s'est tourné vers Lexie.

– Tu veux qu'on s'embrasse aussi ?

Elle a secoué la tête.

Le reste du groupe nous a rejoints.

– On a tout déchiré, s'exclama Razor.

Il se dirigeait droit vers Slade, mais il s'est arrêté quand il l'a vu rouler une pelle à Trinity.

– On a été bons, confirma Scotty. Je vais laisser traîner une ligne dans la foule et pêcher quelques gonzesses.

– Moi aussi, dit Razor en lui emboitant le pas.

Dee est sortie ensuite, rayonnante malgré la fatigue qu'elle devait ressentir. Ses doigts devaient être calleux et crevassés. Et elle devait avoir mal à la gorge à force de chanter de si belles mélodies. Elle portait de nouveau un jean et un débardeur noir, mais elle assurait grave.

– Super public ce soir.

Slade s'est finalement écarté de Trinity pour avaler de l'air.

– Hein ?

Dee a roulé les yeux.

– Et si on allait fêter ça ?

– Allons boire un verre chez Roger, proposa Conrad. Ce n'est pas loin.

– Bonne idée. Je pourrai boire une bière ? demanda Slade à Trinity.

– Mince, depuis quand tu lui demandes la permission ? laissai-je échapper.

Trinity m'a jeté un regard menaçant.

– L'alcool affecte la numération des spermatozoïdes.

J'ai grimacé.

– Dégueu…

– Une seule, implora Slade. Allez, bébé.

C'était bizarre de voir Slade supplier pour quelque chose. D'habitude, il faisait ce qu'il voulait. Elle le menait grave par le bout du nez.

– D'accord, soupira Trinity. Allons-y.

Skye et Cayson se bécotaient toujours comme des amoureux au lycée.

– Hé, Roméo et Juliette, dit Slade en donnant un petit coup de pied derrière le genou de Cayson. On bouge chez Roger.

Cayson s'est écarté de Skye à regret.

– D'accord. On arrive.

Skye a eu l'air déçue comme si elle voulait rentrer chez elle.

– Tu veux bien être ma cavalière ? demanda Conrad à Lexie.

Elle a pincé les lèvres comme si elle pesait sérieusement le pour et le contre.

– Pourquoi pas ?

Conrad a grogné dans son oreille et l'a tirée contre lui.

Et moi je tiens la chandelle. Super.

– Viens danser, dit Slade en tirant Trinity par la main.

– Mais personne ne danse, protesta-t-elle en essayant de lui échapper.

– On s'en fout. On va lancer la mode.

Il l'a plaquée contre son torse et a dansé un slow avec elle devant la table.

Skye était assise sur les genoux de Cayson et ils recommençaient à s'embrasser.

– Je ne pige pas, dit Conrad. Ils s'embrassent, alors pourquoi pas nous ?

– Parce que ça gêne les gens, dit Lexie.

Conrad s'est tourné vers moi.

– Ça te gêne ?

J'ai haussé les épaules.

– Je ne sais pas. Tu me gênes toujours, alors ça ne fait pas une grande différence.

– Tu vois ? dit Conrad à Lexie.

Dee s'est installée sur le siège à côté du mien.

– Comme tu es le seul ici qui ne lèche pas les amygdales de quelqu'un, t'es mon ami pour la soirée.

J'ai failli répondre « on peut changer ça », mais je l'ai gardé pour moi. Dee ne me semblait pas être le genre de fille à aimer les vannes à la con.

– J'ai l'impression qu'on tient la chandelle.

– Je ne sais même pas qui ils sont, dit-elle en indiquant du menton Cayson et Skye. Je n'ai pas eu l'occasion de me présenter parce que leurs bouches sont collées.

– C'est des jeunes mariés, expliquai-je.

– Alors j'ai hâte de me marier, pouffa-t-elle, riant de sa propre blague.

Elle a commandé un whisky comme l'autre soir. Ça devait être sa boisson préférée.

– Tu avais le trac ce soir ?

– Moins que d'habitude, répondit-elle en faisant tourner les glaçons dans son verre. C'est quelque chose que je dois absolument surmonter, parce que chaque fois que je monte sur scène, j'ai le trac.

– C'est normal. J'aurais le trac aussi.

– Slade n'est jamais nerveux, dit-elle en riant. Ce mec n'a peur de rien.

– C'est de la frime.

– Peut-être, dit-elle en sirotant son whisky.

J'ai étudié son visage, remarquant ses jolies pommettes. Elles étaient hautes et saillantes, ce qui lui affinait le visage et le cou. Elle avait des lèvres charnues, brillantes de gloss rose, et un maquillage charbonneux qui rendait ses yeux bleus encore plus beaux.

– Ça ne craint pas d'être le seul célibataire de la bande ?

La question m'a surpris. J'ai bien réfléchi à ma réponse avant de parler.

– Pas vraiment. On a tous été le seul célibataire à un moment donné. Les histoires d'amour vont et viennent, mais notre amitié durera toujours.

C'était une réponse bien plus profonde que prévu.

Ses yeux ont changé légèrement, comme si elle était amusée.

– C'est mignon.

J'ai haussé les épaules parce que j'étais gêné.

– Slade m'a dit que tu sortais à peine d'une rupture.

Je me demandais si elle allait m'en parler un jour.

– Ouais. Ça s'est terminé il y a quelques mois.

– Je suis désolée, dit-elle d'un air sincère. D'après Slade, c'était sérieux entre vous.

– Oui. On est restés ensemble plusieurs années.

Ça me faisait bizarre de parler d'Alex à une fille qui m'attirait. J'avais presque l'impression de la tromper. Mais je me suis souvenu qu'elle avait couché très vite avec quelqu'un d'autre. Je ne lui devais rien et je n'avais aucune raison de me sentir coupable.

– Et ça n'a pas marché ?

– En gros, dis-je en prenant ma bière. On s'est éloignés. On travaillait tous les deux beaucoup et d'autres choses ont pris plus d'importance que notre relation. Finalement, on s'est éloignés tellement l'un de l'autre qu'on ne pouvait plus revenir ensemble. La rupture n'a pas été douloureuse. On s'est séparés en bons termes et on est restés amis. Mais quelques semaines plus tard, je me suis demandé si on n'avait pas fait une erreur. On était tombés amoureux une fois, alors on pouvait le refaire. Je suis allé chez elle pour lui en parler, mais... elle était déjà avec un autre mec. Ça m'a fait plus mal que la rupture elle-même. Elle a couché avec quelqu'un alors qu'on était séparés que depuis deux semaines. C'était comme si elle ne m'avait jamais aimé.

Le souvenir du type qui a ouvert la porte me hantait encore.

Le regard de Dee s'est attristé.

– Ça ferait mal à n'importe qui.

– Ça fait trois mois, et j'y pense encore.

– C'est long...

– Je suis dans une position bizarre, dis-je. Avant de rencontrer Alex...

– C'est son nom ?

J'ai acquiescé de la tête.

– Avant de la rencontrer, je n'avais jamais eu de relation sérieuse. J'ai connu beaucoup de filles et j'ai passé des bons moments avec elles. Je n'arrivais pas à m'attacher parce qu'aucune nana n'attirait mon attention assez longtemps pour me retenir. Mais j'étais à la fac à l'époque. Maintenant que j'ai eu une vraie relation avec quelqu'un, je me rends compte que je ne peux pas reprendre mes anciennes habitudes. Je veux une vraie histoire, une relation forte et saine. Mais ce n'est pas encore le moment… je suis dans une période de transition.

Elle a hoché la tête pour indiquer qu'elle comprenait.

– Ça se comprend.

– Je ne sais pas combien de temps ça va durer. J'attends que ça passe pour pouvoir avancer dans ma vie. Mais ce n'est pas facile.

– Ouais… je connais ce sentiment.

J'ai fouillé son visage, me demandant ce qu'elle voulait dire exactement.

– J'ai été fiancée.

C'était la dernière chose à laquelle je m'attendais. Je ne pouvais pas l'imaginer portant un diamant à son doigt. Elle paraissait trop jeune et trop libre pour se lier à un homme pour la vie.

– Que s'est-il passé ?

Elle a poussé un gros soupir comme si la réponse était trop complexe pour l'expliquer avec des mots.

– Il était possessif et autoritaire… Non seulement il ne voulait pas que je discute avec d'autres hommes, mais il n'aimait pas non plus que je passe du temps avec mes copines. Au début, je pensais que c'était parce qu'il voulait être avec moi tout le temps. Après nos fiançailles, ses exigences ont empiré. Il n'aimait pas que je sorte et que je fasse quoi que ce soit. Alors j'ai commencé à avoir des soupçons. Quand une personne devient jalouse et méfiante, c'est généralement parce qu'elle cache quelque chose. Alors je l'ai suivi un jour… et j'ai découvert la vérité.

La tristesse a envahi mon corps à ces mots. Dee n'avait pas l'air d'une fille qui accordait facilement sa confiance, et le fait que quelqu'un l'ait trahie m'attristait. Elle pensait qu'elle allait passer sa vie avec ce type, mais au final, il lui a brisé le cœur.

– Je suis désolé pour toi.

– J'étais furieuse et blessée sur le moment. Et quand le temps a passé, je me suis aigrie. J'y pensais tous les jours, je me sentais trahie. Le temps s'écoulait lentement et j'avais l'impression de ne faire aucun progrès. Mais peu à peu, ça m'a moins minée. Puis un jour, j'ai arrêté d'y penser. Et j'ai fini par oublier, dit-elle en fixant son verre vide. Chacun se rétablit à son propre rythme. Tu es le seul à savoir de combien de temps tu as besoin. Mais tu t'en remettras. Tu tourneras la page. Tu dois juste le croire.

C'était facile d'en parler avec elle. Conrad et Roland étaient des amis intimes, mais ils étaient quand même des mecs. Je ne pouvais pas être aussi ouvert sur ce genre de choses avec elle. C'était juste… un peu bizarre.

– C'est bon de savoir que je ne suis pas seul.

– Tu n'es jamais seul.

Elle a tendu le bras sur la table et posé sa main sur la mienne. Le contact a été bref, mais il m'a donné un regain d'espoir. Puis elle a retiré sa main et saisi son verre.

– C'était il y a combien de temps ?

– Environ deux ans, dit-elle. Peut-être un peu plus longtemps que ça.

– Tu as eu des histoires sérieuses depuis ?

Elle a secoué la tête.

– J'ai eu des relations qui ont duré quelques mois, mais c'est tout. Je ne suis pas retombée amoureuse. Après ce que j'ai traversé, je suis beaucoup plus difficile.

– Tu dois être difficile, dis-je sans réfléchir. Tu peux avoir qui tu veux.

Je n'ai pas réfléchi à ce que j'ai dit avant qu'il ne soit trop tard. J'espérais qu'elle l'avait pris comme un compliment et non comme une technique de drague ringarde.

Quand elle m'a fait un sourire, j'ai su qu'elle l'avait bien pris.

– Tu es un mec bien, Theo.

Je lui ai fait un petit sourire.

– J'essaie.

10

CAYSON

Au lieu de fêter le triomphe de Slade, Skye et moi nous sommes embrassés toute la soirée. Difficile de résister quand on a une reine de beauté à côté de soi. Ses lèvres étaient douces et sucrées comme le miel. Je ne pense pas avoir parlé avec une seule personne ce soir-là.

Nous nous roulions des pelles sans relâche dans le box tandis que Slade et Trinity dansaient au milieu de la salle. J'avais vaguement conscience que Theo et Dee discutaient de leur côté de la table. Mais toute mon attention était focalisée sur ma femme, assise sur mes genoux.

J'ai fait une pause juste le temps de prononcer une phrase.

– Tu veux qu'on s'en aille ?

– J'avais peur que tu ne demandes jamais.

Elle a recommencé à m'embrasser, et ça nous a retardés de dix minutes.

Quand j'ai enfin trouvé la force de résister à ses baisers enflammés, je me suis glissé hors du box, l'entraînant avec moi.

– On s'en va. Saluez Slade pour moi.

Theo et Dee étaient trop absorbés par leur conversation pour m'entendre.

– Je lui dirai, dit Conrad, un bras autour de la taille de Lexie.

– Merci.

Je l'ai salué de la tête, puis je suis sorti du bar avec Skye. Mon pick-up était garé un peu plus loin, et nous avons marché sur le trottoir, main dans la main.

– Le groupe de Slade sonnait bien ce soir ? demanda Skye.

– Je n'ai pas fait attention. Et toi ?

Elle a secoué la tête.

– Ils ont dû être bons.

Je n'ai même pas remarqué les gens autour de nous, trop obnubilé par ma femme. Sa robe lui faisait des seins sublimes. Quand je ne l'embrassais pas, je les matais comme un malade.

Nous sommes arrivés au pick-up et je l'ai aidée à monter sur le siège passager, veillant à ce qu'elle attache sa ceinture de sécurité. Puis je me suis assis derrière le volant et j'ai mis le contact.

– On rentre à la maison, mes bébés ?

– Ouais.

J'ai pris la route. Nous étions ralentis par les embouteillages. Après la traversée du pont, la circulation était moins dense. Nous avons continué le trajet paisiblement, sans être éblouis toutes les cinq secondes par les phares des voitures en sens inverse.

Skye a discrètement détaché sa ceinture de sécurité.

– Qu'est-ce que tu fais ?

Elle s'est glissée au milieu de la banquette et a pressé les lèvres contre mon oreille.

– Rien…

– Attache ta ceinture de sécurité.

Ses doigts se sont posés sur ma cuisse et ont migré vers ma braguette.

Je l'ai repoussée.

– Mets ta ceinture de sécurité.

Elle a étouffé un grognement avant de boucler sa ceinture.

– Merci.

Elle a remis sa main sur ma cuisse et déboutonné mon jean.

– On est bientôt arrivés…

– Mais qu'est-ce qu'on va faire en attendant ?

Elle a ouvert ma braguette et glissé la main dans mon caleçon. Elle a trouvé ma bite bandée et l'a sortie.

– Si un flic nous voit, on est morts.

– Tant pis.

Elle a enfoncé son visage dans mon entrejambe et fourré mon gland dans sa bouche.

J'ai agrippé le volant dès que je l'ai sentie. Un gémissement rauque s'est échappé de mes lèvres. J'avais envie de m'arrêter pour apprécier pleinement tout ce qu'elle faisait.

J'ai ôté une main du volant pour lui empoigner les cheveux, puis j'ai fait monter et descendre sa tête sur toute la longueur de ma queue. Elle me suçait à fond sans avoir de haut-le-cœur parce que c'était une pro. J'adorais ses pipes.

Mes yeux n'arrêtaient pas se fermer pour savourer la façon dont elle me suçait. J'ai accéléré pour arriver plus vite dans le garage et en profiter pleinement. Quand elle a saisi mon chibre et léché le bout, j'ai eu peur de ne pas tenir longtemps.

Finalement, j'ai bifurqué dans l'allée menant à la maison. J'ai appuyé sur le bouton près du pare-soleil et la porte du garage s'est ouverte.

Une fois le pick-up à l'intérieur, j'ai refermé la porte et coupé le moteur.

Puis j'ai glissé mes mains derrière ma nuque et j'ai pris mon pied.

J'étais rentré depuis trois semaines et j'avais repoussé trop longtemps le moment fatidique. La culpabilité me rongeait et j'avais honte de lui cacher un si lourd secret. Il serait plus simple de ne rien dire du tout, mais le souvenir de cette nuit me hanterait à jamais. Je n'avais rien fait de mal, mais ça ne changeait rien.

Je dois lui dire.

Comment allait-elle réagir ? Allait-elle crier ? Me virer de la maison ? Demander le divorce ?

Mon côté pragmatique savait qu'il ne se passerait rien d'irréversible. Je n'ai pas trompé ma femme. J'ai été violé. Laura m'a embrassé pendant quelques secondes, peut-être une minute, et quand je me suis réveillé, je l'ai repoussée brutalement. Il ne s'est rien passé ensuite. J'étais endormi d'un bout à l'autre, alors elle ne pouvait pas m'en vouloir.

Mais ensuite, j'ai pensé à ma réaction si la situation était inversée.

Ça me briserait le cœur.

Je serais furieux que Skye se soit mise dans une telle situation. Je voudrais retrouver le type qui l'a touchée pour le tuer. Et je démolirais tout dans la maison.

Mais non, je ne cesserais pas de l'aimer. Et bien sûr, je ne la quitterais pas.

Ça va bien se passer.

Skye serait furax pendant un certain temps, mais nous surmonterions ça. Je devais y croire pour me lancer. Sinon, je n'aurais pas le courage de lui révéler. Notre lune de miel n'était pas terminée, nous étions au paradis des jeunes mariés. Nous avions un bébé en route. Notre vie était parfaite.

Je ne suis pas pressé de tout gâcher.

Nous étions assis sous la tonnelle dans le jardin, ce dimanche matin. Je lisais le journal et Skye était appuyée contre moi, la tête sur mon épaule. Nous étions face à la piscine, le ciel était lumineux. Le petit déjeuner était posé sur la table devant nous, mais il ne restait presque rien, car je m'étais fait exploser le bide.

C'est si paisible.

Le simple fait d'être ensemble sans rien dire était merveilleux. J'avais envie de rester ici toute la journée, même sans parler. Je me trouvais des excuses pour ne pas lui dire la vérité sur Laura. Pourquoi vouloir gâcher un moment si parfait ? Mais tous les moments avec Skye étaient parfaits. Ce ne serait jamais le bon moment de lui dire.

Argh, je ne veux pas faire ça.

J'ai posé les lèvres à la naissance des cheveux de Skye.

– Bébé ?

– Hum ?

Elle était si détendue qu'elle était sur le point de s'endormir.

Vivre à l'autre bout du monde pendant si longtemps m'a appris à apprécier ce que j'avais. J'étais assis au bord d'une piscine, les yeux posés sur la pelouse verdoyante, avec l'océan à quelques mètres de là. Je vivais dans un rêve.

– Je dois te dire quelque chose.

Ne m'oblige pas à faire ça.

– J'écoute.

Elle s'est redressée et a dégagé les mèches de son visage. Elle avait les yeux rêveurs comme si elle revenait d'un endroit lointain. À force de faire l'amour toute la nuit, elle était sans doute épuisée par le manque de sommeil.

Voir son beau visage me donnait encore moins envie de continuer.

– Quand j'étais en Autriche…

Skye s'est raidie subitement et a posé la main sur son ventre.

– Ça va ?

– Oui… continue.

Elle a gardé la main sur son ventre avant de tourner son attention vers moi.

– Donc, je logeais avec Laura et…

– Oh !

Elle s'est raidie de nouveau en fixant son ventre.

– Qu'est-ce qui ne va pas ? m'alarmai-je, oubliant Laura pour me concentrer sur Skye. Tu vas bien ? Tu veux que j'appelle une ambulance ?

– Non… je crois que le bébé a bougé.

Skye a cligné rapidement des yeux comme si elle refoulait des larmes.

J'ai regardé son ventre avec de grands yeux.

– Quoi…?

– Je crois que j'ai senti un petit coup de pied.

Je me suis rapproché d'elle et j'ai posé la main sur son bidon.

– C'est trop tôt, non ?

– C'est rare si tôt, mais ça arrive.

J'ai laissé ma main en place et j'ai attendu. Trente secondes plus tard, j'ai senti une vibration. Un petit cou pointu et intentionnel.

– Oh mon Dieu…

Ma poitrine s'est gonflée, ma respiration s'est accélérée, et les larmes me sont montées aux yeux.

– Je l'ai senti.

Skye souriait, mais ses yeux se sont remplis de larmes.

– J'arrive pas à le croire…

Quelques secondes plus tard, j'ai senti de nouveau un petit coup.

– C'est… incroyable.

Mon bébé bougeait. Il était vivant et en bonne santé. Il y avait une vie qui poussait en elle, une vie que j'avais contribué à créer. Un petit être impatient de sortir pour faire notre connaissance.

Ce sont les dix plus belles secondes de ma vie.

– Skye…

Je n'ai pas trouvé les bons mots.

– Je sais, murmura-t-elle. C'est tellement incroyable.

Je n'ai pas réalisé que je pleurais avant de cligner des yeux. Je me suis rendu compte de la chance que j'avais. Ma vie était un rêve. Si je la racontais à un inconnu, il ne me croirait pas ; c'était trop beau pour être vrai. Je me suis penché et j'ai embrassé son ventre.

– À bientôt, bébé Thompson.

Skye se palpait le ventre comme si elle attendait un autre coup de pied. Elle fixait le sol, hyper concentrée.

– Je ne le sens plus.

– Il est peut-être fatigué, dis-je en lui caressant l'estomac.

– Ward junior donnait des coups de pied quand il entendait la voix de Ward. Peut-être que notre bébé fait pareil.

– Peut-être.

J'ai passé le bras autour de ses épaules et je me suis assis plus près d'elle. Je venais de vivre une expérience étonnante de la paternité, et si quelqu'un avait voulu m'expliquer cette sensation unique, je n'aurais pas compris.

Mais là, j'ai tout compris.

– Qu'est-ce qui t'est arrivé l'autre soir ? demanda Slade en ajustant son tir pour mettre le ballon dans le panier.

Il a traversé le filet sans toucher le cerceau.

– Fais gaffe, Stephen Curry, jubila-t-il en faisant une petite danse comme un joueur de foot qui vient de marquer.

J'ai couru jusqu'au ballon puis je l'ai dribblé pour la ramener sur le terrain.

– C'était un tir, ne te le pète pas trop.

Slade a continué comme s'il ne m'avait pas entendu.

– Alors, qu'est-ce qui t'est arrivé l'autre soir ?

– Qu'est-ce que tu veux dire ?

– T'étais là au moins ? Parce que chaque fois que je te regardais, ta langue chatouillait les amygdales de Skye.

– Eh bien, ma langue adore ses amygdales.

Je l'ai passé en dribblant et j'ai tiré. Le ballon a heurté le cerceau, mais il est entré quand même.

– Et t'es parti sans dire au revoir.

– Tu dansais avec Trinity.

– Exactement, on dansait, cracha-t-il. On ne baisait pas dans les chiottes. Tu aurais pu dire au revoir.

– Pourquoi tu réagis comme une gonzesse ?

J'ai ramassé le ballon et je lui ai lancé.

Il a détourné le regard comme s'il savait qu'il réagissait comme une gonzesse en ce moment.

– C'est juste que je me défonce dans le groupe et je veux que les gens s'en rendent compte.

– D'accord, je ne pouvais pas regarder parce que j'étais occupé, mais je pouvais parfaitement entendre. Et ça sonnait d'enfer.

– C'est vrai ?

Il s'est tourné vers moi en levant un sourcil.

– Oui. Vois les choses sous cet angle : ta musique est tellement bonne que Skye et moi, on n'arrivait pas à se lâcher. Voilà à quel point ton son est dangereux.

Slade a fini par sourire, mais son sourire était arrogant.

– Ouais, t'as raison sur ce point.

Je me suis retenu de lever les yeux au ciel.

Il a dribblé le ballon entre ses jambes, puis couru jusqu'au panier.

– Tu l'as dit à Skye ?

J'ai baissé les yeux de honte et poussé un gros soupir.

Slade a secoué la tête en signe de déception.

– Mec, tu veux que je lui dise ?

– Surtout pas. J'imagine déjà la scène.

– Pourquoi tu ne lui as pas dit ? Ça fait un mois que tu es rentré.

Il a fait tournoyer le ballon sur son index, puis l'a collé contre son flanc. Il portait un t-shirt gris, dont le col était trempé de sueur.

– J'ai une très bonne raison de ne pas lui dire.

Il m'a regardé d'un air sceptique.

– Ouais, c'est ça…

– Au moment où j'allais lui avouer, le bébé a bougé.

Ses yeux se sont arrondis.

– Le bébé a bougé ?

Je n'ai pas pu m'empêcher de sourire.

– C'était l'expérience la plus cool et la plus incroyable de ma vie. De très loin.

– C'est génial, mec !

Il a lâché le ballon et m'a serré dans ses bras, me tapotant le dos.

Je me suis écarté en souriant.

– Tu vas me prendre dans tes bras chaque fois qu'il se passe quelque chose ?

Il a haussé les épaules.

– Je ne suis pas censé le faire ?

– C'est un peu excessif…

– Mais je suis le parrain du bébé. Je suis censé m'intéresser à tout ce qui lui arrive.

J'étais embarrassé par ses propos. Skye et moi n'avions pas encore réfléchi aux parrain et marraine. J'ignorais si Skye pensait à quelqu'un ou si nous allions choisir Roland parce que c'était son frère. Ou bien Clémentine et Ward ?

Slade a perçu mon trouble.

– Je suis le parrain, n'est-ce pas ?

– Euh…

Son enthousiasme a disparu. Son regard est devenu sombre et accusateur.

– T'as pas intérêt à choisir Roland ! Il ne connaît rien aux enfants.

– Et toi ?

Il a donné un coup pied dans le ballon comme un gamin pique une colère.

– C'est pas juste.

J'ai levé les mains pour le calmer.

– Slade, arrête. Skye et moi n'y avons même pas pensé.

– Ben, vous avez intérêt à choisir Trinity et moi.

J'ai croisé les bras sur ma poitrine.

– Tu me refais le même coup qu'à mon mariage…

Slade a pris la mouche.

– C'est complètement différent. Il s'agit de mon filleul. Il est à moi, s'insurgea-t-il en pointant l'index sur mon ventre comme si j'étais enceinte.

– Calme-toi.

– Qu'est-ce que Roland va faire de lui ? C'est la personne la plus nulle du monde.

– C'est faux.

– Et il est déjà oncle par le sang. Tu ne peux pas lui donner ton bébé.

– N'est-ce pas la raison pour laquelle il devrait être parrain ?

Il a baissé les bras.

– Non. Tu veux vraiment que ton bébé soit élevé par deux gays ?

Je lui ai lancé un regard noir.

– Qu'est-ce que ça peut faire ?

– Le bébé ne va pas comprendre. Il va passer d'un mari et sa femme à un mari et son mari. Ça va le dérouter complètement.

Je savais qu'il était seulement contrarié, alors je n'ai pas relevé.

– Tu réagis de façon excessive. Skye et moi, on n'en a même pas encore parlé.

– Vous feriez mieux de choisir Trinity et moi. Tu sais que personne n'aimera ce bébé plus qu'elle et moi.

– Tu n'es même pas prêt à avoir un enfant à toi, arguai-je.

– Mais quand j'aurai un bébé, je serai le meilleur père que le monde ait jamais vu, dit-il en tapant du pied. Et nos gosses ne devaient-ils pas jouer ensemble parce qu'ils seront du même âge ? Allez, tu sais bien que je serai un parrain génial. Je vais couvrir ce bébé d'amour.

Son geste était touchant, même si ça ne se passait pas comme ça dans la réalité.

– Calme-toi, Slade.

Il a pointé mon ventre du doigt.

– Ce. Bébé. Est. à. Moi.

J'ai roulé des yeux, sans chercher à cacher mon agacement.

– Pourquoi tu y tiens à ce point ?

– Parce que t'es mon meilleur ami. Je te connais mieux que personne, mieux que Skye. S'il t'arrive malheur, qui gardera ton esprit en vie ? Je peux raconter à ton enfant mille histoires sur toi. Il te connaîtra à travers moi. Je mérite d'être le parrain, déclara-t-il en pointant sa poitrine du pouce.

– On brûle les étapes, là. On reprendra cette conversation plus tard.

– Trinity est riche, lança-t-il. Ton enfant ne manquera jamais de rien.

– Skye et moi sommes riches aussi. Si on meurt, il héritera de notre argent.

– Mais quand même, argua-t-il. Il aura la sécurité avec nous.

J'aurais préféré qu'on n'aborde jamais ce sujet.

– C'est parce que je tiens un salon de tatouage ?

– Non, soupirai-je d'une voix lasse. Je ne te dis même pas non. Je te dis juste que je ne sais pas pour le moment. Arrête de me canarder.

– Et arrête de procrastiner et dis-le à Skye.

J'ai juré entre mes dents.

– Je n'allais pas lui dire après avoir senti notre bébé bouger pour la première fois. J'aurais été un salaud de le faire.

– Alors, écris-lui une lettre. Non, ajouta-t-il en claquant des doigts comme s'il avait une grande idée. Envoie-lui un email quand elle est au boulot. Et bam, c'est fait.

J'ai pincé les lèvres pour ne pas l'insulter.

– Ou bien fais une énigme qu'elle devra résoudre. Ou alors…

Il a regardé les nuages tout en continuant son brainstorming.

– Je ne vais pas organiser une chasse au trésor ni lui écrire une lettre comme un lâche.

– Et ne pas lui dire te rend moins lâche ?

Je me suis dirigé vers le banc et j'ai pris ma bouteille d'eau pour ne pas lui casser la figure.

Slade s'est assis, puis s'est aspergé le visage d'eau.

– Fais en sorte que Trinity lui dise, suggéra-t-il.

– Trinity est au courant ? demandai-je d'un ton accusateur.

– Bien sûr que non. T'es dingue ou quoi ? Si elle l'apprenait, elle foncerait voir Skye dans la seconde. Je ne te ferais pas un coup de pute comme ça.

Je me suis assis à côté de lui.

– Si Trinity me confiait un truc que Skye a fait, je te le répéterais immédiatement. Non, on ne peut pas faire confiance à Trinity sur ce coup. Il est bon que certains secrets restent entre mari et femme.

– Merci de garder ça pour toi.

– Je l'emporterai dans la tombe, mec. Mais tu devrais vraiment lui dire. Je sais que je suis parano, mais j'ai peur qu'elle l'apprenne d'une façon ou d'une autre.

– Je ne vois pas comment.

– Et si Laura t'envoie un texto ou t'appelle ? Et si Skye le voit et se demande ce qui se passe ?

– Comme si je lui avais donné mon numéro.

Je ne suis pas idiot à ce point.

Slade a haussé les épaules.

– Je dormirai mieux après que tu lui aies dit et que ça se soit tassé. On est un ménage à quatre et on ne peut pas tout gâcher.

– Tout ira bien, Slade. Je connais Skye et je vais tout arranger. Mais je ne veux pas détruire le rêve dans lequel je vis en ce moment. J'ai peur que le conte de fées se barre en eau de boudin et qu'on ne retrouve jamais ce bonheur.

– Mais si, dit Slade. Ce n'est pas parce qu'elle sera furax contre toi qu'elle ne t'aimera plus. Quand Trinity m'en veut, elle m'aime encore plus. Je sais que ça n'a aucun sens, mais c'est vrai.

Les connaissant, c'était parfaitement logique. Se disputer semblait être chez eux une autre façon de faire l'amour. Mais nous ne pouvions pas comparer nos couples ni même essayer de déterminer qui aimait le plus qui. Il n'y avait pas d'instruments de mesure pour les sentiments.

Dès que je suis rentré à la maison, j'ai basculé Skye sur le canapé et je lui ai fait l'amour contre l'accoudoir. Elle avait les genoux contre ma poitrine et les pieds posés sur mes épaules. Je l'ai prise à la hussarde parce que j'en avais besoin. Les heures de séparation étaient trop longues pour moi. Je passais du temps avec Slade parce que je savais que je ne pouvais pas le délaisser. Mais j'avais pensé presque tout le temps à ce que je ferais à Skye en rentrant.

Quand j'ai fini, je me suis assis sur le canapé à côté d'elle. J'étais nu et en sueur, et Skye avait sa robe retroussée jusqu'à la poitrine.

– Bonjour à toi aussi, dit-elle en poussant un soupir satisfait.

J'ai posé la main sur son ventre.

– C'est la seule façon de lui dire bonjour et au revoir.

– Et c'est un bonjour très agréable, dit-elle en posant la main sur la mienne. Tu t'es bien marré avec Slade ?

– Oui et non.

– Ça sent les histoires. Raconte.

– Il pense qu'il devrait être le parrain, et si on ne lui demande pas, il va piquer sa crise.

– Pourquoi il le veut tant que ça ?

– Je ne pourrais pas te le dire.

– Il nous refait le même caca nerveux qu'au mariage ? Quand il était fâché qu'on ne veuille pas qu'il nous marie ?

– Exactement pareil.

Elle a levé les yeux au ciel.

– Je sais que ça part d'un bon sentiment, mais putain, il est chiant.

J'ai pouffé.

– Je sais. Tu avais un parrain en tête ?

– Honnêtement, je n'y ai pas vraiment réfléchi. Je ne passe pas mon temps à penser à notre mort.

– Moi non plus.

– Eh bien, nos enfants vivront probablement avec mes parents s'il nous arrive quelque chose. Je sais qu'ils seront ses deuxièmes parents dès que le bébé sera né. Et ils m'ont très bien élevée, donc je sais qu'ils ont de l'expérience.

– Mais tu ne peux pas choisir tes parents pour parrain et marraine. Tu es censé choisir des personnes en dehors de la famille.

– Je trouve ça stupide, dit-elle. Alors je choisirais Roland et Clémentine.

– Donc tu élimines d'emblée Slade et Trinity ?

– J'ai pas dit ça… je suis sûre qu'ils seront des parents géniaux.

– Alors, réfléchis quand même. Ils vont sûrement nous demander d'être les parrain et marraine de leur enfant. Ce serait dégueulasse de ne pas leur demander la même chose…

Elle a grimacé à cette idée.

– Je suppose que tu as raison.

– C'est comme si Trinity te choisissait pour demoiselle d'honneur, mais pas toi.

– En fait, c'est même pire.

– Tu vois ce que je veux dire ?

– Je vais devoir y réfléchir sérieusement…

J'ai caressé doucement son ventre.

– Il ne nous arrivera rien de toute façon, Skye. J'y veillerai.

– Je sais.

Nos mains se sont entrelacées, nos regards se sont soudés et un ange est passé. Notre bébé n'était pas encore né, mais nous formions déjà une famille. Au fond de moi, j'ai pensé au secret que je devais confesser. Mais ce n'était pas le bon moment.

Le bon moment arrivera-t-il jamais ?

11

BEATRICE

Je suis mortifiée.

J'ai perdu la tête et mon cœur a pris le dessus. J'ai interprété de travers tout ce qui s'est passé ce soir-là et j'ai fait une bêtise.

J'ai embrassé Jared.

Quand il m'a prise dans ses bras au vignoble, j'ai eu l'impression qu'il ne voulait plus jamais me laisser partir. Il m'a même appelée bébé, comme si j'étais plus qu'une amie. Puis nous sommes allés au cinéma et il m'a donné sa veste. Ma tête a glissé vers son épaule quand je me suis endormie, mais je me suis réveillée parce qu'il m'a pris la main. Je me souvenais de la façon dont il a entrelacé nos doigts.

Je pensais que ça voulait dire quelque chose.

Il s'est avéré que j'avais tort. Je me suis complètement méprise sur notre relation. J'ai cru qu'il me fixait par moments, mais je suppose que c'était juste un regard amical.

Je suis tellement bête.

Quand je l'ai embrassé, j'ai pensé qu'il en avait envie. Ses lèvres se sont rapprochées des miennes comme mues par leur propre volonté. Et à la seconde où elles se sont touchées, c'était comme un feu d'artifice. J'ai senti les étincelles s'enflammer et former une boule de feu. Sa bouche semblait faite pour la mienne et quand nos langues ont dansé ensemble, je voulais plus qu'un simple baiser.

Mais il a eu un mouvement de recul comme s'il avait été piqué. Il a pris ses distances comme s'il ne voulait pas de moi. Et il m'a regardée comme s'il regrettait ce qui s'était passé. Pour lui, c'était une malencontreuse erreur.

J'ai tout gâché.

Une semaine s'est écoulée sans que j'aie de ses nouvelles. Souvent, je consultais mon téléphone dans l'espoir de voir un message de sa part. Ou alors je fixais l'écran, le pouce suspendu au-dessus de son nom parce que j'avais envie de l'appeler. Quand je ne faisais aucune de ces choses, je pensais à lui.

Pense-t-il à moi ?

Venais-je de rebuter mon seul véritable ami ? Avais-je saboté notre relation au point qu'elle soit irréparable ? Étions-nous encore amis, d'ailleurs ? Devais-je l'appeler ?

Non, ne l'appelle pas.

Si la situation était inversée, je savais que j'aurais besoin d'espace. Nous avions clairement des sentiments différents l'un envers l'autre. Pourquoi voudrait-il être avec moi alors qu'il savait ce que je ressentais vraiment ? Ce serait toujours tendu et gêné entre nous. Nous ne retrouverions jamais notre complicité.

Jeremy est entré dans mon bureau sans frapper.

J'étais assise à mon bureau, les yeux dans le vide face à l'écran, aussi j'ai tapé des touches au hasard sur le clavier pour avoir l'air de faire quelque chose. Mon frère ayant de l'intuition pour deviner mes émotions, j'ai essayé de ne pas paraître malheureuse.

– La femme a rappelé. Elle a dit qu'elle voulait trente bouteilles de Reisin. Tu crois que ça suffira pour un mariage avec soixante invités ?

Je n'arrivais pas à réfléchir.

– Euh… C'est plus qu'assez. Ça veut dire que chaque personne peut boire une demi-bouteille. Et il y aura sûrement des gens qui ne voudront pas de vin.

– D'accord. Je valide la commande.

– Parfait.

J'ai fixé l'écran de mon ordinateur et j'ai tapé n'importe quoi, ma messagerie n'étant même pas ouverte.

Jeremy a fait quelques pas vers la porte. J'ai cru que j'étais sauvée, mais il s'est soudain retourné vers moi.

– Ça va, Beatrice ?

– Oui, ça va.

Ma voix était aiguë et pas naturelle.

– Parce que tu as l'air un peu… déprimée.

– Je me rétablis d'un gros rhume.

J'ai toussé dans ma main, mais ça n'avait pas l'air vrai.

Jeremy n'était pas dupe.

– On dirait que quelque chose te tracasse, et je n'ai pas vu Jared depuis un moment. J'ai l'impression que les deux événements sont liés.

Pourquoi mon frère est-il si intuitif ?

C'était agaçant. Je plaignais sa femme.

– On s'est disputés.

– à quel propos ?

– Le bar à vin.

Je n'ai rien trouvé de mieux.

– C'est mauvais signe si vous ouvrez ce bar ensemble.

J'ai haussé les épaules.

– Je ne pense pas qu'on l'ouvrira ensemble, finalement.

Je ne voyais pas comment c'était possible après ce qui s'était passé. Jared me rembourserait sans doute mon investissement et ouvrirait le bar seul. C'était ce qu'il avait prévu de faire de toute façon.

– Alors, il a dû se passer quelque chose de grave entre vous.

Ouais, j'ai fait un truc idiot.

– Jeremy, c'est bon. Ne t'inquiète pas pour moi.

– Comment je pourrais ne pas m'inquiéter ? T'es ma sœur. T'es une chieuse, mais je tiens à toi.

Je ne pouvais pas parler de mes histoires de cœur avec lui.

– Je t'assure, ça va.

– Tu veux que je parle à Jared ? On s'entend bien.

– Non, rétorquai-je un peu plus agressivement que voulu. Reste en dehors de ça.

Jeremy a reculé.

– Très bien, je n'insiste pas. Mais je suis là si t'as besoin d'en parler.

– Je sais.

Je me suis détendue en sachant qu'il n'allait pas courir voir Jared pour essayer d'arranger les choses entre nous.

Il m'a fait un petit signe de tête avant de sortir en refermant la porte derrière lui.

J'ai posé la tête sur le bureau et soupiré.

Non seulement je me détestais d'avoir fait une chose aussi stupide, mais je me détestais surtout d'avoir fait fuir mon seul ami. Jared a supporté mon côté coincé et il m'a appris à me détendre. Grâce à lui, j'ai changé en mieux et je suis même devenue une fille amusante à côtoyer. Il a réussi à me faire oublier Conrad sans même le vouloir.

J'ignorais quand c'était arrivé. Un jour, il n'était que mon ami, et le lendemain, j'ai réalisé qu'il était tellement plus qu'un ami, et ce, depuis longtemps. Je n'ai pas remarqué mes sentiments durant la période de transition ; je n'ai vu que le résultat final.

Depuis combien de temps avais-je des sentiments pour lui ? Depuis combien de temps étais-je dans le déni ?

Longtemps.

Pourquoi m'a-t-il pris la main s'il ne ressentait rien pour moi ? Pourquoi m'a-t-il laissé poser la tête sur son épaule ? Pourquoi m'a-t-il serré si longtemps dans ses bras au vignoble ? Il ne ressentait vraiment rien pour moi ?

Ça n'a aucun sens.

Mais il a reculé et mis fin à notre baiser. Il est parti sans dire au revoir.

Et il n'a pas appelé.

Je ne saurais jamais ce qu'il ressentait pour moi. Je ne saurais jamais ce qui a mal tourné.

Parce qu'il n'est plus mon ami.

12

JARED

Merde.

Putain.

Fait chier.

Argh.

J'étais assis sur ma chaise de bureau et je fixais l'écran de l'ordinateur, les yeux dans le vide. Je devais régler des factures, commander des marchandises et payer mes employés, mais je n'arrivais pas à me concentrer. Le visage de Beatrice était gravé dans mon cerveau.

Avec ce regard dévasté.

Je me détestais pour ce que j'avais fait. Je ne voulais pas la peiner, mais ce baiser ne pouvait pas continuer. Il nous mènerait à une situation qui la blesserait encore plus. Je n'aurais jamais dû la laisser m'embrasser. J'aurais dû détourner la tête en feignant ne pas comprendre son intention.

Mais au lieu de ça, j'ai joué au con.

J'ignorais quoi faire maintenant. Elle ne m'avait pas appelé, et c'était exactement la réaction que j'attendais d'elle. Elle ne m'en parlerait jamais directement. Ce n'était pas dans son caractère. Donc si je ne lui disais rien, nous ne nous parlerions sans doute plus jamais. C'était probablement mieux ainsi.

Mais ce n'est pas ce que je veux.

Si je trouvais le courage de lui parler, que lui dirais-je ? Comment pourrais-je arranger la situation ? Quand j'imaginais ma vie sans elle, j'étais trop mal. Je ne voulais pas la perdre. Beatrice était ma meilleure amie au monde. La première personne avec qui je me suis senti bien dans ma peau. Elle m'aimait exactement pour qui j'étais, malgré mes imperfections. Et je ressentais la même chose pour elle.

Mais comment pourrais-je la garder ?

Qu'est-ce que je lui dirais ? Est-ce que je m'excuserais en lui demandant de rester amis ? Comment ai-je pu la repousser alors que je savais qu'elle ressentait la même chose pour moi ? Ou devais-je me comporter comme s'il ne s'était rien passé ?

Je devais faire quelque chose. Si je continuais sur cette pente, elle sortirait de ma vie pour toujours.

La solution la plus simple serait de lui avouer mes véritables sentiments. Il suffisait d'être honnête. Je pourrais l'avoir, ce qui était exactement ce que je voulais. J'aimerais être son petit ami. J'adorerais l'inviter à dîner, lui tenir la main en marchant sur le trottoir et lui faire l'amour dans mon lit.

Mais je ne pouvais pas faire ça. Je lui ferais du mal.

Je ne changerai jamais.

J'ai fait les cent pas devant sa porte pendant un moment. Je n'arrêtais pas de me passer les doigts dans les cheveux et ma respiration ne voulait pas se calmer. Mes semelles claquaient sur le parquet, et j'espérais qu'elle n'entendrait pas mes pas.

Si elle demandait pourquoi nous ne pouvions pas être ensemble, je devais mentir. La vérité n'était pas envisageable. Si je lui avouais ma peur la plus intime et la plus sombre, elle me dirait que je suis l'homme le plus digne de confiance du monde. Elle me regarderait avec ces magnifiques yeux verts… et je tomberais amoureux.

Éperdument.

Je me suis finalement immobilisé devant sa porte et j'ai inspiré à fond. Mon poing a longuement flotté dans l'air avant de frapper doucement des phalanges. J'ai eu une montée d'adrénaline et je n'arrivais pas à rester tranquille. Je me balançais d'avant en arrière et changeais sans cesse mes bras de position.

Je dois me calmer.

J'ai entendu des pas approcher de l'autre côté. Puis j'ai vu l'ombre de ses pieds sous la porte. Elle s'est figée après avoir regardé par le judas, et découvert que c'était moi.

Elle ne bouge pas.

Peut-être qu'elle n'allait pas m'ouvrir. Peut-être qu'elle ne voulait plus jamais me voir. Cette idée m'a fait mal… horriblement.

Beatrice a tourné le verrou, puis ouvert lentement la porte. Elle m'a regardé de ses yeux verts, mais ils n'étaient pas aussi lumineux que d'habitude. Elle était sur ses gardes, affichant une expression indéchiffrable. Exactement la même expression que lorsque nous nous étions vus la première fois.

Retour à la case départ.

– Salut…

J'aurais aimé avoir quelque chose de plus intelligent à dire. Maladroitement, j'ai glissé les mains dans mes poches parce que je ne savais pas quoi faire d'autre.

– Salut…

Elle a gardé la main sur la porte comme si elle pouvait la refermer à tout moment.

La tension est montée d'un cran tandis que nous nous regardions en silence. C'était si calme qu'on s'entendait respirer. Le fait qu'elle était si belle quand elle était triste n'aidait pas. J'avais envie de l'embrasser pour adoucir sa peine. Il m'a fallu toutes mes forces pour ne pas franchir le seuil de sa porte.

– Je passe juste... on peut parler ? demandai-je en me frottant la nuque, mal à l'aise.

– Je suppose.

Elle n'a pas ouvert la porte pour autant.

– Je peux entrer ?

Je ne voulais pas avoir cette conversation dans le couloir.

Elle a réfléchi à ma demande, les lèvres pincées. Puis elle a finalement reculé et m'a ouvert la porte.

Je suis entré dans l'appartement comme je l'avais fait cent fois, mais ça m'a semblé très différent. Je n'avais plus l'impression d'être chez moi. J'avais l'habitude de venir ici tout le temps, presque tous les jours. Je buvais ses bières et je me vautrais sur le canapé. Mais désormais, je ne me sentais plus le bienvenu.

Beatrice a croisé les bras et m'a fait face. Elle restait sur la défensive, ne me laissant voir aucune partie d'elle. Elle était complètement fermée et je ne pensais pas qu'elle s'ouvrirait de nouveau à moi un jour.

– Je voulais m'excuser pour ce qui s'est passé...

Je ne savais comment commencer cette conversation autrement. Beatrice n'allait rien dire pour dévoiler sa position.

– Je... je sais qu'il y a de la gêne entre nous. Je sais que notre amitié est compromise. Mais, je veux vraiment qu'on retrouve ce qu'on avait... si tu veux bien.

Visiblement, Beatrice ne s'attendait pas à ces paroles. Son corps s'est légèrement détendu, et elle a décroisé les bras.

– Tu n'as pas à t'excuser, Jared... C'est moi qui t'ai embrassé.

Mais je voulais que tu m'embrasses.

– Tu voulais le faire, et tu l'as fait. Tu ne dois pas t'en vouloir d'avoir eu du culot. Et en plus, ça m'a plu.

J'espérais que mon honnêteté la mettrait plus à l'aise.

– Alors pourquoi tu as arrêté ?

C'est là que ça se complique.

– Je ne voulais pas foutre en l'air notre amitié.

– Donc… tu ressens la même chose ? demanda-t-elle d'une voix où pointait l'espoir, même si elle essayait de le cacher — il se reflétait dans ses yeux, trahissant son vrai désir.

C'était encore plus difficile de continuer de feindre. Elle était juste devant moi et je pouvais l'avoir. Elle me désirait et je la désirais. Il me suffisait de lui avouer mes sentiments et ce serait réglé. Je pourrais la prendre dans mes bras et continuer ce baiser brûlant. C'était le meilleur baiser de ma vie.

– Tu es l'une des plus belles femmes que je n'aie jamais vues, et évidemment j'aime aussi ta beauté intérieure. Tu es ma meilleure amie. Mais… je ne peux pas être plus qu'un ami pour toi. Je ne ressens pas autre chose que de l'amitié.

Ça m'a tué de dire cette dernière phrase. J'avais envie de me mordre la langue, et de me gifler.

– Oh… opina-t-elle lentement comme si elle mettait du temps à saisir mes paroles. Je comprends…

Ses yeux trahissaient toute la peine de son cœur. Il résonnait comme un tambour. Je sentais le même chagrin d'amour. La regarder me dévastait.

Tuez. Moi. Maintenant.

– Notre relation est assez incroyable, dis-je. Je ne veux pas tout gâcher.

– Moi non plus… dit-elle en recroisant les bras sur sa poitrine pour se protéger. C'est juste que… laisse tomber.

– Dis-moi.

J'ai vu dans ses yeux qu'elle hésitait, mais elle a finalement décidé de parler.

– Tu m'as tenu la main au ciné…

Donc, elle le savait.

– Et j'ai cru… que ça voulait dire quelque chose. Puis tu m'as prise dans tes bras au vignoble… et tu m'as appelée bébé.

Ouah, je n'étais pas aussi discret que je le pensais. Je laissais carrément voir mes sentiments, à la limite de les crier sur les toits. Elle aurait été stupide de ne pas s'en rendre compte. Comment lui expliquer tous ces gestes ?

– Tu es importante pour moi. Je tiens vraiment à toi. Tu es la seule personne au monde qui ne pense pas que je suis un sale type.

– Parce que tu ne l'es pas, Jared.

– Tu me fais me sentir bien dans ma peau, ce qui est un exploit. J'aime les gestes… intimes. Mais ça n'avait rien de romantique, dis-je en déglutissant péniblement. Ça ne… voulait rien dire.

Elle a déchanté une fois de plus.

– Je vois…

– De toute façon, je ne te mérite pas Beatrice. Tu es tellement mieux que moi.

– Qu'est-ce qui te fait dire ça ? Jared, tu es quelqu'un de bien. Je ne t'aimerais… ne tiendrais pas à toi si ce n'était pas vrai. Tu m'as ramenée à la vie quand je me croyais morte. Tu me rends heureuse. Tu es… mon héros.

La sincérité de son regard indiquait qu'elle pensait ce qu'elle disait. J'ai fermé les yeux et j'ai grimacé. Elle me torturait. Elle faisait sautiller mon estomac et battre mon cœur comme s'il avait des ailes.

– Tu me rends heureux aussi.

– Je ne suis pas meilleure que toi. Tu n'es pas meilleur que moi.

Si seulement c'était vrai.

– C'est pourquoi je pense qu'on devrait oublier tout ça et passer à autre chose. Je ne veux pas te perdre, ma vie ne serait plus la même. Et on dirait que tu ne veux pas non plus. Alors… ça ne t'embête pas ?

Est-ce que ça pouvait vraiment marcher ? Nous redeviendrions amis ?

– Qu'est-ce qui ne m'embête pas, exactement ? demandai-je.

Elle a baissé les yeux comme si elle était gênée de prononcer les mots à voix haute.

– De savoir que j'ai des sentiments pour toi… (c'était la première fois qu'elle le disait). Ça ne te met pas mal à l'aise ? Ça ne te donne pas envie de ne plus me voir ?

Je devais la jouer fine, et j'ai pensé que l'humour était la meilleure option.

– Les filles sont toutes folles de moi, B. J'ai l'habitude.

Elle ne voulait toujours pas croiser mon regard.

– Allez, regarde-moi. Je suis irrésistible.

Beatrice n'a pas ri ni même souri.

– En tout cas, c'est flatteur. T'es la nana la plus sexy que je connaisse et tu m'aimes bien ? Putain, je suis trop fort.

Finalement, ses lèvres ont esquissé un sourire.

Voilà, on y est.

– Crois-moi, ça gonfle mon ego.

– Je ne pensais pas qu'il pouvait encore grossir.

Elle commençait à sortir de sa coquille.

– Tu te trompais.

– Apparemment…

J'ai posé les mains sur ses épaules et je l'ai forcée à me regarder.

– Amis, alors ?

Notre relation ne pouvait pas s'arrêter. Elle était tout pour moi. Elle était la seule personne qui me rendait heureux. Je ne pouvais pas l'avoir comme je le voulais, mais c'était la meilleure chose à faire. Je voulais continuer de la voir tout le temps. Je pourrais l'adorer de loin, sans lui briser le cœur.

Elle a opiné.

– Amis.

13

SKYE

Cayson est entré dans la maison par la porte arrière, vêtu seulement de son short de sport. On aurait dit un dieu grec. La sueur perlait sa poitrine dure comme le marbre, et ses cheveux étaient ébouriffés après sa course sur la plage. Il a enlevé ses écouteurs et les a balancés sur la table en se dirigeant vers la cuisine.

– T'as bien couru ? demandai-je assise sur le canapé.

J'avais les yeux rivés sur son ventre plat et ses hanches étroites. J'adorais sentir ce torse contre moi lorsque nous faisions l'amour.

Putain, j'ai épousé l'homme le plus sexy du monde.

– Ouais, répondit-il en sortant une bouteille d'eau du frigo et la descendant d'un coup. Il fait beau dehors.

Je pariais que toutes nos voisines l'avaient maté par la fenêtre de leur maison pendant qu'il courait sur la plage.

– J'aimerais pouvoir t'accompagner.

– Non, tu fais exactement ce que tu dois faire, dit-il en s'approchant et posant un baiser sur mon front. T'as besoin de quelque chose ?

– Non.

– T'as pas faim ni soif ?

– Si c'était le cas, j'irais me chercher à boire ou à manger.

Cayson n'avait pas besoin de me traiter comme une princesse.

– Ou bien tu peux me le demander.

– Nan, dis-je en me replongeant dans mon livre.

– Bon, je vais prendre une douche, dit-il en se dirigeant vers l'escalier.

– Je peux regarder ? demandai-je sans réfléchir.

Il s'est retourné, l'air espiègle.

– Tu peux me regarder faire n'importe quoi, n'importe quand.

J'ai délaissé mon livre et je me suis précipitée vers lui illico presto.

Je lui savonnais le torse, me concentrant seulement sur cette partie. Il avait pris tellement de masse musculaire pendant son voyage, je n'avais jamais été aussi attirée par lui. Cayson avait un corps de rêve avant de partir, mais maintenant, sa beauté physique était presque insoutenable.

– T'aimes vraiment mon nouveau corps, hein ?

J'étais incapable d'en détacher le regard.

– Mes yeux se régalent…

Cayson m'observait tandis que je le savonnais.

– J'imagine que je vais devoir faire un peu plus d'efforts pour le garder, alors.

– Ça me convient parfaitement, bichai-je.

– J'aime ton nouveau corps aussi, dit-il en me pressant les seins. Je fantasme sur tes nichons toute la journée au taf.

– Je t'enverrai peut-être des photos osées…

Son regard s'est assombri.

– J'aimerais ça. Mais je préfère de loin te toucher, dit-il en posant les mains sur mon ventre. Ton petit bidon est trop sexy.

J'ai souri en rougissant. Qui aurait cru qu'engraisser me rendrait encore plus attirante ? C'était mon seul talent.

Il couvrait presque mon ventre d'une seule main.

– Sérieux, je l'adore. J'aimerais que tu restes enceinte toute ta vie. Et quand le bébé arrivera, j'en veux un autre tout de suite.

– Ouh là… une chose à la fois.

Ses mains ont trouvé mes fesses et les ont pressées.

– Difficile de faire ça quand on a une vie aussi parfaite.

Il a posé un tendre baiser sur ma tempe.

J'ai appuyé la tête sur sa poitrine et senti l'eau couler sur nos corps enlacés.

– Il faut commencer à tout préparer.

– Tout préparer ? demandai-je.

– La chambre du bébé, les couches, les vêtements… tous ces trucs-là.

Ah ouais. Ça m'était sorti de la tête.

J'étais trop absorbée par Cayson pour y penser.

– T'as raison.

– Mais on ne peut pas décorer la chambre du bébé avant de connaître le sexe, remarqua-t-il.

– Tu veux le savoir…? Ou que ça reste une surprise ?

Il a haussé les épaules.

– Je serai surpris de toute façon. Au moins si on le sait, on pourra préparer son arrivée.

Pas faux.

– À moins que tu ne veuilles pas le savoir. Ça me va aussi.

Je voulais que la chambre du bébé soit parfaite. La déco, les grenouillères, les langes, les jouets... tout devait être prêt à notre retour de l'hôpital. S'il fallait s'en occuper après la naissance du bébé, ce serait la folie.

– Je veux le savoir maintenant, déclarai-je.

– Ah ouais ? s'enthousiasma-t-il. Alors, on prend rendez-vous chez le gynéco ?

– Et si on faisait une fête de la révélation ?

Cayson a froncé les sourcils.

– Une quoi ?

– Pour révéler le sexe du bébé aux proches.

– Euh, on n'allait pas le faire de toute façon ? demanda-t-il perplexe.

Je lui ai expliqué le concept. C'était une pratique de plus en plus populaire.

– Alors, ce sera une surprise pour nous aussi. Seule la personne qui organise l'événement le sait. C'est marrant, non ?

Cayson a hoché la tête.

– Ouais. Mais qui l'organisera ? Tes parents ?

– Non, répondis-je immédiatement. Je veux qu'ils soient surpris aussi.

– Clémentine ?

– Elle est trop occupée avec son bébé.

Le visage de Cayson s'est légèrement crispé.

– Quoi ?

– Je crois que ça ne nous laisse qu'une personne.

Je ne le suivais pas.

– Qui ?

– Slade. On n'a pas d'autre choix.

– Pourquoi il faut que ça soit lui ?

– Allez, il sera aux anges. Il a cartonné à la fête prénuptiale de Trinity, et il a tellement hâte de l'arrivée du bébé. Demandons-lui. Comme ça, si on ne le choisit pas comme parrain, il aura au moins ça.

J'ai soupiré d'irritation.

– Pourquoi ton meilleur pote est-il aussi sensible ?

Cayson a secoué la tête en souriant.

– Parce qu'il nous adore. Et c'est pas une mauvaise chose.

– Je ne sais pas… c'est une grosse fête. C'est lourd à organiser.

– Il fera de l'excellent boulot. Promis.

Parfois, l'amitié insolite de Slade et Cayson m'énervait. Trinity et moi étions proches, mais nous n'agissions pas de façon aussi théâtrale que ces deux-là.

– Très bien, soupirai-je.

Je n'arrivais pas à croire que j'acceptais.

– N'oublie pas que Slade a pris soin de toi pendant mon absence. Je n'ai même pas eu à lui demander. Il t'a emmenée à tes rendez-vous médicaux, il t'a conduite au boulot et ramenée à la maison tous les jours, et il s'est assuré que tu ne manques de rien. Si tu veux mon avis, il l'a bien mérité.

Je ne pouvais pas le nier. Slade avait fait des pieds et des mains pour moi. Il avait même été gentil avec moi pendant trois longs mois.

– T'as raison.

Slade était assis devant nous au Mega Shake. Il avait les mains posées sur la table et semblait impatient, se tortillant sur son siège. Il tambourinait des doigts en nous observant attentivement.

– Alors… vous vouliez me demander un truc ?

– Ouais, dit Cayson. Merci d'être venu.

Slade tambourinait toujours.

– Et…? demanda-t-il en fixant mon ventre.

J'ai pris les rênes.

– Cayson et moi on a décidé qu'on voulait connaître le sexe du bébé.

D'après sa réaction, Slade ne s'attendait pas à ce que la conversation prenne cette direction. Il devait s'attendre à ce que nous lui demandions d'être le parrain.

– Oh… fit-il déconfit, avant de reprendre son air normal. Eh ben, je trouve que c'est une excellente idée.

– On veut faire une fête de la révélation, continuai-je.

– C'est quoi ce bordel ? demanda-t-il perplexe.

Je me suis tournée vers Cayson, lui demandant du regard de lui expliquer.

Cayson a lâché un rire sarcastique avant de s'y mettre.

– En gros, on veut que tu sois le premier à connaître le sexe du bébé. Puis que tu organises une fête avec des jeux où tout le monde essaie de le deviner. Puis tu fais une grande révélation, genre tu déroules une banderole qui dit si c'est une fille ou un garçon.

Au fil de l'explication, l'air perplexe de Slade a disparu. Un sourire s'est formé sur ses lèvres et l'émotion a empreint son regard.

– Vous voulez… que j'apprenne le sexe du bébé le premier ? demanda-t-il en portant la main à son cœur. Vous me faites confiance ?

– Bien sûr, mec, dit Cayson.

Slade semblait sous le choc.

– Waouh… j'accepte avec plaisir. Ça me touche que vous me l'ayez demandé.

Maintenant, j'avais honte d'avoir douté de lui. Slade était un drôle de personnage, mais il avait plusieurs facettes. Son individualité était forte, tout comme ses émotions.

– Ce sera trop top ! s'exclama-t-il. Je vais déchirer. Et je garderai le secret.

– Tu ne peux pas le dire à Trinity.

– Promis, dit-il immédiatement en faisant mine de zipper ses lèvres. Motus et bouche cousue.

– Elle va essayer de te tirer les vers du nez, l'avertis-je en le pointant.

Il a roulé les yeux.

– Du calme. Je peux gérer ma femme.

– Tu sais qu'elle a plus d'un tour dans son sac… ne te laisse pas faire.

Cayson m'a tapoté la main.

– Bébé, il a compris.

– Parce qu'elle ne me le dira pas, continuai-je. Mais elle me fera toutes sortes d'insinuations et je pigerai.

– Calmos, dit Slade. Je ne lui dirai pas. Bon, on va chez le médecin quand ?

– Es-tu libre demain ? demanda Cayson.

– Pour ça, je suis libre n'importe quand.

Nous étions assis dans la salle d'examen, et Slade faisait les cent pas. Cayson était assis à côté de moi, la main posée sur ma cuisse. Il passait amoureusement le pouce sur mes phalanges, me disant en silence ce qu'il voulait me faire en rentrant à la maison.

Slade ne tenait pas en place. Il arpentait la pièce de long en large.

– Qu'est-ce qui le retient, bon sang ?

– Ses autres patients, raillai-je.

Il a croisé les bras.

– Je me demande ce que c'est.

– Quoi donc ? demanda Cayson.

– Le sexe du bébé. C'est énorme. Je vais avoir tellement de pouvoir. Mais avec le pouvoir vient la responsabilité.

Je me suis retenue de lever les yeux au ciel.

Le médecin est enfin revenu dans la pièce, une planchette à pince à la main.

– Désolé de vous avoir fait attendre…

– C'est un garçon ou une fille ? demanda Slade immédiatement. Dites-le-moi. Ils ne veulent pas le savoir, mais moi oui.

Le médecin a pouffé légèrement.

– Ah oui, je me souviens de vous, dit-il avant de se tourner vers Cayson. Vous êtes beaucoup plus calme que votre ami. C'est bon signe.

Cayson a opiné.

– Lui et moi, on est comme le yin et le yang.

Slade a tapé du pied.

– Allez, doc. Je meurs d'impatience.

Le médecin a pris un stylo et un calepin et a gribouillé dessus.

– Très bien. Voilà, dit-il en pliant le papier et le tendant à Slade.

Slade l'a fixé pendant trente secondes sans bouger.

– Vous étiez impatient et maintenant vous êtes terrifié ? dit le médecin en secouant la tête.

Slade a enfin pris le papier. Il l'a tripoté avant de nous tourner le dos. Puis il a soulevé un coin et a jeté un coup d'œil à l'intérieur. Il n'a pas réagi pendant un long moment. Puis il s'est retourné avec un sourire niais sur le visage. On aurait dit qu'il allait exploser d'émotion. Il a déchiqueté le papier avant de jeter les morceaux dans la poubelle.

– Eh ben… ouais, dit-il tout sourire en croisant les bras. C'est… super.

C'était un supplice. Slade connaissait le sexe de mon bébé tandis que je n'en avais aucune idée. Je me suis tournée vers Cayson.

– Je veux le savoir encore plus maintenant.

– Je ne dirai rien, frima Slade. Alors, ne me le demande même pas.

– On le saura ce week-end, dit Cayson en m'enserrant les épaules. Et toute la famille aussi. C'est excitant.

J'ai acquiescé d'un signe de tête.

Slade a tapé des mains.

– Ça va être une fête du tonnerre. Je sais exactement ce que je vais faire.

Je n'aurais jamais cru être jalouse de Slade un jour. Mais là, j'aurais donné n'importe quoi pour être à sa place.

14

SLADE

Je connais le sexe du bébé.

Skye et Cayson m'avaient confié cette énorme responsabilité, et je n'allais pas les décevoir. Je savais qu'ils me faisaient passer un test avant de me demander d'être le parrain. Remarque, c'était inutile. J'avais déjà fait mes preuves lorsque je m'étais occupé de Skye pendant trois mois.

Je mérite une médaille pour ça.

Je sautillais presque en marchant, pensant sans cesse à la fête et à toutes les activités que j'avais prévues. Ils n'étaient pas près d'oublier cet événement. Tout le monde découvrirait le sexe du bébé en même temps, et ce serait un succès grâce à moi.

– Ils t'ont demandé d'organiser une fête de la révélation ? s'étonna Trinity.

Nous déjeunions ensemble dans son bureau, assis sur son canapé jaune près de la fenêtre, baguettes et boîtes de mets chinois à la main.

– Ouaip, dis-je fièrement.

– Alors, tu connais le sexe du bébé ? dit-elle en me scrutant.

Je jubilais ouvertement.

– Ouaip, dis-je en fourrant un ravioli dans ma bouche.

Sa mâchoire s'est décrochée.

– Dis-moi ! C'est un garçon ou une fille ?

– Pas question, dis-je en mâchant.

– Comment ça, pas question ? s'énerva-t-elle. Je suis ta femme. T'es censé me le dire.

– Je leur ai juré de garder le secret. Et tu sais que je tiens ma parole.

– Mais je suis ta femme.

– Et alors ?

Elle a écarquillé les yeux.

– Je veux dire, c'est beaucoup plus amusant de l'apprendre à la fête en même temps que tout le monde, m'empressai-je de corriger.

– C'est de ma nièce ou de mon neveu qu'il s'agit.

– La fête est samedi. Tu peux attendre.

Elle a plissé les yeux, comme un prédateur guette sa proie.

– Tu. Vas. Me. Le. Dire.

J'ai secoué la tête.

– Slade Ryan Sisco, gronda-t-elle, des flammes dans les yeux. Dis-le-moi ou je t'oblige à le faire.

– Comment ? demandai-je sceptique. Tu pèses cinquante kilos. Qu'est-ce que tu vas me faire ?

Elle a jeté un coup d'œil à mon entrejambe.

– Tu sous-estimes mes talents.

– Trinity, la fête est dans deux jours. J'ai beau aimer coucher avec toi, je peux me retenir jusque-là. D'ailleurs, t'essaies de tomber enceinte. Tu ne peux pas utiliser cette tactique-là.

– C'est bien ce qu'on verra…

Je me suis remis à manger comme si de rien n'était.

Trinity me fusillait du regard, et au lieu d'utiliser ses baguettes normalement, elle les a plantées tellement fort dans sa boîte qu'elle a failli percer le fond.

– Pourquoi ils te l'ont demandé et pas à moi ?

– Ils savent que t'es occupée.

– Tu l'es plus que moi.

– Mais t'es à la tête d'un empire. Je gère un salon de tatouage. D'ailleurs, je me suis occupé de Skye pendant trois mois. Je le méritais bien.

Une lueur diabolique lui a traversé le regard.

– Assure-toi d'avoir assez de ruban rose…

Je savais qu'elle essayait de me faire cracher le morceau par accident.

– Que dis-tu d'Emily comme prénom pour leur bébé ?

Je l'ai ignorée.

– T'étais surpris quand t'as appris le sexe ?

J'ai levé les yeux au ciel.

– Trinity, ça ne marchera pas. Laisse tomber.

– Je finirai bien par le découvrir.

– Ouais. Samedi. Comme tout le monde.

– J'ai envie de te gifler en ce moment.

J'ai posé ma boîte et je me suis tourné vers elle.

– Vas-y, dis-je en lui tendant la joue. Tu sais que j'aime ça de toute façon.

Elle a poussé un soupir irrité.

– Allez, insistai-je en me frottant la joue. Juste ici.

Elle a semblé tentée.

J'ignorais ce qui m'allumait autant chez Trinity, mais je la trouvais irrésistible. Peut-être était-ce la perspective qu'elle me domine, me châtie. Mais je n'aimais pas que les rôles soient inversés, même si nous ne faisions que plaisanter. L'idée de faire du mal à ma femme me bouleversait.

– Tu sais que t'en as envie.

– Je suis en train de travailler.

– Non, t'es sur le point de te faire tringler sur ce canapé, dis-je en lui enlevant sa bouffe des mains et grimpant sur elle. Et je vais m'assurer de te faire hurler pour que tout le monde sache exactement ce qu'on fait.

Elle a enfin craqué et m'a giflé la joue. J'ai senti ma peau rougir et picoter.

Je l'ai regardée, sentant le désir me parcourir les veines.

Elle m'a giflé de nouveau.

Cette fois, j'ai gémi. Puis j'ai retroussé sa robe d'un coup sec avant d'écarter son string. En quelques secondes seulement, j'étais en elle. J'aimais le sexe agressif de temps en temps. Ça satisfaisait mon côté animal, le fantôme du pithécanthrope que j'ai jadis été.

Je l'ai baisée vite et fort. Au lieu d'être tendre, je lui ai fait exactement ce que je voulais en prenant mon pied. Je ne pensais pas à la mettre en cloque. Je ne pensais qu'à la défoncer jusqu'à ce qu'elle ne puisse plus marcher.

Je savais qu'elle aimait ça, car elle dégoulinait de cyprine. Ma queue était au septième ciel.

La chatte de Trinity s'est resserrée autour de moi et j'ai su qu'elle atteignait l'orgasme. Elle essayait d'étouffer ses gémissements, mais ils s'échappaient quand même de ses lèvres. Lorsqu'elle a eu fini de jouir, j'ai su que c'était à mon tour.

– Frappe-moi.

Elle m'a giflé. Fort.

J'y étais presque.

– Encore.

Elle m'a giflé de nouveau.

J'ai atteint mon seuil et déchargé en elle. C'était un orgasme puissant, et je lui ai donné tout mon foutre jusqu'à la dernière goutte. Une fois la vague passée, je l'ai embrassée doucement avant d'approcher les lèvres de son oreille. Au lieu de lui dire que je l'aimais, j'ai murmuré : « Je ne te le dirai jamais ».

15

CAYSON

Slade devait arriver chez nous tôt le matin et se rendre directement au jardin pour préparer la fête. Skye et moi faisions la grasse matinée, le laissant s'occuper de tout. J'aimais le voir aussi enthousiaste. Il ne semblait pas se soucier du fait que nous le laissions se débrouiller seul.

Quand Skye et moi sommes descendus à la cuisine pour préparer le petit-déj, Slade travaillait d'arrache-pied dehors. Il avait dû arriver encore plus tôt que nous le pensions, car des tables étaient montées et drapées de nappes roses et bleues. Des ballons étaient attachés aux dossiers de chaise, roses et bleus eux aussi. Nous avons regardé par la fenêtre. Je sirotais mon café et Skye était devant la cuisinière.

Je savais que c'était mal de se vanter, mais je l'ai fait quand même.

– Je te l'avais dit.

– Il a tout fait lui-même ?

– Ce mec est balèze.

– Mais… c'est tellement beau, s'étonna-t-elle. Il y a même des vases de fleurs au centre des tables.

– Trinity lui a sans doute donné des conseils, dis-je en buvant mon café.

Skye a fini de préparer le petit déjeuner et posé les plats sur la table. Il y avait du pain perdu, des pommes de terre rissolées, des œufs et du bacon.

– On devrait l'inviter à se joindre à nous, dit-elle. Il doit avoir les crocs.

– Tu connais Slade. Il a toujours les crocs.

J'ai ouvert la porte arrière et sifflé pour attirer son attention.

– Quoi ?

Il finissait tout juste d'installer les tables où iraient les boissons et la bouffe.

– Viens prendre le petit-déj, dis-je en lui faisant signe d'approcher.

Slade a regardé sa montre.

– J'imagine que j'ai quelques minutes, dit-il avant de lisser la nappe, puis se diriger vers nous. La vache, ça sent bon ici.

Il s'est assis et immédiatement servi de tout.

Skye a posé une tasse de café devant lui.

– T'es là depuis quand ?

– Six heures, dit-il en engloutissant une tranche de bacon.

– Six heures ? répéta-t-elle incrédule. Tu t'es déjà réveillé aussi tôt un samedi matin ?

– Ouais, quand Trinity me grimpe dessus pour me vider les couilles, répondit-il comme si ça n'avait rien de déplacé.

Skye avait l'habitude, aussi elle n'a même pas réagi.

– Tu lui as dit ?

– Non, dit-il sans détacher les yeux de son assiette.

– Slade, insista-t-elle.

– Quoi ? s'irrita-t-il en versant trop de sirop sur son pain. Non, Trinity ne sait pas. Je viens de le dire.

– Tu vois ? Tout va bien, intervins-je.

– Trinity obtient toujours ce qu'elle veut, dit Skye. Je suis surprise qu'elle ne soit pas parvenue à ses fins.

– Crois-moi, elle a essayé. Mais comme elle essaie de tomber enceinte, elle ne peut pas utiliser le sexe comme arme. Du coup, ça me facilite la tâche.

– T'as besoin d'aide pour préparer la fête ? demandai-je.

– Non, répondit-il la bouche pleine. Relaxez-vous. Je m'occupe de tout.

– T'es sûr ? demanda Skye.

– Comme si je te laisserais aider, dit-il en lui matant le bidon.

– Je peux faire des choses, s'offusqua-t-elle.

– Ouais, manger et rester assise, riposta Slade.

Skye a levé les yeux au ciel.

– À vous entendre, je suis handicapée.

– Tu l'es, dit Slade. Profites-en. Tu adores passer tes journées à glander de toute façon. Maintenant, tu peux le faire sans jugement.

– Il n'a pas tort, remarquai-je.

– Je veux quand même aider, insista-t-elle. J'ai tellement hâte de connaître le sexe. Le suspense me tue.

Elle m'a pressé la main sur la table.

– Moi aussi.

Je savais que ma famille brûlait d'impatience aussi. Ils voulaient acheter des jouets et de la layette avant même que je rentre de mission.

Quand Slade a eu englouti son petit déjeuner, il s'est levé.

– Bon, je dois me remettre au boulot. Il faut que j'aille chercher la bouffe et les rafraîchissements.

– Il va y avoir des ailes de poulet épicées ? demanda Skye en grimaçant.

– Des sandwichs au concombre avec de la salade grecque et du thé, dit Slade en roulant des yeux. J'ai préparé un menu santé pour ton petit cul serré.

Skye est restée bouche bée.

J'ai pincé les lèvres pour m'empêcher de pouffer.

Slade est sorti avant que Skye puisse l'engueuler. Puis elle s'est tournée vers moi.

– C'est pas drôle.

– Je ne ris pas, dis-je en me couvrant la bouche.

– Je ne suis pas un cul serré, bouda-t-elle.

– Non, mais c'est vrai que t'as un cul serré.

Ça a semblé la calmer un peu.

– Va te préparer, je m'occupe de la vaisselle, dis-je en portant les assiettes à l'évier.

– Tu n'as pas besoin de faire ça, Cayson.

– Je sais. Mais tu as cuisiné, alors je nettoie. Maintenant, va te faire belle.

Elle s'est approchée par-derrière et a posé un baiser sur mon épaule.

– Tu devrais peut-être me rejoindre dans la douche, dit-elle espiègle avant de s'éloigner.

– Ohh… Peut-être que je vais le faire.

La fête était un franc succès.

Slade avait cartonné côté organisation. Les invités étaient assis aux tables selon leur pressentiment : nappe rose s'ils pensaient que nous attendions une fille, nappe bleue s'ils pensaient que nous attendions un garçon.

Scarlet s'est tournée vers Trinity.

– Tu as fait de l'excellent boulot, ma chérie.

– Pardon ?

– La fête, dit Scarlet. C'est merveilleux.

– Oh... dit Trinity en fronçant les sourcils. En fait...

– C'était moi, dit Slade fièrement.

– Sans blague ? s'étonna Sean, un sandwich au concombre à moitié mangé à la main. T'as fait tout ça ?

– Ouaip.

– Et la salade grecque ? s'enquit Monique.

– C'était moi aussi.

Cortland s'est mis de la partie.

– Et les...?

– Tout, coupa Slade. Je suis le parrain, après tout.

– Pardon ? s'affola Roland en se levant. Slade est le parrain ?

Heath a posé la main sur son bras pour l'inciter à se rasseoir.

– On n'a pas encore choisi le parrain et la marraine, dis-je en levant les mains pour calmer la foule.

Je n'avais pas réalisé que la décision serait aussi critique.

– Ça sera Ward et moi, dit Clémentine. Le bébé devrait être avec son cousin.

– Je suis le frère de Skye, intervint Roland. C'est à moi que le bébé revient.

Je me suis frotté la tempe, irrité.

– Tout le monde est le parrain, dit Sean. Du moins, pour l'instant.

Ça les a fait taire.

Peut-être que nous devrions demander à Sean et Scarlet. Au moins, personne ne nous en voudrait du choix.

Slade a fait jouer les invités à des quiz sur notre enfance. Ce n'était pas équitable puisque les parents connaissaient toutes les réponses, mais il y avait des prix, aussi tout le monde tentait sa chance.

– C'est pas juste, bouda Roland en regardant Sean. T'as gagné la carte-cadeau Starbucks ? T'es déjà riche. T'as pas besoin de trucs gratos.

– T'as raison, dit Sean en tendant la carte à Ward. Tiens.

Ward a souri de toutes ses dents en la fourrant dans sa poche.

– Merci. J'adore boire un bon café le matin.

– Euh, c'était vache ça, remarqua Roland.

– Ce que t'as dit aussi, répliqua Sean.

– Bon, ça suffit le papotage, dit Slade. Le moment que vous attendiez tous est enfin arrivé.

Skye s'est immédiatement redressée sur sa chaise en me serrant fermement le poignet.

– Mon Dieu ce que je suis excitée, piaffa-t-elle.

– Moi aussi.

J'adorais voir la joie sur son visage. J'avais passé trois mois loin d'elle, et je ne voulais plus jamais m'en éloigner. Elle était déjà belle, mais enceinte, elle était plus radieuse que jamais.

Slade tenait un gigantesque ballon jaune gonflé à l'hélium. C'était le plus gros ballon que j'avais vu de ma vie.

– Venez ici, vous deux, dit-il en nous faisant signe d'approcher.

Skye et moi nous sommes avancés, hésitants.

– L'un de vous deux va tenir le ballon, dit-il en me tendant la corde.

Je l'ai pris.

– Et l'autre va le faire éclater, dit-il en tendant une aiguille à Skye. Dedans, il y a des confettis bleus ou roses, expliqua-t-il avant de s'écarter. C'est quand vous êtes prêts.

Tout l'auditoire était en haleine, aussi impatient que nous l'étions. Sean et Scarlet se tenaient par la main, et Trinity se couvrait le visage tellement le suspense était insoutenable. Même Ward junior semblait fébrile, même s'il ne comprenait pas ce qui se passait.

Skye a approché l'aiguille du ballon d'une main tremblotante.

– Allez, bébé. Faisons-le.

– Vas-y ! s'écria Conrad. On meurt d'impatience.

– Magne-toi ! dit Trinity. Je veux savoir si je vais avoir une nièce ou un neveu.

Skye et moi nous sommes regardés un moment.

Puis elle a percé le ballon.

Des confettis bleus ont été projetés autour de nous, retombant lentement en tapissant la pelouse du jardin, les tables et les chaises, tombant même dans la bouffe et les boissons.

– C'est un garçon ! cria Trinity en sautant de joie.

– Ouais ! s'exclama Roland en tapant des mains. Je vais avoir un neveu !

– Je suis tellement heureuse, dit Scarlet les yeux embués avant de serrer Sean dans ses bras. On va avoir un petit-fils.

– Hourra ! s'écria Monique en applaudissant fort.

Mon pouls a ralenti alors que les confettis tombaient doucement, et le temps a semblé ralentir également. Le bleu emplissait ma vision, recouvrant tout autour de moi. Dans cinq mois, j'allais avoir un fils.

Un petit garçon arriverait dans ma vie, et je lui apprendrais à être un homme, comme mon père me l'avait appris. J'allais avoir une famille, une femme et un fils. Je me fichais du sexe au début, mais maintenant que je savais à quoi m'attendre, j'étais encore plus excité. Le bonheur s'emparait de moi, et j'avais l'impression d'être l'homme le plus veinard du monde.

Quand j'ai regardé Skye, elle avait des larmes de joie aux yeux. Elle regardait les confettis flotter dans l'air tandis que nos amis et notre famille applaudissaient et se réjouissaient pour nous. Ils étaient tout aussi heureux que nous. Lorsque ses yeux ont croisé les miens, ils affichaient une expression que je n'oublierai jamais. Remplis d'un amour éternel.

Et bien plus encore.

16

ARSEN

Skye et Cayson allaient avoir un garçon.

C'est vachement excitant.

Quand les confettis ont explosé tout autour d'eux, tout est devenu bleu. Il l'a regardée et lorsqu'elle a croisé son regard, je n'aurais pas pu décrire son expression. J'étais heureux pour eux, mais je me détestais en même temps.

Au lieu d'être excité à la naissance d'Abby, j'ai pris mes jambes à mon cou. J'ai été lâche et j'ai disparu. Elle méritait de recevoir un accueil comme celui-ci. Lorsque Silke et moi déciderons d'avoir un enfant, nous serons aux anges de l'accueillir dans la famille. Mais Abby serait-elle peinée ? Lui faisais-je la même chose que ma mère m'a faite ? Elle avait donné plus d'amour à son deuxième fils qu'à moi.

Parfois, notre ressemblance me terrifiait.

À l'heure du déjeuner, j'ai décidé de sortir me chercher à manger. Je ne me préparais jamais de gamelle, car j'étais trop paresseux. Au lieu de perdre mon temps à préparer des sandwichs et des crudités, je préférais faire des cochonneries avec Silke. Décision que je ne regrettais jamais.

J'ai pris des billets dans la caisse enregistreuse, sachant que je devais faire un dépôt à la banque, puis je me suis dirigé vers la porte. Un homme assis dans la salle d'attente ne me quittait pas du regard, comme s'il n'arrivait pas à me replacer.

J'ai évité son regard et je suis sorti.

Une fois sur le trottoir, j'ai entendu quelqu'un m'appeler.

– Arsen ? dit une voix d'homme, hésitante, comme incertain que ce soit mon prénom.

Je me suis retourné et j'ai aperçu l'homme du vestibule. Il avait la même taille que moi, mais en plus mince. Il semblait en bonne forme physique, mais j'avais plus de masse musculaire que lui. Ses cheveux étaient d'un brun clair, et ses yeux étaient étrangement semblables aux miens.

J'ai le pressentiment que je le connais.

Il s'est avancé vers moi, les épaules droites et le regard assuré. Il portait un jean noir et un t-shirt, le genre de tenue que Slade affectionnait. Il semblait sur ses gardes en s'approchant, et à la fois stoïque, comme si rien ne l'effrayait.

– Salut. Désolé de t'aborder comme ça. T'es occupé en ce moment ?

Au moins, il avait des manières.

– J'allais déjeuner.

– Je peux me joindre à toi ?

J'ai arqué un sourcil.

– Et si tu me disais d'abord qui t'es ?

– Oh… dit-il en fronçant les sourcils. Je présumais que tu le savais. J'ai cru le voir dans tes yeux.

J'imagine que je n'étais pas aussi impénétrable que je le croyais.

– Levi ?

Il a hoché la tête et tendu la main.

– Heureux de faire ta connaissance.

Je ne voulais pas la serrer. Je ne cherchais pas à nouer de relations. Mais Levi ne m'avait rien fait de mal. Il n'était coupable d'aucun crime sauf le fait de partager mon ADN. J'ai soupiré, puis j'ai pris sa main.

– Arsen. Pareillement.

Levi avait une poigne ferme, et il ne ressemblait pas à Sherry. Il n'était pas craintif ou velléitaire. Il avait une peau saine, comme s'il n'avait pas fumé une seule cigarette de sa vie. Il émanait de lui une certaine joie de vivre.

– Désolé de débarquer dans ta vie comme ça. J'espérais te parler. Je peux revenir une autre fois si ça te convient mieux. En fait, j'aurais sûrement dû appeler avant… désolé. Je n'ai jamais fait ça, dit-il avant de pousser un faible rire.

J'avais encore plus de mal à le rejeter maintenant. Il était poli et prévenant, tout le contraire de notre mère. Je me demandais ce qu'il me voulait, parce que nous ne pouvions certainement pas établir une relation fraternelle de but en blanc.

– T'inquiète. Tu veux manger un burger ?

Son visage s'est immédiatement égayé.

– Avec plaisir.

On aurait dit qu'il allait trépigner de joie. Notre mère lui avait sûrement dit de s'attendre à une autre réaction de ma part. Je n'avais pas été gentil avec elle. Silke avait été encore pire.

Levi et moi nous sommes dirigés vers le Mega Shake en parlant de tout et de rien. Nous avons discuté de la météo, puis il m'a posé des questions sur mon garage. Mes motos semblaient particulièrement l'intéresser, même s'il n'avait pas du tout le profil d'un motard.

Après avoir commandé, nous nous sommes assis dans un box. Ça me faisait bizarre de me retrouver en tête à tête avec lui. Maintenant qu'il était devant moi, je ne pouvais pas ignorer nos ressemblances. Nous avions la même mâchoire carrée, en plus de nos yeux similaires.

Après avoir fini son burger, il s'est léché les doigts.

– La vache, c'est bon. J'arrive pas à croire que je ne suis jamais venu ici.

– Je suis sûr que tu reviendras, souris-je en buvant mon soda, les coudes sur la table.

Levi n'avait pas encore révélé le but de sa visite. Au début, j'ai voulu lui dire de me foutre la paix, mais je ne pouvais pas rabrouer quelqu'un qui n'avait rien fait de mal, surtout qu'il était vraiment aimable avec moi. Il ne semblait pas vouloir me taxer. Il subvenait aux besoins de notre mère, après tout.

Comme il n'abordait pas le sujet, je n'ai pas eu le choix de le faire moi-même.

– Alors, qu'est-ce qui t'amène ici ?

Son attitude enjouée s'est estompée, faisant place à un air sérieux. On aurait dit que je me retrouvais devant une toute nouvelle personne.

– Maman m'a parlé de toi… mais elle m'a dit que tu la détestes.

– C'est vrai.

Je n'avais aucun scrupule à le dire.

– Elle me l'a seulement dit il y a quelques semaines. Et quand elle l'a fait… j'ai été vraiment surpris. Toute ma vie, j'ai cru que j'étais fils unique. Puis j'ai appris que j'avais un grand frère.

– Elle me l'a dit récemment aussi. Je n'étais pas content de l'apprendre.

Si Levi était insulté, il ne l'a pas montré. Il a poursuivi, d'un filet de voix.

– Elle m'a dit ce qu'elle t'a fait… Je ne t'en veux pas d'être aussi fâché.

Comme ils étaient proches, je m'attendais à ce qu'il sympathise avec elle plus qu'avec moi. Sa réaction sincère m'a pris par surprise.

– J'ai grandi dans des familles d'accueil, puis j'ai vendu de la came dans la rue. Ça fait seulement quelques années que j'ai repris le contrôle de ma vie.

Il a hoché la tête.

– C'est inspirant.

J'ai bronché au compliment.

Levi a réalisé qu'il avait fait une bourde.

– Dans le bon sens du terme, s'empressa-t-il d'ajouter. Tu es parti de rien et tu t'es sorti de la misère. C'est de loin plus impressionnant que quelqu'un qui est né avec une cuillère d'argent dans la bouche.

Je mangeais mes frites en soutenant son regard.

– Depuis qu'elle me l'a dit, je n'arrête pas de penser à toi. Je me demande quel genre d'homme tu es, si on se ressemble, si on a des choses en commun…

– Quelle importance ?

Il a cillé à ma froideur.

– On est le fruit de l'imprudence d'une même femme, continuai-je. On n'a pas besoin de se lier d'amitié pour ça.

Sans vouloir être impoli avec lui, je ne voulais pas lui donner de faux espoirs. Il cherchait quelque chose que je ne pourrais jamais lui donner.

– Maintenant, tu m'as rencontré et tu sais de quoi j'ai l'air. Est-ce qu'on peut s'en tenir à ça ?

Levi n'a pas essayé de dissimuler son chagrin.

– Je… je voulais juste apprendre à te connaître.

– Je n'ai rien de spécial.

– Maman m'a dit que tu avais une fille… ce qui veut dire que je suis oncle.

Je me faisais violence pour ne pas m'énerver.

– Oui, j'ai une fille. Mais ça ne fait pas de toi un oncle pour autant.

Il a semblé offensé.

– Je comprends que tu détestes notre mère pour ce qu'elle t'a fait, mais je n'ai rien à voir là-dedans. Il ne me reste plus beaucoup de famille, alors n'importe quelle raison pour cultiver une relation avec un parent est une bonne raison.

– On n'est pas parents.

Ça a semblé le piquer au vif.

– On est frères.

– Demi-frères, corrigeai-je, perdant enfin patience. J'allais très bien avant que toi et cette vieille harpie fourriez le nez dans ma vie. J'ai une famille. J'ai pas besoin que vous la foutiez en l'air.

– Je n'essaie pas de foutre en l'air…

– Levi, tu m'as l'air d'un type bien. Dans d'autres circonstances, on aurait sans doute été amis. Mais t'es un fantôme pour moi. Tu me rappelleras toujours la vie que je ne méritais apparemment pas. Quand tu ouvrais tes cadeaux le matin de Noël, je vivais dans la rue. Quand tu dormais dans un lit douillet avec un toit au-dessus de ta tête, je vendais de la drogue dans une ruelle sombre. On a eu des vies différentes toi et moi, on n'a rien en commun. Pourquoi faudrait qu'on ait une relation ? À quoi ça nous servirait ?

Levi me fixait d'un air méfiant. Il est resté silencieux tellement longtemps que j'ai cru qu'il n'allait pas parler.

– Eh ben, peut-être que tu te fiches de moi, mais je tiens à toi. Quand maman m'a raconté ce qui s'est passé, je n'ai pas cessé de penser à quel point ta vie a dû être dure. Si j'avais su que t'existais, je serais parti à ta recherche. Je l'aurais suppliée de te trouver… parce que t'es mon frère.

J'ai baissé les yeux, incapable de supporter son regard implorant.

– Je ne suis pas venu te voir aujourd'hui en m'attendant à ce qu'on devienne meilleurs potes du premier coup. Je voulais seulement te parler. Je n'essaie pas de te faire du mal, Arsen. J'essaie de rattraper le temps perdu.

J'ai secoué la tête.

– Tu ne comprends pas…

– Si, je comprends, affirma-t-il. Je sais que tu ne veux rien savoir de maman à cause de ce qu'elle a fait. C'est ton choix. Mais je sais qu'elle le regrette énormément. Elle ne veut rien de toi. Quand elle a besoin d'argent, c'est moi qui lui en donne. Tout ce qu'elle veut, c'est son fils.

J'évitais toujours son regard.

– Et tout ce que je veux, c'est mon frère. Je ne t'ai rien fait, alors je ne mérite pas cette hostilité.

– Tu as raison.

Il a sourcillé comme s'il ne s'attendait pas à cette réponse.

– Mais je n'ai pas à avoir de relation avec toi non plus, ajoutai-je. Laissons les choses comme elles sont.

Il s'est calé contre le dossier, l'air déçu.

– Alors, tu ne veux pas apprendre à me connaître ? Savoir si j'ai des enfants ? Ce que je fais comme métier ?

J'ai secoué la tête.

– Pas vraiment.

Son regard s'est éteint.

– Comment tu peux t'en foutre ?

J'ai instinctivement serré le poing.

– T'as pas idée de ce que j'ai vécu. Pendant que tu vivais chez toi avec ta mère et ton père, je cherchais à manger dans les bennes à ordures. Tu n'as aucun droit de me juger.

– Je ne te juge pas. J'aimerais seulement que tu me donnes une chance. Je ne suis pas une menace.

– Écoute, j'ai amplement d'amis et de famille. Je n'ai pas le temps d'apprendre à te connaître.

– Alors, prends le temps, s'énerva-t-il. Je suis un mec vraiment cool.

– Le fait que tu le dises l'annule automatiquement.

– Je dis simplement que si tu crois que je vais me comporter en connard avec toi, tu te trompes.

– Puis Sherry va s'insinuer dans ma vie petit à petit, dis-je en secouant la tête, irrité. Je ne suis pas dupe, Levi. Je sais que c'est un stratagème pour se rapprocher de moi. Je n'allais pas lui pardonner, mais le fait de savoir qu'elle était parfaitement capable de s'occuper de moi et qu'elle a choisi de ne pas le faire est encore pire que me faire abandonner sur un trottoir comme une ordure.

– Ce n'est pas aussi simple…

– C'est ça.

Ma voix dégoulinait de sarcasme.

– Je ne connais pas tous les détails, mais mon père ne t'aurait pas laissé vivre avec nous. Il était… différent. C'était un type bien, mais… disons qu'il n'a jamais aimé l'ancien métier de maman.

– Qui l'aurait aimé ?

– Tout ce que je dis, c'est que maman n'a pas pu retourner te chercher. Ça n'a rien de personnel.

– Et où est ton père aujourd'hui ?

Son visage s'est déconfit.

– Il est décédé. Arrêt cardiaque.

– Je suis désolé.

Je n'ai même pas essayé de paraître sincère.

– C'était il y a quelques années…

J'ai posé le bras sur la banquette. Je voulais partir, mais je me suis dit que ce serait particulièrement irrespectueux de le faire maintenant.

– Sherry et lui étaient mariés ?

– Non. Mais ils vivaient ensemble, dit-il en tripotant son verre. Quand j'ai fini la fac, j'ai décroché un bon boulot en ville. Maman était sans le sou, alors je l'ai prise sous mon aile.

Je voyais bien que Levi était un chic type avec un grand cœur. Il était clément et compréhensif. Il ne semblait pas juger Sherry pour son passé de prostituée. Le fait qu'il puisse fermer les yeux là-dessus sans la juger était impressionnant. Et ça me rendait la tâche de le repousser encore plus difficile.

– Tu bosses où ?

Son regard s'est légèrement éclairci à ma question, comme s'il était heureux que je lui donne une chance.

– Je suis comptable. J'ai bossé dans un cabinet en sortant de la fac, mais il y a quelques années j'ai ouvert ma propre firme.

– Pas mal.

– Ça me plaît. J'aime être mon propre patron. On dirait qu'on a quelque chose en commun.

Son commentaire m'a fait détourner le regard.

– J'ai une maison dans l'est de la ville. Elle n'est pas immense, mais c'est assez grand pour maman et moi.

Je trouvais un peu ringard le fait qu'il habite avec sa mère.

– Marié ?

– Non... pas encore, dit-il avant de sourire. Mais je sors avec une fille depuis un moment et elle me plaît beaucoup.

Notre conversation devenait trop intime. Je sentais un lien se tisser entre nous. C'était comme si nous étions déjà amis. Ça coulait bien entre nous, du moins lorsque je m'ouvrais à lui. Je ne pouvais pas me laisser aspirer là-dedans. Je voulais retourner à ma vie d'avant. Tout était parfait avant que Sherry débarque dans mon garage.

– Je dois y aller, dis-je en me glissant hors du box.

Levi s'est figé.

– Attends. Quoi ?

– Enchanté de t'avoir rencontré, Levi. Prends soin de toi.

Il a froncé les sourcils, perplexe, et sa bouche s'est ouverte comme s'il voulait protester.

Avant qu'il puisse ajouter quoi que ce soit, je suis sorti.

17

SKYE

Je vais avoir un garçon.

Un fils.

Un petit gars crapahuterait dans la maison dans quelques mois. J'espérais qu'il ressemblerait trait pour trait à Cayson. Je serais la fille la plus heureuse du monde si je voyais mon mari chaque fois que je regardais mon fils.

Maintenant que je connaissais le sexe de notre bébé, j'étais impatiente de décorer sa chambre. J'imaginais bien un thème marin avec des baleines et des murs bleus. J'étais plus excitée de décorer cette chambre que le reste de la maison. Et puis, j'allais pouvoir acheter des vêtements et des jouets pour lui.

C'est tellement amusant.

Cayson jouant au basket avec Slade après le boulot, j'étais seule à la maison. Il irait dîner avec Slade, sans doute au Mega Shake, donc je n'avais pas à cuisiner. Je me suis assise au salon et j'ai feuilleté des catalogues de puériculture. C'était mon péché mignon.

Lorsque j'ai cru être enceinte il y a un an, j'ai fait un truc idiot. Je suis sortie acheter des magazines pour enfants. Quand j'ai compris que je n'étais pas enceinte, je les ai fourrés dans un coin et je ne les ai plus jamais regardés. J'avais honte d'avoir été trop vite.

Ils étaient dans une armoire à l'étage, aussi j'ai décidé de les descendre pour y jeter un œil. Je suis montée, puis entrée dans notre chambre face à l'océan. J'avais un dressing entier pour moi, avec un petit coin réservé à Cayson, mais il n'avait pas besoin de plus. Il ne possédait que trois paires de chaussures et ses t-shirts étaient généralement rangés dans ses tiroirs.

Après avoir fouillé un peu, j'ai retrouvé les magazines. Il y en avait cinq, de quoi passer le temps jusqu'au retour de Cayson. Quand il n'était pas là, je devais absolument m'occuper. Sinon, il me manquait trop et j'étais capable de prendre ma voiture pour aller le retrouver en ville.

En me retournant, j'ai failli trébucher sur ses deux sacs. Ils étaient posés dans le coin, au-dessus de ses chaussures. À en juger par leur poids, ils ne les avaient pas défaits.

J'aurais dû me douter qu'il ne déballerait pas ses affaires.

Il était rentré depuis un mois et n'avait pas ouvert les sacs. Ils prenaient la poussière et salissaient notre espace. Ces sacs avaient fait le tour du monde et ils étaient sûrement dégueulasses.

Beurk.

Je ne voulais pas lui faire des réflexions parce qu'il était parti trop longtemps. Quel genre de femme serais-je si je commençais déjà à l'engueuler ? Je lui avais demandé cinq fois de ranger ses affaires, en vain, aussi j'allais le faire moi-même. J'ai posé les magazines dans un coin et je me suis mise au travail.

Ils contenaient essentiellement des vêtements. Il n'avait que des t-shirts à manches longues, dont certains étaient couverts de terre. Ses chaussures de marche en cuir étaient usées jusqu'à la corde et tombaient presque en décomposition. Tout était tellement crade et abimé que j'ai pensé qu'on devrait tout jeter.

J'ai continué à enfoncer ma main dans le sac, et j'ai trouvé une enveloppe. Au début, j'ai cru que c'était un chèque de paie. On lui avait peut-être donné avant qu'il ne parte de Londres. Mais ça ne ressemblait pas à Cayson d'oublier un chèque pendant un mois.

Quand je l'ai retournée, mon cœur s'est accéléré.

Son prénom était tracé d'une écriture très féminine.

Cayson.

Il était écrit à l'encre noire, et la queue du Y était exagérément courbée. Impossible qu'un homme l'ait écrit ; c'était typiquement féminin.

Puis j'ai cessé de respirer.

Pourquoi avait-il la lettre d'une fille dans son sac ? Comment y était-elle arrivée ? L'avait-il mise là ?

L'enveloppe était décachetée. J'ai écarté le rabat et jeté un œil à l'intérieur. Je n'arrivais pas à déchiffrer les mots, mais j'ai vu que c'était une longue lettre.

Je ne devrais pas l'ouvrir.

C'était une atteinte à sa vie privée.

Quel genre de femme j'étais ?

J'avais confiance en Cayson et je ne devrais pas la lire.

Mais je n'ai pas pu reposer la lettre. Elle était dans ma main, terriblement tentante. Pourquoi était-elle dans son sac ? L'avait-il lue ? Qui lui avait écrit ?

Impossible de la ranger. Je devais savoir ce qu'elle contenait. Ça faisait de moi une sale fouineuse, mais je m'en foutais. Découvrir cette lettre dans son sac me mettait très mal à l'aise. Je n'arrêterais pas d'y penser avant de savoir. Ce n'était probablement rien, et dès que je l'aurais lue, je l'oublierais aussitôt.

J'ai sorti la lettre et je l'ai dépliée.

Cayson,

Voici les mots que je n'ai pas eu le courage de te dire quand je suis venue te dire au revoir. Je n'ai jamais été douée pour m'exprimer à l'oral. C'est beaucoup plus facile pour moi d'écrire.

Je n'aimais pas ça. Je n'aimais pas ça du tout…

La nuit où on s'est embrassés signifie beaucoup pour moi. Je n'avais jamais ressenti autant de passion et de désir avec un homme. Quand nos lèvres se sont touchées, j'ai senti la complicité que j'avais cherchée toute ma vie. C'était juste un baiser, mais il m'a suffi pour le savoir.

Toutes les nuits qui ont suivi ont été encore meilleures. Dormir dans la même tente que toi, apprendre à te connaître, découvrir ton grand cœur, et passer les premières heures du jour ensemble m'ont fait tomber encore plus amoureuse de toi. Nous avons passé trois mois ensemble, mais ce n'était pas assez long pour moi. Je n'ai pas besoin de trois autres mois avec toi pour savoir que tu es l'homme de ma vie.

Si ça ne marche pas avec ta femme et que tu te retrouves seul au monde, j'aimerais vraiment qu'on ait une chance d'être ensemble. Je sais que j'ai senti un lien entre nous durant les nuits passées ensemble. Et je suis presque sûre que toi aussi.

Tu peux me joindre à ces coordonnées.

Avec tout mon amour,

Laura.

Mes mains tremblaient en tenant le papier. Je fixais les mots, mais je ne pouvais pas comprendre ce que je voyais. Mon cœur s'est mis à battre douloureusement dans ma poitrine. Il me martelait les côtes comme s'il voulait s'enfuir. Une douleur atroce comme je n'en ai jamais connu s'est propagée à chaque centimètre de mon corps.

Je n'étais pas en colère. Je ne me sentais pas trahie.

J'ai mal, c'est tout.

Les larmes me brûlaient les yeux. Elles ont formé de grosses gouttes chaudes, puis elles ont roulé sur mon visage. Elles sont tombées sur mes lèvres, et leur goût salé m'a fait pleurer encore plus.

J'ai lâché la lettre et je me suis couvert le visage à deux mains. Ma poitrine était secouée de sanglots incontrôlables. Chaque respiration m'étirait les chairs et me faisait mal.

Je n'arrive pas à y croire.

Il y a quelques minutes, je montais à l'étage pour décorer la chambre de mon fils. Ma vie était parfaite. J'avais le mari le plus incroyable du monde et nous étions plus amoureux que jamais. Chaque matin, quand j'ouvrais les yeux, la vie me semblait être un cadeau.

Mais tout cela a disparu en quelques secondes.

Cayson m'a trompée.

Il y a une autre femme.

Alors que je le croyais fidèle, il couchait avec une fille. Quand je l'ai vue dans sa tente, j'aurais dû m'en douter.

La vérité m'a frappé de plein fouet et allumé un brasier ravageur en moi.

Mon mariage est fini.

– J'arrive ! hurla Trinity du fond de l'appartement, avant que ses pas approchent de la porte. Bon sang, calme-toi. J'étais en train de…

Elle s'est arrêtée au milieu de sa phrase quand elle a vu mon visage ravagé, devinant immédiatement que quelque chose n'allait pas.

– Skye, ça va ?

Je n'arrivais pas à parler. Si j'ouvrais la bouche, je recommencerais à sangloter. J'ai seulement réussi à secouer la tête.

Trinity a paniqué. Ses yeux se sont élargis et sa bouche est tombée. Elle ne savait clairement pas quoi faire. Puis elle m'a tirée à l'intérieur de l'appartement et a fermé la porte.

– Qu'est-ce qui s'est passé ? Qu'est-ce qui ne va pas ?

J'ai secoué de nouveau la tête, sentant les larmes affluer. J'ai sorti l'enveloppe de ma poche et je lui ai tendue.

– Je l'ai trouvée dans le sac de Cayson… dis-je la voix chevrotante en reniflant bruyamment.

Trinity l'a prise d'une main tremblante.

– Oh, mon Dieu…

Elle ne l'avait pas ouverte qu'elle savait déjà à quoi s'attendre.

– Lis-la.

Trinity a sorti la lettre de l'enveloppe et s'est mise à la lire. Je savais où elle en était quand elle a étouffé un cri et s'est couvert la bouche d'une main.

– Oh merde…

Ses yeux ne cessaient de bouger de gauche à droite tandis qu'elle déchiffrait l'écriture. Quand elle est arrivée à la toute fin, elle a fixé la page, le regard dans le vide. Lentement, elle a levé les yeux vers moi. Au lieu de se mettre en rogne comme je m'y attendais, j'ai vu qu'elle allait pleurer.

– Non… gémit-elle.

Je me suis essuyé les yeux avec mon bras.

– Je sais…

– Ça ne peut pas être vrai.

– Pourtant ça l'est.

J'ai continué de m'essuyer les yeux, en vain. Mes larmes étaient intarissables.

– J'arrive pas croire que Cayson te ferait ça… ça ne lui ressemble pas.

– Je sais…

Je me suis avancée jusqu'au canapé pour m'asseoir. J'étais si faible que je tenais à peine debout.

Trinity s'est assise à côté de moi. Elle était encore sous le choc, incapable de croire les preuves concrètes entre ses mains. Elle secouait la tête en fixant la lettre. Elle l'a parcourue encore avant de la remettre dans l'enveloppe.

– Je… je ne sais même pas quoi dire.

– Moi non plus. Je n'arrive pas à y croire… j'ai l'impression de cauchemarder, mais je ne me réveille jamais.

Trinity s'est passé les doigts dans les cheveux d'un geste nerveux.

– Putain. Cayson est le mec le plus fidèle que je connais. J'y crois pas.

– Je sais.

De nouvelles larmes ont roulé sur mes joues.

Trinity n'arrivait pas comprendre.

– Comment il a pu te faire ça ? Vous venez de vous marier.

J'ai secoué la tête en réponse.

– À peine parti, il saute une nana ?

– Probablement parce qu'il s'est dit que je ne le saurais jamais.

Ça ne ressemblait pas non plus à Cayson, mais je ne pouvais pas réfuter ce que j'avais lu dix fois de suite. Ce qui s'est passé entre lui et cette fille était indéniable.

Elle commençait à se remettre du choc, et à retrouver sa verve légendaire.

– Cet enfoiré de connard. Oh, l'ordure… comment il a pu te faire ça ?

– J'en sais rien…

– Tu crois que… Non, oublie, dit-elle en secouant la tête.

– Quoi ?

– Oublie.

– Non, dis-moi.

Je savais que c'était quelque chose que je n'avais pas envie d'entendre.

– Est-ce que tu crois qu'il est… tombé amoureux de cette fille ? Et qu'il allait rompre avec toi, mais qu'il a changé d'avis en apprenant que tu étais enceinte ? hasarda-t-elle sans oser me regarder. Cayson est peut-être infidèle, mais je ne l'imagine pas abandonner un enfant.

Je ne pensais pas pouvoir me sentir plus mal, mais j'avais tort.

– Je… je n'y avais pas pensé.

Trinity s'est tournée vers moi, les yeux aussi mouillés que les miens.

– Je suis désolée, Skye. Je… je ne sais pas quoi dire.

– T'en fais pas… je ne sais pas quoi dire non plus.

– Tu ne mérites pas ça.

– Je sais.

J'ai séché mes larmes de nouveau.

Trinity a saisi une boîte de Kleenex sur la table et me l'a tendue.

J'ai arraché une poignée de mouchoirs et je me suis tamponné les yeux.

Trinity a approché ses fesses des miennes, puis elle m'a passé un bras autour des épaules.

– Je suis désolée… vraiment. Je suis désolée, dit-elle en me berçant doucement contre elle.

J'ai fermé les yeux, m'abandonnant à son câlin.

– Je le sais.

– Même si ça n'en a pas l'air pour le moment, je sais que tout ira bien. On surmontera cette épreuve ensemble.

J'ai secoué la tête.

– Je ne m'en remettrai jamais, Trinity. J'avais une vie de rêve il y a une heure. Maintenant, je n'ai plus rien.

– C'est pas vrai. Tu m'as moi.

J'ai ouvert les yeux et regardé la lettre sur la table. Qui aurait cru qu'un bout de papier pouvait détruire ma vie ?

– Et maintenant ? demanda Trinity. Tu vas lui mettre le nez dans son caca ?

J'ai hoché la tête.

– Puis je le quitterai.

– Bien. Il ne te mérite pas. Ce qu'il a fait est impardonnable.

– J'arrive pas à croire que mon mariage est fini… il n'a pas duré longtemps.

Elle me berçait toujours.

– Je sais. Mais on s'en remettra, comme toujours.

Mes sanglots ont redoublé d'intensité, m'inondant le visage. J'avais du mal à respirer, la poitrine lourde et douloureuse. J'ai pleuré toutes les larmes de mon corps, sentant la vie quitter mon âme. Ce matin, je me suis réveillée avec l'amour de ma vie. Il m'a embrassé le ventre, puis il m'a fait l'amour en me regardant dans les yeux. Quand j'ai dû dire au revoir, c'était dur. Je ne voulais pas qu'il parte. Tout ce que je voulais, c'était qu'il soit à mes côtés tous les jours.

Mais ce bonheur a disparu. Tout a changé. Ma vie d'avant s'est évaporée comme de la fumée. Elle était là, flottant dans le ciel, jusqu'au jour où… elle s'est évanouie.

18

CAYSON

– Mec, j'arrive pas à croire que tu vas avoir un garçon, dit Slade.

Sa bouffe était devant lui, mais étonnamment, il ne mangeait pas. Il semblait rêvasser, perdu dans ses pensées.

– Moi non plus, dis-je un sourire indélébile aux lèvres. Je vais avoir un fils. Je vais être papa.

– Tu viens de le réaliser ? railla-t-il.

– Ouais, mais maintenant que je sais que c'est un garçon, je n'arrête pas de m'imaginer en train de jouer à la balle avec lui dans le jardin, ou de l'aider avec ses devoirs de science.

Slade a levé les yeux au ciel.

– C'est pas parce que c'est ton fiston qu'il va être un nerd.

– Eh ben… les chances ne sont pas de son côté. Skye aussi est intello.

– Moins pire que toi, dit-il en buvant son soda.

– Alors, comment se passe l'Opération bébé ?

– Putain, Trinity a une chatte d'acier, dit-il en secouant la tête.

J'ai grimacé.

– La pilule qu'elle prenait est super puissante. Elle ne l'a pas prise depuis des mois et elle n'arrive toujours pas à tomber enceinte. Et on baise comme des…

– Slade, m'énervai-je. On est en public.

– Peu importe. Je ne faisais que répondre à ta question.

– Je m'attendais à une réponse plus subtile.

Slade ne comprendrait jamais les règles de la bienséance.

– Bref… ça ne se passe pas bien. Ça bouleverse Trinity, et elle chiale beaucoup à cause de ça, dit-il en se frottant la tempe, irrité. Elle s'en veut et pense que c'est elle le problème.

– Tu sais, c'est normal de ne pas réussir du premier coup.

Il a écrasé le poing sur la table.

– C'est ce que je lui ai dit. Mais il faut toujours qu'elle souligne que Skye est tombée enceinte en prenant la pilule alors qu'elle n'essayait même pas d'avoir un bébé.

– Eh ben… On s'est beaucoup envoyés en l'air.

Je n'avais pas d'autre explication.

– Et tu crois que Trin et moi non ? Notre appart est pratiquement un bordel, sauf qu'on est les seuls clients.

– Bref…

Je venais de manger et je ne voulais pas vomir.

– Et en plus elle est pressée parce qu'elle veut que nos gosses aient le même âge, continua-t-il. Ça la rend psychopathe. Mettre Skye en cloque est la pire chose que t'aurais pu me faire.

– Désolé… dis-je sarcastique.

– Je te le pardonnerai… un jour.

Je me suis retenu de ne pas rouler des yeux.

– T'as des idées de prénom ? demanda-t-il.

– Pas vraiment. Skye et moi on n'en a pas parlé. Je pense qu'on digère encore l'idée qu'un petit garçon va bientôt ramper dans la maison.

– Slade est un beau prénom.

– Non.

– Allez. C'est unique, et puissant.

J'ai levé une main.

– Ça n'arrivera pas, alors la ferme.

Il a refermé la bouche et soupiré.

– Peu importe. Je suis sûr que quelqu'un nommera son gosse comme ça parce que je vais être une rock star célèbre, tu sais.

– Ouais… dis-je en regardant ma montre. Bon, je vais rentrer.

Je n'avais envie d'être nulle part ailleurs que chez moi. J'y serais resté sans l'insistance de Slade à me voir. Skye était la seule personne avec qui j'avais réellement envie de passer du temps — ainsi que notre fils.

– Tu lui as dit ?

Il fait chier avec ça.

– Non…

– Vieux, t'en mets du temps.

– On vient d'apprendre qu'on va avoir un fils. Laisse-nous en profiter un peu avant que je lui largue cette bombe dessus.

– Il n'y aura jamais de bon moment. Sois un homme et dis-lui.

– Je suis un homme, m'irritai-je. Il nous arrive quelque chose d'extraordinaire en ce moment. Tu veux que je gâche tout en lui avouant un truc aussi bête ?

– Au contraire, je ne veux pas que tu gâches ta vie parfaite.

– Skye n'a aucun autre moyen de le savoir que si je lui dis.

Son regard s'est assombri.

– Et tu sais que je ne ferais jamais ça.

– Je lui dirai la semaine prochaine.

Il a levé les yeux au ciel.

– Le plus tôt possible.

– Promis, râlai-je en sortant du box.

Je suis entré dans la maison et je me suis figé en voyant l'amoncèlement dans le vestibule. Toutes mes affaires avaient été fourrées dans des sacs-poubelle. Je voyais les manches de mes chemises dépasser d'un sac, et mes classeurs à anneaux et documents de travail débordaient d'un autre.

C'est quoi ce bordel ?

– Skye ?

Un autre sac a déboulé l'escalier et atterri au sommet de la pile.

J'ai regardé en haut des marches.

Skye a descendu vers moi, une expression terrifiante sur le visage. Elle était blanche comme un linge, et ses yeux bleus étaient gris et dénués de chaleur.

– Skye ? répétai-je. Qu'est-ce que mes affaires font là ? On part en voyage ou quoi ?

Arrivée devant moi, elle m'a lancé le regard le plus glacial que j'aie jamais vu. Plus elle me fixait et plus la tension montait. On aurait dit qu'elle me haïssait. Il y a à peine quelques heures, elle m'a embrassé amoureusement en me demandant de vite rentrer à la maison. Mais là... je me retrouvais devant une parfaite inconnue.

– Prends tes affaires et va-t'en, dit-elle en croisant les bras, debout de l'autre côté de la pile.

– Quoi ? balbutiai-je.

Elle me foutait à la porte ? Pourquoi ? Qu'avais-je fait ?

– Skye, qu'est-ce que j'ai fait ?

– Et si tu demandais à Laura ?

Oh merde.

Mon cœur a chaviré dans mon estomac et je n'ai pas pu cacher ma réaction. Comment l'avait-elle appris ? Slade ne lui avait pas dit… n'est-ce pas ? Un frisson m'a parcouru le corps. J'étais tétanisé. J'avais l'impression de brûler vif.

Putain.

Oh putain, ça craint.

Tuez-moi maintenant.

– Skye…

– Je ne veux rien entendre, dit-elle en levant une main. Je sais tout ce qui s'est passé. Sors de cette maison et sors de ma vie.

J'y crois pas. C'est un cauchemar.

– Non, attends, dis-je en m'avançant dans le tas de sacs.

– Ne t'approche pas de moi, grogna-t-elle en reculant violemment, une main sur le ventre. Je comprends que t'étais seul à l'autre bout du monde sans personne pour te remonter le moral, mais ça n'excuse pas ton comportement. Comment as-tu pu coucher avec une autre ?

Ses yeux se sont embués et sa colère a diminué, laissant place à une douleur profonde lui déformant les traits. Elle avait le cœur en miettes.

Coucher avec une autre ?

– Skye, je n'ai pas couché avec elle. D'où tu sors ça ?

La furie est revenue au galop.

– Tu oses vraiment me mentir en pleine face ? T'as complètement perdu ton sens de la morale ?

– Je ne mens pas.

Je me suis approché, mais elle a reculé.

– Si, tu mens, gronda-t-elle, le regard noir et impitoyable. Sors de ma maison.

– Skye, écoute-moi…

Elle a sorti une lettre de sa poche et me l'a écrasée sur la poitrine.

– Tu ne peux rien dire ni faire pour te sortir de cette merde. La preuve est là, noir sur blanc. S'il te reste la moindre once de respect pour moi, tu vas prendre tes affaires et foutre le camp.

J'ai ouvert la lettre à la hâte et je l'ai parcourue.

Tu te fous de ma gueule.

Je l'ai lue jusqu'à la fin, sentant mon cœur s'arrêter.

Non. Non. Non.

Cette putain de folle.

J'aurais dû l'étrangler et jeter son corps dans une foutue rivière.

– Skye, ce n'est pas ce que tu crois. Laisse-moi t'expliquer.

– Dégage, dit-elle en pointant la porte.

– Skye, écoute-moi. Tu as lu ça hors contexte.

– Tu crois que je ne sais pas lire ? s'esclaffa-t-elle sarcastique. Au cas où t'aies oublié, je suis diplômée de Harvard. Et à l'évidence, t'as eu une aventure dès que t'es parti parce que tu savais que tu n'allais jamais te faire prendre. T'es un porc, comme tous les autres mecs.

Elle secouait la tête, l'air dégoûtée.

Je sentais les fondations vibrer sous mes pieds. Mon monde s'écroulait. Mon mariage heureux ne tenait plus qu'à un fil.

L'adrénaline s'est mise à déferler dans mes veines lorsque j'ai compris la gravité de la situation.

– Je n'ai pas couché avec elle. On s'est embrassés une fois, m'empressai-je de dire avant qu'elle puisse m'interrompre de nouveau. On passait beaucoup de temps ensemble et elle m'a fait des avances. Je l'ai repoussée et je lui ai dit que j'étais marié. Un soir, elle s'est mise à m'embrasser alors que je dormais. Je rêvais de toi, alors je l'ai embrassée aussi. Quand j'ai réalisé ce qui se passait, je l'ai repoussée et renvoyée de ma tente. C'est tout ce qui s'est passé. Je le jure sur toute ma vie.

Je voyais bien qu'elle n'en croyait pas un mot.

– Et pourquoi tu ne me l'as pas dit ?

– Je n'ai pas eu le temps…

– T'es rentré depuis plus d'un mois.

– Mais quand je suis descendu de l'avion, t'étais enceinte. Tu voulais vraiment que je te raconte ce qui m'est arrivé alors qu'on vivait le moment le plus heureux de notre vie ?

– Va te faire foutre, Cayson. Tu n'allais pas me le dire. Tu viens d'inventer ce mensonge de toutes pièces. Si je n'étais pas aussi furax, je serais impressionnée.

J'ai bronché, car Skye ne jurait presque jamais.

– C'est la vérité.

– Non. Si ça l'était, tu me l'aurais dit. Tu n'aurais pas eu peur de m'en parler. Mais ce n'est pas ce qui s'est passé. Tu l'as baisée pendant trois mois.

Elle était en colère, mais le chagrin alourdissait son regard.

– Je suis restée ici toutes les nuits à attendre patiemment ton retour pendant que tu t'envoyais en l'air dans ta tente.

– Skye, dis-je en m'avançant, la main sur le cœur. Tu me connais. Je ne ferais jamais, jamais une chose pareille. Surtout pas à toi. Allez, tu sais quel genre de type je suis. Je ne te ferais jamais de mal.

Elle a secoué la tête.

– Mais tu l'as fait, Cayson. Tout est dans la lettre.

– Elle et moi on n'a jamais couché ensemble. Elle faisait référence aux nuits où on a parlé dans la tente. Après que je l'aie rejetée, elle s'est ouverte à moi et m'a avoué qu'elle craignait de ne jamais trouver le bon. C'est de ça qu'elle parlait, pas de sexe.

Skye n'a même pas cillé.

– Je ne crois pas un seul mot qui sort de ta bouche.

– Tu peux me croire, Skye. Je ne mens pas. C'est la vérité absolue.

– Tu me l'aurais dit, glapit-elle. T'as eu cinq semaines pour me raconter ce qui s'est passé et tu ne l'as pas fait. Ce qui veut dire que tu n'en as jamais eu l'intention.

– Pas du tout. Demande à Slade.

– Slade ? s'énerva-t-elle. Tu l'as dit à Slade ?

– Je l'ai appelé dès que c'est arrivé pour lui demander conseil. J'avoue que j'ai envisagé de ne pas te le dire du tout, parce qu'il n'y avait rien à dire. Elle m'a fait des avances et je l'ai repoussée — fin de l'histoire.

– Comme si Slade, ton meilleur pote au monde, ne te couvrirait pas.

J'étais de plus en plus terrifié.

– Il n'y a rien à couvrir. Skye, il a beau être mon pote, si je t'avais fait ce coup-là pour de vrai, il m'aurait foutu son poing dans la gueule. Tu es sa cousine et il t'aime.

– Mais il t'aime plus. J'arrive pas à croire que je l'ai laissé habiter ici alors qu'il le savait depuis tout ce temps.

– Je lui ai dit la vérité — que Laura m'a embrassé, et c'est tout.

Skye en avait assez.

– Sors de ma maison, Cayson. Et ne reviens plus.

– Non, dis-je en bondissant vers elle.

J'avais besoin de la toucher, besoin qu'elle comprenne.

Elle a immédiatement reculé en se couvrant le ventre.

– Ne. Me. Touche. Pas.

Je me suis immobilisé, sentant la douleur me parcourir le corps par vagues.

– Skye, je n'ai pas couché avec cette fille. Je sais que cette lettre fait croire le contraire, mais je ne mens pas. Tu sais que je ne te ferais jamais ça. Je t'en prie, Skye, fais-moi confiance.

Elle a pincé les lèvres comme si elle se retenait de pleurer.

– Fous le camp.

– Non.

– Tout de suite.

– Pas avant que tu me croies. C'est insensé, Skye. Je suis fou amoureux de toi depuis la puberté, et notre relation est parfaite. Je viens de t'épouser, pourquoi je te tromperais tout de suite après notre mariage ? Ça n'a absolument aucun sens.

– Je te le concède, admit-elle en lorgnant la lettre dans mes mains. Mais je ne peux pas ignorer la preuve que j'ai sous les yeux.

Cette lettre allait détruire ma vie.

– Elle m'a embrassée. Et c'est tout. Je n'y peux rien si c'est une psychopathe obsédée par moi.

– Alors pourquoi t'as laissé une psychopathe dormir dans ta tente ? répliqua-t-elle. Si elle représentait une aussi grande menace pour notre mariage, pourquoi tu l'as laissée rester avec toi ?

– Skye, je te l'ai dit. Elle n'était pas en sécurité.

– Alors, sa sécurité était plus importante que ton mariage. Tu as fait un choix, et voilà où on en est.

J'étais désemparé. Je lui avais dit la vérité plusieurs fois et elle ne me croyait toujours pas. Elle ne me regardait même plus de la même façon. Pourquoi avait-il fallu que Laura mette cette foutue lettre dans mes affaires ? Pourquoi était-elle aussi déterminée à gâcher ma vie ?

J'avais du mal à respirer.

– Skye, je l'ai déjà dit, mais… je n'ai pas couché avec elle, répétai-je d'une voix implorante, désespérée. Je le jure sur la tête de mon neveu. Je ne t'ai pas trompée. Je n'ai rien fait de tel. Je t'en prie, crois-moi.

Au point où nous en étions, j'étais prêt à la supplier.

Ses yeux se sont embués comme si mes mots la blessaient encore plus. Elle a regardé par la fenêtre, la main toujours posée sur le ventre. Son regard était vide.

– Je peux comprendre que tu étais tout seul dans un endroit inconnu. C'était la seule autre Américaine du groupe, la seule personne à qui tu pouvais t'identifier. Mais… on est mariés. J'arrive pas à croire que tu ferais ça à ta femme.

J'avais envie de détruire la maison tellement la frustration me rongeait.

– Je n'ai rien fait…

– Et le fait que tu t'entêtes à mentir est encore pire.

– Je ne mens pas, Skye. Je sais de quoi ça a l'air. Je comprends pourquoi tu en es venue à cette conclusion. Mais regarde la situation dans son ensemble. Je suis la personne la plus fidèle et digne de confiance au monde. Jamais je ne pourrais faire une chose pareille.

– Les gens agissent différemment dans des circonstances différentes…

– Putain de merde, Skye !

J'ai renversé la table basse tellement ma colère devenait incontrôlable.

Elle n'a même pas bronché.

– Sors. D'ici. Tout. De. Suite.

– Je ne partirai pas. Je n'ai rien fait. Je sais que tu me crois, au fond de toi.

– Non, dit-elle en s'éloignant encore plus de moi. Maintenant, va-t'en.

Des larmes de désespoir me sont montées aux yeux.

– Skye, je t'aime tellement, bordel. Je m'arracherais le cœur mille fois plutôt que de faire quelque chose qui pourrait te blesser.

Elle a ramassé son portable.

– Va-t'en. Sinon, je serai obligée de faire un truc que je n'ai pas envie de faire…

Son regard était lourd de menaces.

Je savais exactement ce qu'elle voulait dire.

Quand je me suis réveillé ce matin-là, j'ai fait l'amour à ma ravissante femme, puis nous sommes descendus prendre le petit déjeuner. Elle se pavanait dans la cuisine avec un tablier rose qui mettait en valeur son ventre rond où poussait notre enfant. Quand je suis parti travailler, j'étais le type le plus veinard du monde. Et là, je venais de tout perdre.

J'aurais pu m'acharner à me défendre, mais je savais que c'était peine perdue. Elle était trop furibonde, trop énervée pour entendre raison. Je n'accomplirais rien en la poussant davantage. Peut-être que la nuit porterait conseil. Peut-être qu'elle se raviserait.

Tout se retournait contre moi. N'importe qui aurait eu la même réaction que Skye après avoir lu cette lettre. Je ne pouvais pas lui en vouloir d'imaginer le pire. Mais elle me connaissait, et cette preuve, aussi incriminante soit-elle, ne devrait pas avoir de poids.

Mais il nous serait impossible d'avoir une conversation posée ce soir.

Sonné, je suis retourné vers le vestibule et j'ai ramassé un sac de vêtements. Il me semblait lourd tellement j'étais affaibli. Je savais que Skye et moi aurions des conflits durant notre mariage, mais je ne m'attendais pas à ce que ça se passe ainsi. Je n'aurais jamais cru sortir de chez moi avec un sac-poubelle sur l'épaule.

Elle ne m'a pas suivi jusqu'à la porte. Elle est restée dans la cuisine, là où je ne pouvais pas la voir.

J'ai fermé la porte derrière moi, abattu par la tristesse.

J'arrive pas à croire que ça m'arrive.

Slade a ouvert.

– Qu'est-ce que tu fabriques ici ?

Il a remarqué le sac sur mon épaule et mon air sinistre. Puis il a pigé.

– Tu lui as dit et elle t'a foutu à la porte ? Merde, c'est pas juste.

– Non… c'est pas ce qui s'est passé.

– Alors, c'est quoi ?

J'ai soupiré, puisant dans mes dernières forces rien que pour tenir debout.

– C'est une longue histoire. Je peux crécher ici ?

– Bien sûr. Entre, dit-il en m'attirant à l'intérieur.

J'avais roulé jusqu'ici sans réfléchir. Slade était mon meilleur ami au monde. Lorsque j'avais un problème, je me tournais toujours vers lui… ou Skye.

– Merci.

– Alors, raconte.

Trinity est sortie de la chambre, puis s'est arrêtée en me voyant. Son regard s'est posé sur le sac-poubelle. Et une haine viscérale s'est dessinée sur son visage.

– Pas question que cette ordure dorme ici ce soir, cracha-t-elle en marchant vers moi, des flammes dans le regard. Fous le camp d'ici, infidèle.

– Ouh là… quoi ? fit Slade en posant la main sur l'épaule de Trinity, l'éloignant de moi. Bébé, calmos.

– Je ne vais pas me calmer, dit-elle en le repoussant vivement. Il ne passera pas la nuit dans mon appartement. Il peut dormir dans la rue, j'en ai rien à foutre.

Je suppose que je ne devrais pas être surpris que Trinity le sache. Pourquoi Skye ne lui aurait-elle pas dit ? Mais ça ne m'aidait pas. Maintenant, deux personnes ne croyaient pas un mot de ce que je disais.

– Du calme, dit Slade en s'interposant entre nous. Cayson, qu'est-ce qui s'est passé ?

– Je…

J'avais à peine ouvert la bouche que Trinity m'a coupé la parole.

– Cayson a couché avec une fille. Elle a mis une lettre dans son sac et Skye l'a trouvée. Maintenant, elle sait tout ce que Cayson faisait dans son dos pendant qu'elle l'attendait sagement à la maison.

– Quoi ? paniqua Slade en braquant la tête vers moi. Laura t'a filé une lettre ?

– Laura ? répéta-t-elle. T'étais au courant ?

– Toi aussi ?

– J'arrive pas à croire que tu n'as rien dit à Skye, aboya Trinity. C'est ignoble.

– Cayson n'a rien fait de mal, répliqua Slade.

– Tromper sa femme alors qu'elle est enceinte est mal, s'énerva-t-elle.

Slade s'est tourné vers moi, attendant mon explication.

– Laura a glissé une lettre dans mon sac, dis-je en lui tendant.

Il s'en est emparé et s'est mis à la lire. Puis il a poussé un grognement.

– Oh putain, ça craint.

Trinity m'a poussé violemment.

– Sors de chez moi et ne t'approche plus de ma meilleure amie.

– Trin, arrête, intervint Slade. Il n'a rien fait.

– Ne me dis pas que tu le crois.

– Bien sûr. Tu penses vraiment que Cayson ferait un truc pareil ?

Elle n'a rien répondu.

– Non, il ne ferait jamais ça, continua Slade. Il n'a rien fait de mal. Allez, viens, dit-il en me faisant un signe de tête.

– Vous allez où ? demanda Trinity.

– S'il ne peut pas dormir ici, très bien, répondit Slade en m'entraînant vers la porte. Parce qu'on part tous les deux.

Nous sommes entrés dans le studio au-dessus du salon de tatouage. C'était un endroit exigu contenant un lit, une cuisinette et une minuscule salle de bain.

– Je sais que ce n'est pas grand-chose, dit Slade. Mais ça fera l'affaire pour l'instant.

Ça m'était égal.

– Merci.

J'ai balancé mon sac par terre avant de m'asseoir au bord du lit. Mes pensées se bousculaient dans ma tête et je me sentais étourdi, vide et brisé.

Slade s'est assis à côté de moi.

– Très bien... qu'est-ce qui s'est passé ?

– Je te l'ai dit, répondis-je en fixant le tapis à mes pieds.

– Skye a vraiment cru à cette lettre ?

– Comment lui en vouloir ? Ce morceau de papier est foutrement incriminant. Je sais de quoi ça a l'air vu de l'extérieur. Vraiment. Mais j'aimerais qu'elle me croie. Je ne suis pas un menteur, et je ne suis certainement pas infidèle.

– Et elle ne croit vraiment pas qu'il ne s'est rien passé ?

– Non, dis-je en me frottant le visage. Elle dit que si c'était le cas, je lui aurais dit en rentrant à la maison.

Slade a soupiré.

– Je...

– T'as intérêt à ne pas me dire « je te l'avais bien dit ».

Je n'étais pas d'humeur à l'entendre.

Slade a refermé la bouche.

– Je lui ai expliqué que je n'ai rien dit à cause du bébé. J'étais complètement estomaqué à l'aéroport.

Mon cœur se serrait douloureusement dans ma poitrine, mon pouls refusait de ralentir. Le souvenir des sacs-poubelle empilés dans l'entrée et Skye me jetant à la porte était insupportable. Nous étions tellement heureux, et maintenant, tout était détruit. J'aurais dû lui dire, au risque de gâcher le moment. Rien ne pouvait être pire que ça.

– Je suis désolé, vieux, dit Slade tout bas.

– Je ne sais pas quoi faire.

– Skye a seulement besoin de se calmer. Donne-lui du temps, elle se ravisera.

– Ce n'est pas une dispute, Slade. Elle croit réellement que je l'ai trompée.

– Quand elle se calmera, elle se rappellera que tu ne ferais jamais une chose pareille. N'oublie pas que vous êtes mariés et que vous attendez un bébé. Elle ne va pas te quitter.

C'était mon pire cauchemar.

– Tu crois ?

– Même si tu l'avais trompée, ce qui n'est pas le cas, elle essaierait de réparer les dégâts et sauver votre mariage.

J'ai secoué la tête.

– J'en sais rien…

– À cause du bébé. Le fait qu'elle est enceinte te sauve la peau.

Je n'y avais pas pensé. Lorsque j'imaginais notre avenir, la possibilité que l'un de nous trompe l'autre était à des années-lumière de la réalité.

– Penses-y, dit Slade. Si Skye te trompait, puis qu'elle s'excusait et promettait que ça n'arriverait plus jamais, tu la quitterais ?

Aussi pathétique que ça puisse paraître, je connaissais déjà la réponse.

– Non.

Et pas seulement pour le bébé.

– Elle ne va pas te quitter, m'encouragea Slade. Les choses vont être difficiles pendant quelques mois, mais vous allez passer au travers. J'en suis certain.

– Vraiment ?

J'avais besoin de toute l'assurance possible.

– Vraiment, dit-il en me tapotant l'épaule, puis se levant. Je vais parler à Skye. Peut-être que je peux lui faire entendre raison.

– Je crois que c'est inutile en ce moment, Slade.

– On s'est beaucoup rapprochés pendant ton absence. Elle m'écoutera.

J'espère qu'il a raison.

– Essaie de dormir, maintenant. Je te tiens au courant.

Je me suis allongé sur le dos et j'ai fixé le plafond. Je savais que je n'allais pas pouvoir fermer l'œil de la nuit. Tout ce que je pouvais faire, c'était rester couché là à ressasser les événements. Et essayer de me répéter que tout irait bien.

Sinon… je ne sais pas ce que je ferai.

19

SLADE

J'ai ouvert avec ma clé. Dès que j'ai franchi l'entrée, j'ai vu toutes les affaires de Cayson en tas sur le sol comme pour en faire don à l'Armée du Salut. En avançant dans la maison, j'ai entendu Skye pleurer dans la cuisine. Ou plutôt sangloter.

Je n'étais pas un mec émotif, et entendre une fille chialer m'irritait, mais là, ça m'a serré le cœur.

– Skye, c'est moi.

Elle a immédiatement cessé de pleurer, puis elle a reniflé.

J'ai traversé le salon et je suis arrivé dans la cuisine.

Elle était assise à table, des mouchoirs trempés éparpillés autour d'elle. Ses yeux étaient cernés et bouffis, et son nez était rouge à force de se moucher. Son petit ventre bombait sous la table. Elle a cligné des yeux rapidement et tenté de masquer son émotion.

– Slade, tu ne peux plus entrer comme ça, dit-elle d'une voix chevrotante.

J'ai tiré la chaise à côté d'elle et je me suis assis.

– Je me suis dit que tu n'ouvrirais pas si je frappais.

Elle a rassemblé les mouchoirs dans ses poings comme si elle voulait les cacher.

– Va-t'en, s'il te plaît. Je veux être seule, dit-elle sans me regarder.

– Skye, je sais à quel point cette lettre est incriminante…

– Tu savais depuis le début et tu ne m'as rien dit, m'accusa-t-elle d'une voix acide. Tu vivais avec moi et tu n'as pas dit un mot. Slade, je suis ta cousine.

– Il voulait te le dire lui-même. Et il ne ment pas, Skye. Il dit toute la vérité, rien que la vérité.

– Comment tu peux le savoir ?

– Parce que Cayson ne me mentirait pas. Il m'a appelé le lendemain parce qu'il avait peur de ta réaction.

– Il pouvait, siffla-t-elle les yeux rivés sur la table.

– Elle l'a embrassé et il l'a repoussée. Fin de l'histoire. Il ne s'est rien passé d'autre.

– Si c'était vrai, pourquoi elle dit qu'ils couchaient ensemble ?

– Elle ne le dit pas, affirmai-je en sortant la lettre de ma poche. Nulle part dans la lettre elle ne dit qu'ils ont couché ensemble.

– Et toutes ces nuits qu'ils ont passées ensemble… ils jouaient aux cartes ? dit-elle méchamment. Je ne suis pas idiote, Slade. Je sais exactement ce que ça veut dire. Toutes ces nuits où j'ai dormi seule, il baisait une nana dans son sac de couchage.

– Absolument pas.

Elle a fini par me regarder, le visage exsudant la haine.

– Je sais que c'est ton meilleur ami, mais je suis ta cousine. Tu devrais être de mon côté.

– Et je le serais s'il était coupable. Mais ce n'est pas le cas.

– Il est coupable, Slade. Je sais que c'est difficile à accepter, mais c'est la vérité. Vivre dans le déni ne changera rien.

– Tu connais Cayson aussi bien que moi. Quand il fait une connerie, il l'avoue. Il ne cherche pas d'excuses bidon. Il est toujours honnête et il assume les conséquences de ses actes. Je me trompe ?

– Non, admit-elle.

– S'il avait couché avec elle, il te le dirait.

– Ou peut-être qu'il est tombé amoureux de cette fille…

Sa voix a flanché, submergée par le chagrin. Elle s'est raclé la gorge avant de poursuivre.

– Il allait rompre avec moi à son retour, mais quand il a appris que j'étais enceinte…

– Ferme-la, m'énervai-je. Tu dis n'importe quoi.

– Cayson est resté avec moi uniquement pour le bébé. C'est le genre de mec qu'il est.

Elle a pris un coup sur la tête ou quoi ?

– C'est du délire. Cayson t'aime depuis toujours. Tu crois vraiment qu'il foutrait son mariage en l'air pour une pute à Pétaouchnok ?

– Elle fait la même chose que lui : venir en aide aux populations. Je suis sûre qu'ils ont plein de choses en commun.

Je me suis efforcé de ne pas rouler les yeux.

– Cayson est amoureux de toi et seulement de toi. Tu crois vraiment qu'il ferait le con juste après son mariage ? Ça n'a aucun sens, putain.

– Pourtant, c'est arrivé, dit-elle d'une voix glaciale. Je l'ai vue quand on a skypé. Elle est très jolie, et elle dormait dans sa tente. Il a été seul pendant des semaines… seul et loin de moi.

– Même s'il t'avait crue morte, il ne l'aurait pas fait, arguai-je. Et t'as pu la trouver jolie, mais je te promets que c'est pas le cas de Cayson.

Elle m'a lancé un regard interrogateur.

– L'autre jour, une bombe est entrée dans mon salon pour se faire tatouer. Apparemment, c'est la strip-teaseuse la plus sexy de New

York. Les gars me l'ont dit. Mais quand je l'ai vue, je n'ai pas du tout réagi. Je n'ai pas vu le canon de beauté dont ils parlaient. Merde, je ne me souviens même pas à quoi elle ressemblait. Quand on tombe amoureux, on est insensible à tout ce qui n'est pas sa moitié. Ce que je ressens pour Trinity, c'est ce que Cayson ressent pour toi.

– Je suis très heureuse que tu sois si fidèle à Trinity, dit-elle doucement. Mais ce n'est pas ce qui passe entre Cayson et moi.

Merde, c'est plus grave que je pensais.

– Cayson est le dernier mec sur terre qui tromperait sa femme. Même s'il le voulait, il ne le ferait pas.

– Les choses changent quand on est dans un autre contexte.

J'ai poussé un soupir d'agacement.

– Laura est manifestement une psychopathe qui fait une fixation sur lui. Ne laisse pas sa lettre à deux balles détruire votre mariage.

– Cayson a détruit notre mariage, corrigea-t-elle en prenant un mouchoir pour se tamponner les yeux. Elle lui dit de venir la retrouver s'il décide de me quitter. Pourquoi elle ferait une telle déclaration si elle ne pensait pas qu'il voulait être avec elle ?

J'avais une furieuse envie de l'étrangler.

– Parce. Qu'elle. Est. Cinglée.

– Slade, dit-elle en levant une main pour me faire taire. Je sais que tu veux bien faire, et que tu le crois parce que c'est ton meilleur ami, mais reste en dehors de cette histoire.

– Je ne peux pas te laisser croire ces conneries.

– Va-t'en, s'il te plaît, dit-elle d'une voix sans vie, comme si son feu intérieur s'était éteint. Je veux être seule maintenant.

Comment j'arrange les choses ?

– Cayson ne devrait pas dormir dans le studio au-dessus de ma boutique en ce moment. Il devrait être à la maison avec toi.

– Ce n'est plus sa maison.

– Skye, Cayson ne ferait jamais une chose pareille. Aie un peu confiance en lui. Tu dois…

– Slade, va-t'en. Ou je te fous dehors.

Elle s'est levée et a rassemblé tous les mouchoirs humides, puis elle les a jetés.

Si je restais, ça ne ferait qu'empirer les choses.

– Très bien. Mais ce n'est pas fini.

Elle s'est tournée vers moi, les yeux encore gonflés.

– N'en parle à personne d'autre que Trinity.

Ça m'a redonné de l'espoir. Elle voulait garder le secret. C'était peut-être pour régler la situation avec Cayson.

– Motus et bouche cousue.

Je suis rentré chez moi à trois heures du matin. Bizarrement, je n'étais pas fatigué. J'étais trop stressé pour dormir.

Trinity est sortie de la chambre dans un de mes t-shirts. Ses cheveux étaient aplatis par l'oreiller et elle n'était pas maquillée. J'aimais quand son visage était nu. Elle était naturellement belle sans même essayer.

– Qu'est-ce que t'as foutu ?

Le climat s'est soudain tendu entre nous. Nous étions dans des camps opposés.

– Cayson dort dans le studio au-dessus du salon.

– Tu devrais le mettre à la rue, cracha-t-elle.

– Puis je suis allé chez Skye et j'ai essayé de la raisonner. Ça n'a pas marché.

– La raisonner, railla-t-elle. Son mari l'a trompée. Elle a tous les droits d'être furax. Fous-lui la paix, Slade.

– Il ne l'a pas trompée.

Elle a plissé les yeux avec écœurement.

– J'arrive pas à croire que tu le défends. Ça me dégoûte. Donc, si tu me trompais, Cayson te soutiendrait et essaierait de me convaincre que tu n'as rien fait ?

– Non. Cayson serait plus déçu par moi que n'importe qui. Je sais qu'il n'a rien fait. Il ne mentirait pas sur un truc aussi grave. Pourquoi il m'aurait appelé de là-bas pour me mentir ? Ça n'a aucun sens, Trinity.

– Cayson est désespéré et prêt à tout à cause de son fils.

– Non, il est désespéré parce qu'il aime sa femme et ne lui ferait jamais de mal comme ça. Je sais qu'il n'a rien fait.

Pourquoi personne d'autre n'était de mon côté ? C'était comme si Skye et Trinity avaient oublié qui était Cayson.

– Cette lettre était assez claire, pourtant.

– Tu veux dire qu'il n'y a aucune possibilité que Laura soit juste une grosse psychopathe ? Qu'elle voulait dire autre chose quand elle a parlé de leurs nuits ensemble ? Que la version de Cayson n'est absolument pas crédible ?

– Exactement, dit-elle froidement. Pas avec les preuves concrètes dont dispose Skye. Et elle l'a vue dans sa tente quand ils skypaient. Une fille séduisante et disponible.

– Qu'est-ce que ça peut foutre ? m'énervai-je. Elle aurait pu être un top-modèle que Cayson ne l'aurait même pas remarquée.

– Eh bien, il l'a remarquée et il l'a tringlée — pendant trois mois.

Putain de bordel de merde.

Si Trinity se mettait à détester Cayson, Skye ne lui pardonnerait pas de sitôt. Il fallait qu'elle soit de son côté, sinon ça ne ferait qu'empirer les choses.

– Trinity, tu me fais confiance, n'est-ce pas ?

– Ça veut dire quoi, putain ?

– Tu me fais confiance ? insistai-je.

– Je ne serais pas mariée avec toi, sinon.

J'ai joint les mains comme si je priais.

– Alors, fais-moi confiance sur ce coup-là. Cayson n'a rien fait. Crois-moi.

– Et quelle information as-tu que je n'ai pas ?

– C'est mon meilleur ami. Je le connais mieux que personne. S'il l'avait trompée, il me l'aurait dit.

– Non. Parce qu'il savait que tu me le dirais, et que je le dirais à Skye.

– Il sait que je ne te l'aurais jamais dit. J'ai gardé son secret jusqu'à son retour. Jamais je ne trahirais sa confiance. Range-toi de mon côté, je t'en prie. Je sais que Skye est ta meilleure amie, mais Cayson dit la vérité, j'en mets ma tête à couper. Crois-moi, bébé, s'il te plaît.

Elle a plissé les yeux d'un air menaçant.

– Tu devrais avoir honte de toi. Skye est ta cousine, ton sang. Tu devrais la défendre.

– Je la défends, craquai-je. Cayson n'a rien fait, alors elle souffre sans raison.

Elle a levé la main et soupiré.

– La ferme, Slade. Tu dors sur le canapé ce soir.

Elle s'est engouffrée dans la chambre et a claqué la porte.

Au lieu de dormir avec elle, je me suis installé sur le canapé. Ça ne me ressemblait pas de laisser une dispute m'éloigner de ma femme.

Mais j'étais tellement énervé par le manque de confiance de tout le monde que je ne voulais pas partager sa couche.

Je voulais être seul.

20

SKYE

– Tout va bien ? me demanda Ward qui me zyeutait de l'autre côté du bureau.

Il avait un stylo à la main et un calepin sur les genoux.

– Ça va, répondis-je sans détacher les yeux de mon écran.

J'aurais préféré ne pas aller bosser aujourd'hui, mais je ne voulais pas éveiller les soupçons au bureau. Je traversais l'expérience la plus traumatisante de ma vie, mais je n'avais pas envie d'en parler. Bien que j'en voulais à Cayson d'avoir trahi nos vœux de mariage à peine quelques semaines après les avoir échangés, je préférais éviter que la nouvelle s'ébruite.

Ward voudrait lui briser la nuque, même si Cayson allait bientôt devenir son beau-frère. Conrad et moi nous étions rapprochés en travaillant ensemble, et il était devenu comme un grand frère protecteur pour moi. Même si Cayson était son pote, il n'hésiterait pas à lui casser la gueule. Roland serait hors de lui et aurait aussi son mot à dire. Tout le monde le détesterait. Et je n'osais même pas penser à ce que mon père ferait…

Cayson avait beau mériter cette animosité, je refusais que notre fils grandisse sachant que son père était un paria. Il risquerait de développer une rancœur envers lui, chose que je voulais éviter à tout prix. Je savais que Slade et Trinity garderaient le secret. Même si Trinity voulait salir la réputation de Cayson dans toute la ville, elle ne le ferait pas sans mon accord.

– Skye ?

Je me suis tournée vers Ward.

– Hmm. Pardon, tu disais ?

– T'es sûre que ça va ? demanda-t-il en me transperçant du regard.

– Ouais… je suis juste un peu fatiguée.

Son côté paternel est ressorti.

– T'as faim ? Soif ? Je peux t'emmener chez le doc. Prends-tu tes vitamines ?

J'avais envie de lui renverser mon bureau dessus.

– Ward, je vais bien. Je te ferai signe si j'ai besoin de quelque chose.

– Si tu es fatiguée, tu manques peut-être de fer. Ça peut te rendre anémique.

– Honnêtement, je vais bien. Remettons-nous au travail.

Ward a enfin laissé tomber.

Dieu merci.

Je n'avais pas faim et n'avais pas l'intention de déjeuner, mais je savais que je devais le faire pour le bébé. Il était important que j'aie une alimentation saine et que je consomme un tiers de plus de calories que d'habitude. Du moins, c'est ce que le médecin m'avait conseillé.

J'ai mis mon ordinateur en veille et ramassé mon sac à main. Au moment où je me suis levée, la porte s'est ouverte et Cayson est entré dans mon bureau.

Je venais à peine de retrouver mon calme et tarir mes pleurs qu'il montrait son nez à nouveau. Il avait du culot de se présenter ici — *beaucoup de culot*. J'ai serré mon sac à main contre moi en le foudroyant du regard. J'avais le cœur en miettes, je n'arriverais jamais à le reconstruire. Ma vie était un conte de fées et il l'avait détruite de façon brutale.

Il me fixait d'un air grave, le regard vide et sombre. Ses épaules paraissaient moins larges que d'habitude. Elles se voûtaient sous un poids invisible. Je percevais l'émotion dans son regard, mais il n'osait pas s'approcher de moi.

– Sors de mon bureau, Cayson. Et ne reviens pas.

Il n'a pas réagi.

– Déjeune avec moi.

– Non.

J'avais envie de lui lancer mon agrafeuse par la tête. Je voulais hurler et le pousser de toutes mes forces. Mais je ne pouvais pas faire ça ici. Tout le monde à l'étage m'entendrait et j'aurais des comptes à rendre plus tard. Puis j'ai réalisé que c'était exactement ce qu'il faisait ; je n'avais pas le choix de garder mon calme.

– Je te déteste encore plus de me faire ça.

– Tu ne me détestes pas du tout, dit-il d'une voix basse pour que personne ne nous entende. Déjeune avec moi.

– Plutôt crever.

Son visage s'est déconfit.

– Cayson, éloigne-toi de moi. Je suis sérieuse.

Il a poussé un profond soupir.

– Je jure sur ma famille que je ne t'ai pas trompée.

– Eh ben, tu viens de me prouver que ta famille ne vaut rien à tes yeux.

Tous les coups étaient permis désormais. Cet homme avait déchiré mon cœur et fracassé mon univers. J'avais l'impression de ne plus le connaître. J'étais tombée tellement profondément amoureuse de lui que j'en avais perdu la raison.

– Bébé...

– Ne m'appelle pas comme ça, sifflai-je. C'est fini, Cayson. Ça a été fini dès le moment où t'as fourré ta bite là où tu n'aurais pas dû. J'espère sincèrement que ça en a valu la peine.

Il n'a pas réagi, mais son regard s'est éteint.

– Je ne l'ai pas fait, Skye. Je t'en prie, crois-moi.

J'étais trop bouleversée pour modérer mes paroles.

– Tu m'as fait perdre des années de ma vie. Maintenant, chaque fois que je te regarderai, je me sentirai idiote de t'avoir laissé me bousiller. Zack m'a tiré dessus et a failli me tuer, mais tu m'as fait mille fois plus mal que lui.

Cayson a bronché comme si je l'avais poignardé, fermant les yeux.

– Je ne l'ai pas fait, gémit-il d'une voix à peine audible. Je ne mens pas. Je suis puni pour un crime que je n'ai pas commis. Écoute-moi, je t'en prie.

– Tu vas sérieusement continuer ta comédie ? m'énervai-je. Le fait que tu mentes est encore pire, Cayson.

Il a rouvert les yeux, soudain enhardi d'un feu nouveau.

– Je ne mens pas. Skye, si je l'avais fait, je le reconnaîtrais et je m'excuserais. Mais je n'ai pas couché avec elle. Je ne l'ai jamais touchée, ni même désirée. Tout ce que j'ai fait de sexuel pendant ce voyage, c'est me branler en pensant à toi.

J'aurais aimé qu'il dise la vérité.

– Cayson, j'aimerais pouvoir te croire. Mais je ne peux pas. Tu ne m'as rien dit quand t'es rentré. Tu ne m'as pas raconté ta version des faits. C'est évident que tu n'as jamais eu l'intention de m'en parler.

T'as inventé cette histoire de toutes pièces parce que tu t'es fait coincer. Maintenant, sors de mon bureau avant que je te foute à la porte.

– Bébé…

– Appelle-moi encore comme ça et je te lance mon agrafeuse, menaçai-je en m'en emparant.

Il a pincé les lèvres.

– Maintenant, va-t'en.

Il est resté ancré sur place.

– Dégage.

– Si j'avais trouvé la même lettre dans tes affaires et que tu me disais que tu ne l'avais pas fait, je te croirais.

– Eh ben, c'est pas le cas.

La douleur s'est attisée dans ses yeux.

– Je suis sérieux. Je te croirais sur parole avant de croire un psychopathe.

– Tu m'as ridiculisée une fois. Je ne te laisserai pas le refaire, dis-je en posant l'agrafeuse. Maintenant, va-t'en avant que j'appelle la sécurité.

Cette fois, Cayson semblait à court de répliques. Il a baissé la tête et est sorti de mon bureau, l'air minuscule.

Trinity m'a tendu une tasse de thé décaféiné.

– Comment tu vas ?

Nous étions assises sur le canapé jaune dans le coin de son bureau. L'endroit était décoré à la perfection, et Trinity était la meilleure des patronnes. Chaque fois qu'un employé entrait dans son bureau, elle le traitait avec respect, tout comme nos pères traitaient les leurs. Elle avait la grâce et l'autorité d'une reine.

Les mots me manquaient pour exprimer l'ampleur de mon chagrin.

– Ça pourrait aller mieux… dis-je en sirotant mon thé, puis posant la tasse sur la table. J'ai perdu mon meilleur ami…

Les larmes me sont montées aux yeux lorsque j'ai prononcé les mots.

Elle m'a pressé l'épaule, grimaçant de douleur comme par solidarité.

– Je suis tellement désolée. Je suis encore sous le choc. Je n'arrive pas à croire qu'il t'a fait ça. Ça ne lui ressemble tellement pas.

– Je sais…

– Et le fait qu'il s'entête à mentir… quel lâche.

– Ça me rend malade. J'aimerais qu'il l'admette, pour qu'on puisse au moins passer à autre chose.

– Eh ben, il faut passer à autre chose de toute façon.

J'avais les mains posées sur mon ventre. La promesse d'une famille parfaite s'était envolée. Il n'y avait plus que mon fils et moi. Je tenais le coup pour lui. Je ne pouvais pas m'écrouler alors que j'allais devenir mère. Je devais rester forte, même si ça me semblait impossible.

– Je sais.

Trinity m'a pris la main.

– Je suis là pour toi — toujours.

– Je sais, Trin.

– Tu t'en sortiras. Promis.

J'ai du mal à y croire.

– Tu l'as dit à d'autres personnes ?

– Non. Et je ne le ferai pas.

– Jamais ?

– Quand les gens commenceront à remarquer, je dirai simplement qu'on traverse des difficultés.

– Tu ne vas pas dire à tout le monde que Cayson est une ordure de première classe ? demanda-t-elle le sourcil arqué. Ça démolirait sa réputation de mec parfait.

– Je ne veux pas que notre fils le sache.

Son regard s'est attendri.

– Oh… je vois.

– Et je ne veux pas que tout le monde le déteste. Ils le pourchasseraient avec des fourches et des torches.

– Il le mériterait, dit-elle froidement.

– Slade le croit…

J'avais le pressentiment que Slade prendrait toujours le parti de Cayson.

– Je sais, soupira-t-elle. Ça m'énerve au plus haut point. Sa loyauté l'aveugle. Comment il peut nier la preuve qu'il a sous les yeux ? Il choisit de soutenir son pote même s'il est coupable.

– Cayson est passé à mon bureau au déjeuner.

– Il ne manque pas de toupet.

– Je l'ai viré. Heureusement, ça a marché.

– Je n'ai jamais autant voulu botter les couilles d'un homme.

La colère sourdait derrière ses yeux.

– Merci de ton soutien, Trinity. Je ne sais pas ce que je ferais sans toi. Mais… je ne veux pas que ça bousille ta relation avec Slade.

– Ne t'en fait pas pour ça, me rassura-t-elle. T'es la seule personne qui compte en ce moment.

– Je suis sérieuse. J'ai peur que vous vous disputiez parce que vous vous êtes rangé chacun dans un camp.

Elle a haussé les épaules.

– Je ne changerai pas d'avis. Et je sais que lui non plus. C'est comme ça.

– Je ne veux pas que tu ressentes la même chose que moi…

Elle a secoué la tête.

– Slade ne me tromperait jamais. Il sait que je lui casserais les doigts un par un et qu'il ne pourrait plus jamais jouer de la guitare.

J'ai pouffé pour la première fois depuis longtemps.

– C'est brutal.

– Quoi ? Je ne lui couperais pas la bite, ça témoigne de ma gentillesse.

– J'imagine.

– Par contre, tu devrais couper celle de Cayson.

J'aurais dû le gifler et lui lancer des assiettes, mais je n'y étais pas arrivée.

– Il n'en vaut même pas la peine.

21

TRINITY

Slade et moi ne nous sommes pas adressé la parole de la semaine. Lorsqu'il rentrait, il dînait, puis jouait de la guitare. Il m'ignorait, à croire que je n'existais pas. Il dormait sur le canapé toutes les nuits et partait tôt le matin.

J'étais tellement en colère que je m'en foutais.

S'il voulait croire cette pourriture, soit. Mais j'étais loyale envers ma cousine et meilleure amie. Elle traversait une épreuve bien plus pénible que Cayson, et Slade devrait la soutenir, pas ce salaud.

J'étais assise à table en train de dessiner un nouveau vêtement lorsque Slade est entré. Sans me regarder, il a vidé ses poches avant de se diriger vers la salle de bain pour prendre une douche.

Je savais que c'était la pire querelle que nous n'avions jamais eue, mais ni lui ni moi n'étions prêts à faire de compromis, chacun trop dévoué à son meilleur ami.

À ce que je sache, nous essayions toujours d'avoir un enfant. Mais ça faisait une semaine que nous n'avions pas couché ensemble. Ma période d'ovulation venait de commencer et il était temps de nous y mettre. Mais comme nous étions encore fâchés tous les deux, j'ignorais si c'était une possibilité.

Slade est sorti de la salle de bain, les cheveux humides, puis il a fouillé dans le frigo. Comme à son habitude, il m'a ignorée. Il s'est assis sur le canapé en buvant une bière.

J'ai continué mon travail.

En fin de soirée, Slade a pris son oreiller et sa couverture et il s'est installé confortablement sur le canapé. Il ne portait qu'un caleçon, car il avait toujours trop chaud pour dormir habillé.

Comment je vais m'y prendre ?

Je me suis rendue dans la chambre et j'ai trouvé la lingerie que j'avais reçue à ma fête prénuptiale. Je l'ai enfilée. L'ensemble était provocant, comme Slade l'aimait. La dentelle noire contrastait bien avec ma peau claire.

J'ai paradé jusqu'au salon, m'approchant lentement du canapé.

Slade a ouvert les yeux et m'a regardée. Ses yeux ont parcouru mon corps des pieds à la tête, mais son désir habituel n'y brillait pas.

– Je suis pas d'humeur.

– Je peux arranger ça, dis-je d'une voix sexy.

J'ai promené les doigts sur son torse, descendant jusqu'à son entrejambe.

– Je ne pense pas, non, dit-il en repoussant ma main. Va te coucher.

J'ai planté les mains sur mes hanches, sentant la colère monter.

– Au cas où t'aies oublié, on essaie d'avoir un bébé et je suis en pleine période d'ovulation.

Il a poussé un soupir irrité.

– Et alors ? Il y a toujours le mois prochain.

– Je ne veux pas attendre un mois.

– Eh ben, je ne veux pas te faire l'amour tant que je suis fâché contre toi.

– Qui a parlé de faire l'amour ? Tu vas me baiser, point barre !

– Je préfère pas.

J'ai tapé du pied.

– Tu vas m'embêter toute la nuit, c'est ça ?

– Ouaip.

Il a grogné avant de se redresser.

– Très bien. Qu'on en finisse.

Il m'a prise par la main et entraînée dans la chambre. Il a baissé son caleçon d'un coup avant de me jeter sur le lit. Puis il a ôté mon string et s'est hissé sur moi. Il bandait, mais toute affection avait quitté son regard. Il ne m'a pas embrassée comme il le faisait toujours. Ce qui me convenait, car je ne voulais pas l'embrasser non plus.

Il m'a écarté les jambes et s'est inséré en moi d'un mouvement fluide. Il s'est tendu dès qu'il m'a pénétrée, comme s'il avait oublié combien ma chatte était bonne. Un gémissement étouffé s'est échappé de sa gorge alors qu'il se mettait à donner des coups de reins.

Je me suis ancrée à ses épaules en bougeant le bassin sous lui. C'était le sexe le plus dénué de passion que nous n'avions jamais eu. Nous copulions dans le seul but de nous reproduire. Nous ne nous regardions pas dans les yeux. C'était à peine si nous nous regardions tout court.

Slade s'est crispé de nouveau en déchargeant en moi, s'enfonçant le plus loin possible. Il m'a emplie de toute sa semence, la projetant au fond de mon ventre. Puis il s'est abruptement retiré et rhabillé avant de sortir de la pièce, regagnant le canapé comme si de rien n'était.

22

ARSEN

Dès que je suis entré dans la maison, je me suis précipité vers la salle de bain pour prendre une douche. Je n'ai pas salué Silke et Abby, voulant leur épargner mon humeur massacrante. J'avais l'impression d'être tout le temps en colère ces derniers temps.

Je suis resté sous le jet d'eau longtemps en songeant à ma conversation avec Levi. Il souhaitait nouer une relation avec moi, mais jamais je ne lui donnerais ça. Je voulais seulement qu'ils disparaissent, lui et Sherry. Tout était parfait avant qu'ils déboulent dans ma vie et foutent tout en l'air.

J'espérais que l'eau chaude m'apaise, calme la colère qui me parcourait les veines, en vain. Mes doigts commençaient à se rider tellement j'étais sous la douche depuis longtemps. J'avais sans doute manqué le dîner, mais ça m'était égal.

J'ai enfin fermé l'eau, puis je suis sorti et me suis séché. Un parfum floral flottait dans l'air, et les serviettes colorées égayaient la pièce. Silke apportait une touche spéciale à cette maison. C'était exactement ce dont Abby avait besoin — une présence maternelle.

Je me suis rasé et brossé les dents avant d'entrer dans la chambre, serviette autour de la taille. Silke était assise sur le lit, les jambes croisées et une expression indéchiffrable sur le visage.

Elle n'était pas idiote. Elle savait bien que quelque chose clochait. Mais elle ne m'a pas posé de questions. Elle s'est contentée de me lancer ce regard auquel j'étais maintenant habitué.

Je me suis assis à côté d'elle, posant les coudes sur les genoux. Mes cheveux étaient humides et je ne m'étais pas donné la peine de les coiffer.

Silke s'est penchée vers moi, saupoudrant de tendres baisers sur mon épaule. Ses lèvres sont lentement remontées vers mon oreille, où elles ont trouvé mon hélix et l'ont embrassé. Puis elle m'a massé le dos, me détendant comme elle seule pouvait le faire.

Elle a ensuite posé des baisers le long de ma mâchoire. Lorsque nos bouches se sont touchées, nos langues ont dansé ensemble. Silke embrassait tellement bien, et elle m'allumait toujours, même lorsque je croyais que c'était impossible. Puis elle a reculé, la même expression énigmatique sur le visage.

J'étais resté sous la douche pendant près d'une heure sans arriver à contrôler mes émotions. Mais lorsque je l'embrassais, je revenais sur Terre comme par magie. Le brouillard se levait et je retrouvais mes esprits.

– J'ai rencontré l'autre fils de ma mère aujourd'hui.

Elle n'a pas réagi, comme si elle le savait déjà.

– Il était comment ?

– Pas mal.

Levi était un chic type. Rien à voir avec notre mère.

– Comment tu l'as rencontré ?

– Il est passé au garage.

– Ta mère aussi ?

– Non. Juste lui.

Elle a passé le bras dans le mien.

– Il veut qu'on ait une relation. Je lui ai dit que ça n'arrivera pas.

– Pourquoi pas ?

– Ce n'est pas parce qu'on a la malchance d'avoir Sherry comme mère qu'on a besoin de se fréquenter.

Je savais que c'était insensible, mais ça m'était égal. J'avais ma propre famille et je n'avais besoin de rien de plus.

– Eh ben, il doit se soucier de toi s'il a essayé de te parler.

J'ai haussé les épaules.

– Il a l'air d'un mec bien.

– Alors, pourquoi ne pas essayer ?

– Pourquoi forcer une relation qui n'aurait jamais dû exister ? demandai-je froidement. Il allait bien sans moi et je vais bien sans lui. Ça devrait rester ainsi.

– Arsen, tu as toujours voulu une famille. C'est peut-être ta chance.

– C'est toi ma famille, chuchotai-je.

– Je sais bien, dit-elle doucement. Mais tu as un frère qui veut apprendre à te connaître. Il n'a rien fait de mal. Je comprends pourquoi tu ne veux rien savoir de ta mère. Mais ton frère n'est coupable de rien.

– Je sais...

– Tu devrais peut-être lui donner une chance.

– J'ai déjeuné avec lui. Ça ne suffit pas ?

– Donne-toi le temps d'y penser. Tu changeras peut-être d'avis.

Je me suis tourné vers elle et j'ai sondé ses yeux magnifiques.

– Toute ma vie, on m'a laissé tomber. Des gens que je croyais mes amis m'ont tourné le dos aux moments où j'avais le plus besoin d'eux. Ma mère m'a abandonné au bord de la route quand j'étais gamin. Je n'ai jamais été capable de faire confiance, car tout le monde me fait la même chose. Tu es la première personne à avoir changé ma vision du monde. Quand j'ai été accueilli dans ta famille, j'ai découvert un tout nouvel univers. Tu ne peux pas comprendre à quel point c'est étrange pour moi. Tu ne sais pas à quel point t'as de la chance…

– En fait, si.

– Je ne veux pas retourner en arrière, c'est tout. Ma vie est tellement parfaite en ce moment. J'ai peur de régresser.

– Tu peux passer du temps avec lui sans lui faire confiance d'emblée. Tu n'as qu'à rester sur tes gardes.

Je me suis agrippé le crâne.

– Mais si je n'en ai pas envie ?

Silke a glissé les doigts dans mes cheveux.

– Mon père t'a pris sous son aile en ne sachant pas ce qui en découlerait. Il a investi son propre argent pour toi. Tu as chancelé, mais il n'a jamais baissé les bras. Il comprend que les gens peuvent être pourris, mais ça ne l'empêche pas de leur donner une chance. Donne une chance à Levi.

– Tu crois vraiment que je devrais ? demandai-je tout bas.

– Oui. Tu pourrais passer à côté de la plus belle relation de ta vie.

– Ou bien je pourrais être déçu encore une fois.

Elle m'a embrassé à la commissure des lèvres.

– Tu ne le sauras pas à moins d'essayer.

23

CONRAD

J'ÉTAIS EN RÉUNION QUAND MON TÉLÉPHONE A VIBRÉ DANS MA POCHE. J'ai vérifié discrètement que ce n'était rien d'important. C'était un texto de Lexie.

Tu me manques. Accompagné d'une photo de ses seins dans un soutif push-up. Elle tendait la bouche vers l'objectif comme si elle m'envoyait un baiser. En fond, la fenêtre de son bureau.

J'ai rapidement remis mon téléphone dans ma poche en essayant de ne pas bander. Difficile de me concentrer sur les différents prototypes, sujets de la réunion, en ayant la tête ailleurs. Je savais qu'elle l'avait fait exprès, la vilaine. Elle était au courant de ma réunion d'aujourd'hui.

J'avais envie de la fesser.

À la fin de la réunion, j'ai serré des paluches et dit des banalités avant de prendre congé. Skye n'avait pas assisté à la réunion, car elle avait un conf call avec un autre client.

Une fois dans mon bureau, j'ai sorti mon téléphone.

C'était vache.

Ne fais pas comme si tu n'aimais pas ça.

C'est le problème, ma chérie. J'ai aimé ça.

Tu ne devrais pas me dire quand tu as des réunions.

Reçu 5 sur 5.

J'ai posé les doigts sur mes lèvres en fixant l'écran de mon téléphone. Cette fille représentait toute ma vie. Je pensais à elle en permanence, et quand j'essayais de me concentrer sur autre chose, le répit ne durait pas longtemps. Elle a habité chez moi une semaine entière et elle m'a manqué une fois partie. Je remarquais que je me comportais de plus en plus comme Cayson, obnubilé par une nana avec des beaux nichons. Je ne sortais plus, sauf si c'était avec elle. Je regardais les annonces immobilières en périphérie de la ville parce que j'avais envie d'habiter dans un endroit calme, loin de la pollution urbaine.

Lexie faisait de moi un homme nouveau.

J'avais l'écrin de la bague dans ma table de nuit. Parfois, j'admirais le diamant en me demandant pourquoi je l'avais acheté. Ou alors je l'imaginais porter la bague et entendre les gens l'appeler Mme Preston. Je savais qu'elle ne pouvait pas avoir d'enfants, mais de nombreuses procédures médicales existaient pour que cela arrive. Et je n'étais pas contre l'adoption. Je ferais n'importe quoi pour garder cette femme dans ma vie.

J'étais à ce point raide dingue de Lexie.

Elle a recollé les morceaux de mon cœur après que Beatrice l'ait brisé. Elle a réussi à me faire croire à nouveau à l'amour alors qu'elle n'y croyait pas elle-même. Nous étions bien ensemble parce que nous nous soignions l'un et l'autre. Même dans nos heures les plus sombres, nous avons relevé la tête grâce à l'autre.

C'était la bonne.

Comment pouvais-je rester assis à sourire à l'écran et nier cela ? Comment pouvais-je prétendre que je ne rêvais pas de rentrer à la maison tous les soirs et de la voir dans la cuisine avec un tablier noué autour de la taille ? J'étais prêt à raccrocher mes gants de célibataire et à consacrer ma vie à une seule femme.

Lexie.

J'ai convié tout le monde à dîner au Mega Shake. Nous avons rapproché deux grandes tables au centre de la salle pour pouvoir tous tenir. C'était une invitation de dernière minute, aussi certains n'avaient pas pu venir. Mais ils apprendraient la nouvelle très vite.

– Quoi de neuf, frérot ? lança Trinity en arrivant suivie de Slade.

– Tu verras, dis-je vaguement.

Slade s'est assis à côté d'elle, mais il la regardait à peine. Un petit rictus lui tordait la bouche en permanence. Il ne parlait pas du tout, ce qui était très inhabituel.

– Vous êtes fâchés ?

– Non, répondit immédiatement Trinity comme si elle était énervée que je pose la question.

Slade n'a rien dit.

– D'accord…

Roland et Heath sont arrivés ensemble.

– C'est quoi cette réunion ? demanda Roland. D'habitude, c'est une des filles qui convoque tout le monde pour annoncer un scoop.

Ils se sont assis quelques chaises plus loin.

– Tu verras.

Je n'avais pas envie de me répéter, alors j'attendais que tout le monde soit là.

Skye est entrée à la vitesse d'un escargot. Elle était d'une pâleur fantomatique et semblait éteinte. Elle s'est assise à côté de Heath. C'était bizarre qu'elle ne se mette pas à côté de Slade et Trinity.

– Où est Cayson ? m'enquis-je.

– Il travaille tard ce soir.

Elle a pris le menu en évitant tout contact visuel avec moi.

Slade lui a lancé un regard noir.

Ça devient de plus en plus bizarre.

Tous les autres sont arrivés et ont pris place à table. Personne n'a commandé, car ils voulaient tous entendre ce que j'avais à dire. Papa était assis entre maman et moi.

– Alors, quoi de neuf ? demanda-t-il. Où est Lexie ?

Je voulais l'annoncer à tout le monde en même temps, car ils finiraient par le découvrir de toute façon. Rien ne restait secret dans notre famille.

– Merci d'être venu. J'ai quelque chose à vous annoncer.

Trinity m'observait attentivement, n'ayant visiblement aucune idée de ce que j'allais dire.

– J'espérais que vous pourriez organiser une fête le week-end prochain. Au manoir Preston, par exemple.

– Pourquoi ? demanda papa.

J'ai souri, je me fichais bien qu'ils me chambrent pour ça. J'avais beaucoup réfléchi à la question et j'étais absolument sûr de ce que je voulais.

– Parce que… je vais demander Lexie en mariage.

– Pas possible ! s'exclama Roland en tapant sur la table.

Papa a souri jusqu'aux oreilles.

Maman s'est éventé les yeux pour ne pas pleurer.

– Oh, c'est merveilleux.

– Mon frère va se marier ? s'extasia Trinity. J'y crois pas.

Slade est sorti de sa mauvaise humeur.

– C'est génial, mec. J'ai vraiment bien Lexie.

Skye a souri faiblement, car elle n'avait pas l'air bien.

– Tu as la bague ?

J'ai sorti l'écrin de ma poche et je l'ai ouvert.

Trinity en a eu le souffle coupé.

– C'est la plus belle bague du monde, Conrad.

– Hé, protesta Slade.

– *L'une* des plus belles bagues, corrigea-t-elle.

– Lexie Preston, dit Sean en faisant rouler le nom sur sa langue. Ça sonne bien.

– Félicitations, chérie, dit Scarlet en enlaçant maman.

– Merci. Ma fille est mariée et maintenant mon fils va se marier... Comme je suis heureuse !

J'ai l'impression d'être une vraie gonzesse.

Papa m'a étreint.

– Félicitations.

– Merci.

– J'organise la fête, déclara Trinity avec enthousiasme. Elle va être géniale. La plus belle fête de fiançailles de tous les temps.

– Hé, protesta de nouveau Slade.

– Oh, arrête un peu, soupira Trinity. C'est plus de notre âge.

J'ai gloussé en voyant tout le monde se réjouir.

– Tu vas lui demander quand ? demanda Theo.

– La semaine prochaine. Je pense que je vais l'inviter à dîner dans un bel endroit, puis je mettrai un genou à terre.

– Ce sera charmant, bicha maman.

– Avec une bague comme ça, t'as pas grand-chose d'autre à faire que lui montrer, s'esclaffa Trinity. Elle parlera pour toi.

– Hé, ta bague est jolie aussi, lui rappela Slade.

Elle a levé les yeux au ciel et s'est tournée vers lui.

– J'adore ma bague et je n'en voudrais pas une autre.

Ça a calmé Slade.

J'ai essayé de ne pas soupirer en entendant leur échange.

– Je suis heureux pour toi, mec, dit Roland. Conrad qui se marie… incroyable, mais vrai.

– Ouaip.

Je n'avais pas honte d'avouer que j'étais amoureux et que je voulais passer ma vie avec une seule personne. Je savais que j'étais un gros nase et qu'elle me tenait par les couilles, mais je m'en foutais. Je voulais rentrer à la maison avec elle tous les jours et ne jamais nous séparer.

24

CAYSON

Ma vie est un enfer.

Je me retrouvais dans le minuscule appartement au-dessus du salon de tatouage et je dormais seul de nouveau. Slade disait que Skye se raviserait et qu'il fallait que je sois patient, mais ça semblait de plus en plus impossible.

Je n'ai rien fait.

Pourquoi elle ne me croit pas ?

Même sous la menace d'un flingue, je ne l'aurais pas trompée.

Comment peut-elle douter de moi ?

J'avais de la haine pour Laura, sans plaisanter. J'en voulais à mort à cette salope d'avoir glissé la lettre dans mon sac. Qu'est-ce qui lui a pris, putain ? Et elle l'a tournée d'une façon terriblement incriminante. À croire qu'elle l'a fait exprès, espérant que j'aurais des problèmes.

Après tout ce que j'ai fait pour elle, c'est comme ça qu'elle me remercie ?

Ma femme était enceinte de mon enfant et je m'étais fait virer de la maison. Je voulais être avec elle tout le temps, sentir le bébé bouger et aller chercher de la crème glacée pour elle à trois heures du matin.

Et si elle était malade en pleine nuit et avait besoin d'aide ? Cette situation était trop injuste.

J'espérais que lui rendre visite au bureau aiderait, mais elle m'a congédiée. Ma seule chance, c'était que Skye n'a dit à personne ce qui s'est passé, en dehors de Slade et Trinity. Elle disait qu'elle ne voulait pas que tout le monde me déteste, mais j'espérais que c'était parce qu'on allait se réconcilier, que j'allais revenir vivre à la maison et que personne ne saurait jamais qu'on s'est disputés.

J'espère que c'est ce qui va se passer.

Je suis arrivé devant la porte de la maison et j'ai sorti ma clé. Avant de l'insérer dans la serrure, j'ai réalisé que ce n'était peut-être pas une bonne idée. Je l'ai remise dans ma poche. Puis j'ai frappé.

Putain, je frappe à ma propre porte.

J'ai entendu des pas de l'autre côté, puis plus rien. Je savais qu'elle me regardait par le judas. Il y avait de grandes chances qu'elle ne réponde pas. Puis elle a ouvert la porte.

Elle portait une robe ample, avec les cheveux ramenés sur une épaule. Même l'air dévastée et brisée, elle était belle. Ses lèvres n'étaient pas aussi rouges que d'habitude et ses yeux paraissaient plus gris que bleus.

Putain ce qu'elle me manque.

– Salut.

Elle se tenait à la porte comme si elle en avait besoin pour s'équilibrer.

– Salut.

Ça ne devrait pas être si tendu entre nous. Parler à ma femme adorée ne devrait pas être malaisé. J'étais la victime d'un acte criminel et la seule chose qui m'importait, c'était d'être innocenté.

– Je ne veux pas te parler, Cayson. Tu devrais partir.

– J'ai besoin de prendre des affaires.

Je n'avais emporté qu'un seul sac de vêtements. J'avais besoin de mes pantalons et chemises pour le boulot. Je ne pouvais pas porter les mêmes fringues tous les jours.

– Oh…

Elle s'est détendue quand elle a compris pourquoi j'étais venu. Elle a ouvert la porte en grand et m'a laissé entrer.

Toutes mes affaires étaient encore empilées dans le vestibule comme la dernière fois. Elles étaient mises au rebut comme des ordures. Comme elles étaient dans des sacs-poubelle, je ne savais pas dans lequel trouver ce que je cherchais.

– Tu devrais tout prendre.

Il n'y avait pas assez de place dans le studio. J'ai fouillé dans les sacs jusqu'à ce que je trouve ce dont j'avais besoin.

Skye m'observait en retrait, les bras croisés sur sa poitrine.

– Alors, c'était pour quoi ce dîner ?

Elle m'avait demandé de mentir et de dire que je travaillais tard. Le fait qu'elle me tienne à l'écart de ma propre famille me peinait. Je devais vivre dans le mensonge juste pour lui faire plaisir.

Elle a inspiré à fond avant de répondre.

– Conrad va demander Lexie en mariage.

J'ai arrêté de fouiller dans les sacs et je me suis relevé.

– C'est vrai ?

Elle a opiné du chef.

J'ai esquissé un sourire.

– C'est génial. Je suis heureux pour lui.

– Moi aussi, dit-elle d'une voix creuse et sans vie.

– Quand ?

– Le week-end prochain.

– Trop bien.

J'aimais beaucoup Lexie. C'était la femme qu'il fallait à Conrad.

– Trinity organise une fête de fiançailles juste après.

Pas question que je la rate.

– J'y vais. Tu ne peux pas m'en empêcher.

Elle a posé les yeux sur mon visage, sans animosité.

– Navré, expliquai-je. Je ne raterai pas l'une des plus beaux jours de la vie de Conrad — peu importe ce qui se passe entre nous.

Skye n'a pas protesté.

– D'accord. On devra juste essayer de se comporter normalement.

Je pourrais peut-être m'embrasser, la toucher et lui exprimer toute ma dévotion.

– Comment va le bébé ?

Je voulais lui parler le plus longtemps possible. Elle me manquait terriblement.

Instinctivement, sa main s'est posée sur son ventre.

– Il va bien.

– Tu manges correctement et tu prends tes vitamines ?

Elle a hoché la tête.

J'ai tendu la main pour lui toucher le ventre.

Skye a immédiatement reculé.

Ça m'a brisé le cœur. J'ai baissé lentement le bras.

– Tu as tes affaires, dit-elle. Alors, pars.

Je ne voulais plus faire ça. C'était insupportable.

– Skye, le mariage ne marche pas comme ça. Je suis censé rester ici jusqu'à ce qu'on règle la situation. M'envoyer vivre ailleurs n'est pas la bonne façon de faire.

– Eh bien, on n'est pas censé tromper dans un mariage, railla-t-elle.

– Je ne t'ai pas trompée. Je te le jure. Je ne te ferais jamais ça.

Chaque fois que je respirais, mes poumons me brûlaient.

Elle a soutenu mon regard, sans aucune émotion dans les yeux.

– Skye, si je l'avais fait, je te l'avouerais — comme un homme. Mais je n'ai rien fait. Combien de fois faut-il que je te le dise ? Je veux revenir à la maison, avec ma famille. Je veux être là au cas où tu aurais besoin de moi. Et si tu as besoin de quelque chose en pleine nuit ? Et si tu as besoin que je t'emmène chez le docteur ?

– Mes parents vivent juste à côté.

– Mais je suis le père. C'est à moi de faire toutes ces choses. C'est mon devoir. Je ne t'ai pas trompée, donc je ne mérite pas qu'on m'en prive. Et même si je t'avais trompée, je ne le mériterais pas. Je veux être aussi impliqué que possible. C'est aussi mon fils.

L'agressivité dans ses yeux a diminué.

– Si j'ai besoin de quelque chose, je t'appellerai.

– Il me faudra une demi-heure pour arriver ici. Laisse-moi revenir.

Elle n'a pas cédé.

– Non. Ce n'est plus ta maison, Cayson. C'est la mienne.

J'avais envie de hurler.

– Skye, tu fais une grave erreur. Je suis totalement innocent.

– J'aimerais pouvoir te croire, murmura-t-elle. Vraiment. Mais je sais, sans l'ombre d'un doute, que tu mens. Et ça fait plus mal que la faute en elle-même.

– T'est-il seulement venu à l'esprit qu'elle a mis cette lettre dans mon sac dans l'espoir que tu la trouverais ? Que nous séparer est exactement ce qu'elle veut ?

– Elle a réussi.

– Mais je n'ai pas couché avec elle. Elle m'a embrassé quand je dormais…

– Tu me l'as déjà dit. Je ne veux plus t'écouter, cracha-t-elle en reculant.

J'ai baissé la tête, vaincu.

– Va-t'en, s'il te plaît.

Combien de temps ce supplice durerait-il ? Combien de temps me ferait-elle souffrir ?

– Skye.

– Quoi ? soupira-t-elle irritée.

– Je t'aime du fond du cœur. Tu es tout pour moi. J'ai besoin que tu le croies. J'ai besoin que tu le comprennes. Je n'ai jamais été aussi heureux que depuis que tu es ma femme. C'est la pure vérité. S'il te plaît, dis-moi que tu me crois.

Elle a soutenu mon regard un long moment, le visage indéchiffrable.

– Je te crois.

J'ai libéré l'air coincé dans mes poumons.

– Tu étais loin et seul. Tu n'avais personne d'autre avec qui discuter que Laura. Je peux comprendre en partie pourquoi tu l'as fait. Trois mois, c'est long pour rester seul…

– Mais…

– Mais ça n'excuse pas ton comportement, me coupa-t-elle, les yeux brûlants de chagrin. Dans cette logique, j'aurais pu faire la même chose. Et je sais que tu n'aurais pas balayé ça d'un revers de la main comme tu me demandes de le faire.

Je ne me suis jamais senti aussi démoralisé de toute ma vie.

– Je crois que toi et moi, on a une relation unique et tu ne m'aurais jamais trompée si tu étais resté ici. Mais tu es parti, Cayson. Tu es parti. Tu as passé trois mois avec une fille, et il était inévitable que des sentiments naissent entre vous. Je ne peux même pas t'en vouloir. Mais malgré les circonstances exceptionnelles, je peux pas passer l'éponge. Je n'ai plus confiance en toi, Cayson. Je te considérais comme mon meilleur ami, quelqu'un qui ne me ferait jamais de mal. Mais aujourd'hui... tout est différent. Je ne peux pas revenir en arrière et faire comme si tout allait bien. C'est tout bonnement impossible, conclut-elle en secouant la tête.

Les larmes s'accumulaient derrière mes yeux, prêtes à jaillir. Ses paroles étaient des lames qui me transperçaient. Mon corps était affaibli et perdait ses fondations. Mon cœur ne pompait plus le sang comme avant. Il avait oublié comment faire.

Skye me regardait sans la moindre pitié. Si elle devinait que j'étais sur le point de m'effondrer, elle le cachait bien. Sans un mot, elle a monté l'escalier et disparu dans le couloir. Le bruit d'une porte qu'on ferme m'est parvenu aux oreilles.

J'ai fixé mes affaires sur le sol et senti ma vue se brouiller de larmes.

J'ai perdu ma famille.

Slade est entré dans l'appartement avec des courses.

– Salut.

J'étais assis par terre, adossé au lit.

Il a tout rangé, puis s'est approché de moi. Il m'a regardé avec pitié, comme je le regardais quand Trinity l'a quitté. Il s'est accroupi et assis à côté de moi.

– Conrad va se fiancer.

– Je l'ai appris. Tant mieux pour lui.

J'avais du mal à m'enthousiasmer alors que ma vie était si merdique.

– Dommage que tu n'étais pas là.

– J'ai pas eu le droit d'y aller.

Skye me l'avait interdit. Elle ne voulait même plus me voir.

– T'as parlé à Skye ?

– Il y a quelques heures.

– Ça s'est mal passé, je suppose.

J'ai secoué la tête.

– J'ai peur, Slade…

– T'inquiète pas. Vous vous remettrez ensemble. Elle est en colère pour le moment, mais on sait tous les deux qu'elle ne peut pas vivre sans toi.

– Elle n'a plus confiance en moi.

– Elle se ravisera, promit-il. Elle est encore sous le choc.

– Elle m'interdit de la toucher. Et quand j'ai voulu toucher mon bébé, elle ne m'a pas laissé faire.

– Elle est fâchée pour l'instant.

J'ai fermé les yeux, la douleur me paralysant.

– Elle me déteste…

– Elle ne te déteste pas, mec. Même si tu l'avais vraiment trompée, elle ne te détesterait pas.

– Je ne sais pas quoi faire. J'arrête pas de crier mon innocence, mais elle ne me croit pas.

– On trouvera une solution.

– Ça fait des jours et elle n'a pas changé d'avis.

– Mec, écoute-moi.

J'ai ouvert les yeux.

– Vous allez vous remettre ensemble. Je te le promets.

– Comment tu peux faire ce genre de promesse ?

– Parce que je n'arrêterai jamais tant qu'elle ne te croira pas.

Je voulais y croire, mais je ne pouvais pas.

– Je comprends pourquoi les gens se suicident…

Slade s'est tourné vers moi, alarmé.

– Cayson, tu…

– Je ne le ferai pas, dis-je tout de suite. Mais je comprends pourquoi les gens y songent. Je n'ai jamais autant souffert de ma vie, et je suis prêt à tout pour que ça s'arrête.

– Ça s'arrêtera. Ne dis pas des trucs comme ça, dit-il d'un air effrayé.

– Tu crois vraiment que j'abandonnerai mon fils ? Le laisserait grandir sans père ?

Slade a poussé un soupir de soulagement.

– Je ne ferai jamais ça.

Mais ça restait une issue tentante si Skye refusait définitivement de croire à ma sincérité.

– Tu veux qu'on sorte dîner quelque part ?

– Pas faim.

– On pourrait jouer au hockey sur table ou au ping-pong.

– Va voir ta femme, Slade. Tu passes tout ton temps avec moi.

Il est devenu amer.

– Elle ne veut pas de moi à la maison, et je n'ai pas envie d'y être.

Je l'ai regardé d'un air inquiet.

– Qu'est-ce qui ne va pas ?

– On se prend la tête tout le temps. Elle pense que t'as trompé Skye et je sais que tu ne l'as pas fait.

– Slade, ne laisse pas notre histoire détruire ton mariage. C'est la dernière chose que je veux.

– Il est difficile de se parler quand on a des convictions si différentes. On prend les choses à cœur tous les deux, et ça ne fait qu'empirer la situation.

– Slade, range-toi de son côté.

– Non, éructa-t-il. Je sais que tu ne l'as pas fait.

– Crois-moi, ça ne vaut pas la peine de la perdre. Je ne te le souhaite pour rien au monde.

– Je ne vais pas la perdre. C'est juste qu'on… ne s'entend pas en ce moment.

– Mais le temps peut changer la donne. Suis les conseils d'un type qui a perdu sa femme. Je ne veux pas que tu vives ce que je vis en ce moment.

Slade a baissé les yeux.

– Parle-lui et faites une sorte de trêve. Je préfère que tu sautes du train plutôt que tu me défendes si cela met en péril ton mariage.

– Elle ne me quitterait pas.

– Les choses changent.

Il a secoué la tête.

– Fais-le pour moi, s'il te plaît.

Il a gloussé amèrement.

– Tu t'inquiètes pour moi alors que c'est toi qui touches le fond.

– T'es mon meilleur pote. Je veillerai toujours sur toi, quoi qu'il arrive. Alors, va lui parler, s'il te plaît.

– Très bien. Je le ferai plus tard.

25

SLADE

J'ai croisé les bras.

– Non, tu vas te sortir la tête du cul et réaliser ce qui se passe.

– Ahh ! s'écria-t-elle en me lançant son sac à main.

Je l'ai attrapé et posé sur la table.

– Ne me lance pas des trucs.

Ses mains se sont dirigées vers une assiette sur le comptoir.

J'ai couru vers elle et je m'en suis emparée juste à temps.

– Je vais te ligoter si tu continues tes conneries.

Ses yeux se sont assombris comme si elle acceptait mon défi.

C'est à ce moment-là que j'ai réalisé combien les choses s'étaient envenimées. J'ai posé l'assiette sur le comptoir en prenant un air grave.

– Trinity, il faut qu'on parle…

– Je ne préfère pas.

Je l'ai prise par le bras et entraînée vers le canapé.

– Écoute, ça commence à dégénérer grave.

Elle s'est assise en croisant les bras sur la poitrine.

– Je sais que Skye est ta meilleure amie et que tu es de son côté. C'est normal, je le comprends parfaitement. Elle a besoin de toi et tu la soutiens. Elle traverse une mauvaise passe en ce moment.

Sa colère a diminué.

– Mais Cayson est mon meilleur ami, et je ne suis pas de son côté seulement pour ça. Je le suis parce qu'il est innocent. Trinity, je sais que c'est difficile à croire, mais c'est la vérité.

Pour une fois, elle a parlé d'une voix calme.

– Comment tu le sais ?

– Je le sais, c'est tout. Cayson ne ment jamais, alors je le saurais s'il mentait. Il m'a appelé tout de suite après que ce soit arrivé. Il m'a raconté exactement la même histoire qu'il a racontée à Skye. Si une fille l'embrasse en pleine nuit alors qu'il dort, c'est une psychopathe.

Trinity a secoué la tête comme si elle désapprouvait.

– J'aimerais que tu puisses me croire sur parole, mais je comprendrai si tu ne veux pas. À l'évidence, ni toi ni moi n'allons changer d'avis là-dessus. Pour le bien de notre relation, je crois qu'il serait mieux qu'on n'en parle plus.

– Tu veux qu'on ne parle plus jamais de ce qui s'est passé entre nos meilleurs amis ? demanda-t-elle incrédule.

– Non. Je veux qu'on ne parle plus de notre opinion sur le sujet. Je ne te dirai plus que Cayson dit la vérité, et tu ne me diras plus que c'est un enfoiré de mari infidèle. C'est la seule solution possible. Il faut faire une séparation entre les deux.

Elle a soupiré.

– J'imagine que t'as raison.

– Je sais que c'est incommode, mais… je ne sais pas quoi faire d'autre.

Elle a hoché la tête.

– Alors… on peut redevenir mari et femme ?

Un sourire en coin s'est dessiné sur ses lèvres.

– Ouais, je crois bien.

– Parfait, dis-je en l'attirant sur mes genoux. Parce que tu m'as manqué.

Elle était légère comme une plume. J'ai enfoui le visage dans son cou et humé son odeur. J'étais courbaturé de pieuter sur le canapé toutes les nuits et je dormais mal sans ma femme à mes côtés.

– Tu m'as manqué aussi, dit-elle en me caressant le dos. Le lit est trop grand sans un homme d'un mètre quatre-vingt-dix dedans.

– Et le canapé est trop petit pour un mec d'un mètre quatre-vingt-dix.

J'ai reculé la tête, puis frotté mon nez contre le sien. La dispute de nos potes m'avait mis dans tous mes états, et j'avais négligé ma femme.

– J'espère que je ne suis pas trop petite pour toi…

J'ai souri narquoisement.

– C'est pas désagréable.

J'ai posé un baiser à la commissure des lèvres. C'était la première fois que je lui témoignais de l'affection depuis que tout avait merdé.

– Alors… on essaie toujours de faire un bébé ? demandai-je.

– Bah oui, pourquoi ?

– J'en sais rien… avec l'histoire de Skye et Cayson, je n'étais pas sûr que tu en aies toujours envie.

– Qu'ils rompent ou pas, ils auront leur bébé. Et on va avoir le nôtre.

– Ils ne rompront pas, affirmai-je.

Elle a plissé les yeux.

J'ai soupiré en réalisant ma gaffe.

– Désolé.

– Ça va.

– C'est juste que… ils devraient rester ensemble, qu'il l'ait trompée ou pas. Ils attendent un bébé.

– Alors, elle devrait lui pardonner juste parce qu'ils sont mariés ? demanda-t-elle, la colère montant dans sa voix.

– Du calme. Je dis ça de façon objective. Ils forment une famille. Et Skye et Cayson sont le genre de personnes qui feraient tout pour donner la meilleure vie possible à leur gosse.

– J'imagine, dit-elle calmement. Mais je ne pense pas que Skye devrait faire ce sacrifice alors que c'est lui qui a foutu en l'air leur mariage. Ensemble ou séparés, ils seront d'excellents parents. Je sais que Skye a mis cette histoire en veilleuse pour le bien-être de l'enfant. Sinon, elle crierait sur les toits que Cayson l'a trompée et se foutrait de salir sa réputation.

– Ou peut-être qu'au fond d'elle, Skye sait qu'ils vont se réconcilier, avançai-je. Et elle ne veut pas que les gens détestent Cayson quand il rentrera à la maison.

Trinity a secoué la tête théâtralement.

– Elle ne lui pardonnera jamais.

– Ne dis pas ça…

Je n'étais pas quelqu'un de très émotif, mais je ne supportais pas de voir mon meilleur pote divorcer à cause d'un crime qu'il n'avait pas commis.

– Je te relate seulement ce qu'elle m'a dit.

– Elle peut toujours changer d'avis. Elle est fâchée en ce moment, c'est tout.

– Tu connais Skye. Elle fait naturellement confiance aux gens, jusqu'à ce qu'ils lui donnent une raison de se méfier. Si quelqu'un brise sa confiance, c'est fini.

C'était un cauchemar. Je me sentais misérable. Et si je me sentais misérable, je ne pouvais qu'imaginer ce que Cayson ressentait. J'ai serré Trinity fort contre moi.

– Ne me quitte jamais.

Je serais pire que Cayson si elle me larguait.

– Promis, dit-elle en appuyant la tête sur la mienne. À condition que tu ne me trompes pas, bien sûr.

– Tu n'auras jamais à t'inquiéter pour ça.

– Alors, tu n'as pas à t'inquiéter non plus.

Je suis entré dans le bureau de Trinity à l'heure du déjeuner.

– T'as faim, bébé ?

Elle était assise derrière son imposant bureau blanc. Un vase de fleurs posé à côté d'elle faisait ressortir les couleurs de la pièce. Chaque fois que j'entrais ici, une odeur printanière flottait dans l'air.

– Je ne t'attendais pas aujourd'hui…

– Eh ben, je suis là.

Je me suis penché sur le bureau et je l'ai embrassée fougueusement avant de m'asseoir sur son canapé jaune. Une baie vitrée faisait office de mur du fond, offrant une vue imprenable sur les gratte-ciels de la ville.

Trinity a paru un peu mal à l'aise.

– Je déjeune avec Skye aujourd'hui.

– Oh… on peut y aller tous les trois ?

– C'est un peu gênant, vu que t'es le meilleur ami de Cayson.

– Donc Skye et moi on ne pourra jamais plus traîner ensemble ?

C'était aberrant. D'ailleurs, je voulais passer du temps avec Skye pour obtenir le plus d'informations possible. Elle risquait de laisser entendre ses vrais sentiments et je pourrais l'amener à pardonner à Cayson. Je pouvais arranger les choses.

– Non… je pense qu'il est encore trop tôt.

– Trinity, je te vois déjà à peine. Si je veux déjeuner avec toi, Skye n'a qu'à supporter ma présence.

– Très bien, soupira-t-elle. Mais ne lui parle pas de Cayson. Elle a besoin de se changer les idées.

– Comme tu voudras.

Skye a ouvert la porte du bureau peu de temps après.

– Salut, Trin. T'es prête pour…

Elle s'est arrêtée en réalisant que j'étais dans la pièce.

Je me suis tourné vers elle.

– Je ne parlerai pas de Cayson, la rassurai-je. Je viens en paix. J'ai seulement envie de déjeuner avec ma femme. Tu l'accapares ces derniers temps.

– Slade, s'irrita Trinity.

– Quoi ? C'est vrai.

– On peut déjeuner une autre fois… dit Skye en se tournant vers la porte.

– Skye, allez, insista Trinity. On peut déjeuner ensemble tous les trois. C'est bon.

Elle est revenue vers nous, hésitante.

Je détestais cette situation. Skye et moi nous étions beaucoup rapprochés durant l'absence de Cayson. Maintenant, c'était comme si ça n'était jamais arrivé.

– Assieds-toi, dis-je en tapotant le canapé.

Elle a zyeuté le coussin avant de s'y asseoir.

– Écoute, la situation est pénible pour tout le monde. Je sais que tu traverses un sale moment. Je crois toujours que Cayson dit la vérité. En fait, je le sais. Mais ça ne devrait pas affecter notre relation. Que vous soyez ensemble ou pas, je tiens à toi et je veux qu'on se voie.

Je n'avais jamais été aussi affectueux avec Skye. Mais c'était la meilleure façon de lui parler.

– D'accord. T'as raison.

J'ai soupiré, soulagé.

– Alors… on va déjeuner ? dit-elle.

– De quoi t'as envie ? demanda Trinity.

– Pourquoi c'est toujours moi qui choisis ?

– Parce que t'es enceinte. Alors, qu'est-ce qu'on mange ?

– Je suis seulement enceinte. Pas la reine du monde.

Ça prendrait une éternité si elles continuaient comme ça.

– Des tacos, déclarai-je. Ça convient à tout le monde ?

Trinity a opiné.

Skye aussi.

– Alors, allons-y.

J'avais besoin de me remplir la panse avant de me transformer en Godzilla.

Trinity et moi évitions d'aborder le sujet de Cayson. Nous nous en éloignions le plus possible.

– T'as des idées de prénom ? demanda Trinity.

– À vrai dire, je n'y ai pas vraiment réfléchi, répondit Skye, touchant à peine à sa nourriture.

– Si tu n'aimes pas tes tacos, je peux aller te chercher autre chose.

Je reprenais mon rôle de nounou, étant donné que Cayson n'était plus là pour prendre soin d'elle jour et nuit. C'était la moindre des choses que je puisse faire. Je me sentais tellement impuissant.

– Non, ça va, dit-elle immédiatement.

– Eh ben, t'as besoin de manger, insistai-je. T'as deux personnes à nourrir.

– Mêle-toi de tes oignons, siffla Trinity.

– Non, il a raison, soupira Skye en regardant le menu. Je n'aime pas vraiment ce que j'ai commandé.

J'étais déjà debout.

– Une quesadilla ? Au fromage seulement ?

– Je peux y aller moi-même, Slade, dit-elle en essayant de se lever.

Je l'ai doucement repoussée vers sa chaise.

– Je m'en occupe. Relaxe-toi, d'accord ?

Elle ne s'est pas fait prier.

– Merci.

– Je t'apporte de l'eau aussi.

Skye n'a pas résisté non plus.

Je me suis remis dans la file d'attente et j'ai jeté un coup d'œil à ma montre.

J'ai vu quelqu'un s'approcher de moi dans ma vision périphérique.

– En pause déjeuner ? demanda la voix déprimée de Cayson.

J'ai levé la tête et je l'ai aperçu dans son pantalon propre et sa chemise à col.

– Oh, salut.

Je ne m'attendais pas à le voir ici.

– Toi et Trinity vous êtes réconciliés ?

– Ouais, ça va.

– Tant mieux.

Il semblait réellement soulagé.

La situation était gênante. Skye et Trinity déjeunaient dans la salle, et je ne voulais pas que Skye croie que j'avais fait exprès d'inviter Cayson. Mais je ne voulais pas non plus qu'il pense que je le laissais tomber. D'une façon ou d'une autre, j'étais perdant.

– T'es ici avec Trinity ? demanda-t-il en scrutant les tables.

Lorsqu'il s'est raidi, j'ai su qu'il avait repéré Skye.

– Désolé...

J'ignorais quoi dire d'autre.

– Bientôt, je serai banni de la bande... parce que tout le monde me prendra pour un salaud.

– Ça n'arrivera pas, le rassurai-je. Skye ne veut pas que l'incident s'ébruite. Ça ira. Et je la garde à l'œil. Tu sais, je m'assure qu'elle mange assez et qu'elle n'ait besoin de rien.

Il a opiné.

– Merci. Elle ne me le demanderait pas si elle avait besoin de quelque chose.

Je me sentais tellement mal pour lui.

– Je sais... J'étais justement en train de lui acheter une quesadilla, parce qu'elle n'aime pas sa bouffe.

La tristesse a empli son regard.

– Merci...

Je savais à quoi il pensait. Il aurait aimé pouvoir s'occuper de Skye lui-même.

– Bon, je dois y aller...

– Je suis désolé, vieux.

J'ignorais quoi ajouter et c'est la seule chose qui m'est venue en tête.

– Je sais, dit-il en soupirant, abattu. Crois-moi, je sais.

26

JARED

– C'était une soirée de ouf, m'étonnai-je en passant un élastique autour d'une autre liasse de billets. Quand j'ai ouvert mon bar, j'ai dû avoir vingt clients le premier soir. J'ai à peine fait mes frais la première année.

Beatrice a fini de nettoyer les tables avec les autres employés et m'a rejoint au comptoir.

Elle portait une robe noire courte et ses cheveux étaient tressés et rassemblés sur une épaule. Ses yeux verts brillaient dans l'ambiance tamisée du bar. Je devinais que sa beauté était en grande partie responsable de notre succès.

– C'est l'endroit, le design, et toute la promotion que j'ai faite.

– Eh ben, j'aurais pas pu rêver d'une meilleure partenaire d'affaires.

– T'as de la chance que je ne te réclame pas une plus grande part des bénefs.

Elle a posé des verres de vin sur le comptoir. Certains étaient tachés de rouge à lèvres. Elle m'a lancé un regard espiègle pour m'indiquer qu'elle plaisantait.

J'ai ouvert le coffre-fort et j'y ai fourré le pognon.

– On aura besoin de plus d'employés. Il y avait tellement de clients que j'ai dû bosser moi-même. Tu y crois ?

– Pauvre Jared, dit-elle en affectant une moue. Il a été obligé de parler avec d'autres êtres humains.

– T'as ça dans le sang. Je ne sais pas comment tu fais.

– Beaucoup de gens passent au vignoble. C'est le même genre d'atmosphère.

J'ai vérifié notre inventaire.

– Ton vin est celui qui se vend le mieux jusqu'ici. Heureusement qu'on a eu les bouteilles à bon prix. On s'en met plein les poches.

– On a de la chance. Rares sont les commerces qui survivent de nos jours. Du moins, les nouveaux.

– Tout ira comme sur des roulettes, dis-je en refermant le tiroir-caisse et le verrouillant, même s'il n'y avait pas d'argent dedans. Alors, on va où pour célébrer ?

– Dormir ! s'esclaffa-t-elle. Je suis crevée.

– Je suis crevé aussi. Mais j'ai faim.

– On pourrait manger un morceau puis aller se coucher.

– Ouais, un truc bien gras pour reprendre les calories qu'on a perdues en courant toute la soirée.

– Ohh… burger et milkshake ?

– Elle est futée cette nana.

– Je sais, bicha-t-elle en envoyant sa tresse derrière l'épaule. Bon, fermons le bar et allons-y.

―――

Beatrice n'a mangé que la moitié de son burger et ses frites, mais elle buvait goulûment son milkshake.

J'ai pratiquement englouti mon repas en une seule bouchée, et je me fichais de mon manque de manières, car Beatrice savait déjà que je me transformais en grizzli lorsque j'avais les crocs. Étonnamment, tout était de retour à la normale entre nous. C'était comme si nous ne nous étions pas embrassés et que je n'avais pas rejeté ses avances. Je craignais que notre amitié ne soit plus jamais la même.

Je me trompais.

– Je suis excitée que notre bar cartonne, mais pas à l'idée d'avoir deux jobs.

– Quitte le vignoble, suggérai-je la bouche pleine.

– Pardon ? dit-elle le sourire en coin.

J'ai mastiqué, puis avalé.

– Quitte le vignoble.

– Je ne peux pas. C'est une entreprise familiale.

– Eh ben, tu pourrais toujours y travailler à temps partiel. Jeremy est parfaitement capable se débrouiller seul.

– Mais je ne veux pas le laisser tomber.

– Je parie qu'il s'y attend déjà.

Elle picorait ses frites.

– J'imagine… Je pourrais être vacataire ou un truc du genre, et bosser juste quand il a besoin de moi. Deux boulots à temps plein, ça ne m'enchante pas.

– Mais le blé si, dis-je en remuant les sourcils. Et puis on pourra enfin aller en Italie ensemble.

– Enfin ? pouffa-t-elle. On a déjà parlé d'y aller ?

– Ouais. Tu te souviens ?

– Pas vraiment.

– Eh ben, quand les profits commenceront à grimper, on ira. J'ai toujours voulu voir la côte amalfitaine.

– Il paraît que c'est splendide.

– Alors allons-y. On n'a qu'à dire que c'est un voyage d'affaires et le déduire de nos impôts.

– Bah oui. Pourquoi pas ? dit-elle en haussant les épaules comme si ça n'avait pas vraiment d'importance.

J'ai fait trinquer nos milkshakes.

– Aux nouveaux départs.

Elle a souri.

– Aux nouveaux départs.

27

SKYE

Je suis entrée dans la pièce et j'ai examiné les murs et le parquet en chêne. La peinture blanche était ordinaire et ça manquait de gaieté. Ce serait la chambre du bébé, mais elle ne pouvait pas rester si terne. Elle avait besoin de couleurs et de déco.

Maintenant que je savais que j'allais avoir un garçon, j'ai décidé de la peindre en bleu marine. J'hésitais encore sur le thème de la déco, mais ce serait sans doute soucoupe volante ou bateau pirate. Je consulterai encore plusieurs magazines pour bébés afin d'avoir d'autres idées avant d'arrêter mon choix.

Je suis descendue et j'ai pris mon sac sur la commode quand quelqu'un a ouvert la porte avec ses clés et est entré.

Ça doit être Cayson.

Le fait qu'il débarque sans prévenir comme s'il vivait encore ici m'a énervé. Ce n'était plus sa maison. Il a dit adieu à cette partie de sa vie quand il a baisé une fille dans sa tente.

– Il faut vraiment que t'apprennes à respecter des limites, sifflai-je en me retournant.

Slade se tenait devant moi avec ses bras couverts de tatouage, l'air perplexe.

– Hein ? Pourquoi tu m'as donné une clé, alors ?

J'ai poussé un soupir de soulagement en voyant que c'était lui.

– Parce que tu vivais ici. Mais c'est fini.

J'ai tendu la main pour récupérer ma clé.

– Hé, je devrais la garder au cas où.

– Au cas où quoi ?

Il a haussé les épaules.

– Je ne sais pas. Tu pourrais avoir besoin de moi pour quelque chose.

Quand il l'a dit, ça m'a rappelé que je n'avais plus d'homme dans ma vie. Cayson m'avait trompée, et maintenant je me retrouvais seule dans cette grande maison.

– Pourquoi t'es là, Slade ?

– Je suis passé voir comment tu vas. T'as besoin de rien ?

– Pourquoi tu n'as pas appelé ? Tu n'avais pas besoin de venir en voiture jusqu'ici.

– Ça ne me dérange pas. Alors, t'as besoin de quelque chose ?

J'ai pensé que ce serait cool qu'il trimballe les pots de peinture et le matériel du magasin à la maison. Parfois, j'oubliais que je ne pouvais pas faire certaines choses à cause de ma grossesse. Je ne voulais pas me fatiguer inutilement.

– En fait, oui.

– Super. C'est quoi ?

– Je décore la chambre du bébé et j'ai besoin de peinture et de matériel. Tu veux bien venir avec moi au magasin pour porter les pots ?

Il pourrait m'aider. Slade n'était pas peintre en bâtiment, mais il s'y connaissait un peu.

Son enthousiasme a immédiatement diminué.

– Euh...

– Euh quoi ? Tu m'as demandé si j'avais besoin d'aide.

Il s'est frotté la nuque.

– Je sais que j'ai promis de ne pas parler de Cayson, mais... je ne peux pas lui faire ça. Skye, tu dois acheter la peinture avec lui.

J'ai levé les yeux au plafond.

– Qu'il t'ait trompé ou non, ce qu'il n'a pas fait, Cayson est un bon père et il mérite de participer aux préparatifs. Ne lui enlève pas ça. Le pauvre est au fond du trou en ce moment. Il a besoin de ça.

Je savais qu'il avait raison et je me suis sentie coupable.

– S'il te plaît, ne sois pas comme ces mères qui excluent le père pour le punir. La seule personne que tu punis, c'est ton enfant.

– C'est que... je suis vraiment en colère contre lui.

– Ouais, j'ai bien compris, dit-il en hochant la tête. Tu devrais peut-être attendre d'être calmée, alors.

– Je ne peux pas. Je grossis de plus en plus et bientôt je n'aurais plus l'énergie ou la capacité de me déplacer. Je veux absolument décorer la chambre du bébé et ça sera plus difficile si j'attends.

– C'est logique... mais Cayson devrait participer à la déco. On sait tous les deux à quel point il est heureux d'avoir un bébé. Il va être un père incroyable, le meilleur de tous. Il mérite d'être impliqué, quoi qu'il ait fait.

Il me disait ce que je savais déjà.

– D'accord. Je lui demanderai.

Toute ma vie allait donc ressembler à ça ? J'allais devoir marcher sur des œufs en présence de Cayson et m'entendre avec lui pour le bien notre enfant ? Mais le garder à distance en même temps ? C'était une situation extrêmement inconfortable.

– Merci. Mon pote a besoin d'un truc qui lui remonte le moral.

– Ça m'énerve que tu aies pitié de lui alors que c'est moi la victime dans l'histoire. Je l'ai encouragé à réaliser son rêve, et il a sauté une nana dans sa tente à l'autre bout du monde.

Slade s'est frotté le biceps comme s'il était endolori.

– Il ne l'a pas sautée, Skye. Je le dirai un million de fois s'il le faut. Je sais que les apparences jouent contre lui et je comprends que tu le croies coupable, mais je sais qu'il n'a rien fait.

– T'es la seule personne qui le croit.

– Parce que je suis le seul qui le connaisse vraiment, déclara Slade en soutenant mon regard. Je sais que tu es émotive, surtout depuis que tu es enceinte. Mais si tu examinais les faits avec objectivité, tu verrais de quoi je parle. Cette lettre est une preuve irréfutable, mais elle va à l'encontre de tout ce que défend Cayson. Franchement, ça ne colle pas.

Comme j'aimerais que ce soit vrai.

– Cayson m'aurait parlé du baiser si c'était tout ce qui s'est passé. Le fait qu'il ne m'ait rien dit indique qu'il ment. Il y a une preuve plus flagrante que la lettre : son comportement.

– Il a tardé à te le dire à cause du bébé…

J'ai levé la main pour le faire taire.

– J'en ai marre d'avoir la même discussion encore et encore.

Slade s'est tu et a laissé tomber.

– Bon, j'y vais. Préviens-moi si t'as besoin de quoi que ce soit.

– Slade, tu n'as pas à t'occuper de moi.

Il m'a regardée d'un air très sérieux.

– Si, je dois le faire. Cayson le ferait pour moi.

– Mais je ne suis plus avec Cayson.

– Exactement. C'est pourquoi je dois redoubler d'attention pour toi.

Je fixais le téléphone, redoutant de passer cet appel. Je voulais lui parler aussi rarement que possible. Ça me mettait en colère chaque fois. J'avais envie de lui lancer des objets en pleine figure. J'étais fâchée à ce point.

J'ai inspiré à fond avant d'appeler.

Cayson a répondu avant la fin de la première sonnerie.

– Skye, dit-il d'une voix forte, mais à l'intonation désespérée.

Il semblait soulagé d'entendre ma voix même si la conversation était douloureuse. Il n'a rien dit ensuite, se contentant d'écouter.

– Salut…

C'était dur de lui parler. Je ne savais même pas quoi dire. Comment allions-nous élever un enfant ensemble alors que c'était si difficile ? Parfois, j'oubliais qu'il m'avait trompée et mon cœur souffrait pour lui. Mais ma faiblesse momentanée disparaissait dès que je me souvenais de la lettre manuscrite de Laura.

– Comment vas-tu ?

– Bien. Toi ?

Il n'a pas répondu.

– Euh… je vais décorer la chambre du bébé et j'ai pensé que tu pourrais m'aider. Mais si tu ne veux pas, c'est pas grave.

En fait, j'espérais qu'il ne voudrait pas m'aider. Je voulais faire les travaux sans lui pour ne pas avoir à le regarder.

– Je veux absolument t'aider.

Et merde.

– Tu as prévu de le faire quand ?

– Aujourd'hui.

– Je suis libre.

Et merde.

– Tu veux bien venir me chercher, puis on ira au magasin de bricolage ?

– Avec grand plaisir.

Sa voix trahissait son désespoir de nouveau.

Il fallait que ce soit bien clair.

– Cayson, c'est seulement pour…

– Je sais, dit-il amèrement. Merci de m'inclure dans sa vie.

– Bon… à plus tard.

J'ai raccroché sans attendre qu'il me salue.

Cayson est arrivé vêtu d'un jean foncé et d'un t-shirt gris. Il était beau dans ces fringues, et ça m'a énervée de voir à quel point il était séduisant. Mais j'étais encore pleine de colère et de rancœur. Je le regardais d'un autre œil maintenant, comme s'il diffusait un courant qui m'électrocuterait si je m'approchais trop près.

Je dois me méfier de lui.

– Salut…

Je l'ai laissé entrer, puis j'ai fermé la porte.

Cayson a gardé les mains dans ses poches, et m'a à peine regardée. Au lieu de me saouler avec ses mensonges habituels sur son innocence, il est allé droit au but.

– Tu as des idées de déco ?

Sa mâchoire était ombrée d'une barbe de trois jours.

J'étais surprise que notre conversation soit si professionnelle, mais je n'ai pas posé de question.

– Bleu marine. Peut-être des soucoupes volantes ou des bateaux pirates.

Il a acquiescé de la tête.

– J'aime bien l'idée de l'espace. Comme Buzz l'Éclair ou un autre.

– Ouais... ce serait mignon.

– On doit acheter la peinture, c'est ça ?

– Ouais. J'aurais bien payé quelqu'un pour le faire, mais...

Il a fini ma phrase.

– On doit le faire nous-mêmes. Ça signifiera beaucoup plus pour lui.

J'étais heureuse qu'il comprenne. C'était tellement gênant d'être là avec lui et de parler du bébé. Il y a quelques semaines, c'était mon meilleur ami. Aujourd'hui, c'était quelqu'un que je ne connaissais plus du tout. J'étais mal à l'aise en sa présence et j'éprouvais un immense chagrin.

– Eh bien, allons-y.

Cayson gardait ses distances et il ne s'est pas approché de moi. Je pensais qu'il essaierait de me toucher ou de me prendre dans ses bras, mais il ne l'a pas fait. Il me regardait à peine. Nous avons examiné les différentes peintures en rayon avant d'arrêter notre choix.

– Je trouve qu'une frise blanche irait bien avec le bleu, dit-il. Et toi ?

– Oui, c'est une bonne idée.

Il a étudié les différents échantillons de teintes.

– Que penses-tu de celle-ci ?

C'était un bleu foncé.

– J'aime bien, dis-je en l'examinant, la main sur mon ventre arrondi.

– Avec ce blanc ? dit-il en me montrant un autre échantillon.

– Ça marche.

– D'accord.

Il a pris les pots de peinture et les a mis dans le chariot. Puis il a choisi un grand rouleau de plastique pour protéger le parquet. C'était sympa qu'il soit là parce que je ne pouvais pas atteindre les produits sur les rayons en hauteur ni porter de choses trop lourdes. Nous avons payé et sommes retournés à son pick-up.

Cayson a chargé nos achats à l'arrière avant de m'ouvrir la portière. Il ne m'a pas attrapé le bras pour m'aider à monter comme il le faisait d'habitude. Il a laissé la portière ouverte et fait le tour du pick-up pour s'asseoir au volant.

De retour à la maison, nous nous sommes mis au travail. Cayson a déchargé les rouleaux de peinture et les pots, puis il a posé le plastique sur le sol.

– Mets une vieille fringue. Tu vas sans doute te tacher.

Je portais une robe de grossesse que je n'aimais pas trop.

– Cette robe est moche de toute façon.

– Je la trouve jolie.

Il l'a dit sans me regarder. Il a plongé le rouleau dans la peinture avant de se redresser pour l'étaler sur le mur.

Je l'ai observé avant de faire la même chose sur mon mur.

– Comme ça ?

Il a jeté un coup d'œil vers moi.

– Ouais. On va faire une première couche, puis on en mettra une deuxième. Il en faut au moins deux de toute façon. Sinon, le moindre choc ou égratignure écaillera la peinture.

Je me suis attelée à mon mur et lui au sien.

Comme je n'arrivais pas à peindre jusqu'au plafond, il est venu à côté de moi et a ajouté la peinture manquante. En quelques heures, nous avons fini toute la pièce. Cayson a pris un petit pinceau et fait des retouches à quelques endroits. La chambre empestait la peinture fraîche, mais c'était joli.

– J'aime bien.

Il a hoché la tête.

– Ça sera encore mieux une fois sec.

Il a fermé les pots de peinture, puis rassemblé les déchets. Il a réussi à ne pas se couvrir de peinture alors que j'avais taché ma robe.

Cayson a tout fourré dans un sac plastique qu'il a jeté dans la poubelle à l'extérieur. Puis il est revenu dans la maison, et il a ramassé ses clés et son téléphone. Son visage était inexpressif et il restait étrangement silencieux.

– On va attendre quelques jours que ça sèche, puis on finira le reste. Et garde la porte fermée. Les émanations de peinture ne sont pas indiquées dans ton état.

– D'accord. Merci.

Il m'a fait un petit signe de tête avant de se diriger vers la porte.

C'était tout ? Il n'allait pas essayer de me convaincre que j'avais tort ? C'était aussi simple que ça ?

– Cayson ?

Il s'est arrêté et retourné. Il n'a rien dit, se contentant de me regarder.

J'ai croisé les bras sur la poitrine et je me suis approchée de lui.

– Je sais que les choses sont vraiment tendues entre nous, mais je veux que tu saches que je ne t'empêcherai jamais d'avoir une relation avec ton fils. Tu pourras le voir quand tu veux et t'impliquer autant que tu veux dans sa vie. Je ne t'en priverai jamais, quelle que soit notre relation.

Cayson m'a regardée comme s'il ne m'avait pas entendu. Puis il a hoché la tête.

– Merci. J'apprécie.

J'étais encore surprise qu'il n'ait pas parlé de notre relation. C'était très inhabituel.

Il s'est éclairci la voix.

– Chaque fois qu'on fera des choses liées à notre fils, je ne parlerai pas de nous. Je ne veux pas te donner de raisons de ne pas m'impliquer dans sa vie. Je me tairai et je n'en parlerai pas.

Je comprenais mieux maintenant.

– Je t'en remercie. J'apprécie.

Il m'a fait un dernier signe de tête avant de partir.

28

CAYSON

MA VIE EST INSUPPORTABLE.

Je suis passé du type le plus heureux au monde au type le plus malheureux. Je vivais dans un appartement minuscule au-dessus du salon de tatouage de Slade, et je passais mon temps à penser à la perte de ma merveilleuse famille.

Je n'en peux plus.

J'étais un zombie au boulot. Je venais de commencer mon poste de directeur du CDC. C'était un exploit en soi, sans compter que j'étais la personne la plus jeune à occuper le poste et que je ne détenais même pas de doctorat. Au lieu d'être fier, j'étais complètement, profondément misérable.

J'avais un superbe bureau en coin avec des baies vitrées surplombant la ville. La pièce était grande, environ la taille d'un salon moyen. Un plan de travail en acajou massif trônait sur un tapis marron. Une bibliothèque couvrait le mur gauche tandis que des fauteuils design étaient posés devant moi. Le rêve, quoi.

Et pourtant, j'en ai rien à foutre.

Il n'y avait qu'une photo sur mon bureau, de Skye et moi à notre mariage. Ma mère me l'a offerte lorsque je suis rentré du voyage qui a gâché ma vie. Maintenant, quand je la regardais, la photo ne m'évoquait pas un jour heureux. Elle me rappelait ma décision idiote d'abandonner ma femme pendant trois mois, détruisant ainsi la plus belle chose qui m'est jamais arrivée.

Je n'avais rien fait de mal, en plus d'avoir été victime d'un viol. Mais Skye ne verrait jamais les choses sous cet angle. Je lui ai dit la vérité d'innombrables fois, elle s'en moquait. Tout ce qui comptait pour elle, c'était cette maudite lettre.

Comment allions-nous surmonter cette épreuve ? Me laisserait-elle revenir à la maison ? Notre mariage serait-il endommagé de façon permanente ? M'en voudrait-elle éternellement ? Ne m'aimerait-elle plus jamais comme avant ?

J'ai touché le fond.

– M. Thompson ?

– Hmm ?

J'ai levé les yeux vers Rebecca, ma secrétaire.

– Vous avez une réunion avec le Dr Frank des Laboratoires TRC aujourd'hui, et plusieurs messages du Dr Hamilton, du M.I.T.

Rien à foutre.

– D'accord. Merci.

Rebecca est restée plantée là, dans sa robe et ses talons hauts.

– Alors… voulez-vous que j'appelle le Dr Hamilton pour vous ?

– Euh… bredouillai-je en me frottant la tempe. Dites-lui que je le rappellerai.

– Eh bien… Il n'est pas en ligne en ce moment. Vous voulez que je l'appelle pour lui dire que vous allez le rappeler ?

J'avais vraiment la tête dans le brouillard aujourd'hui.

– Euh, non. Je l'appellerai moi-même.

– D'accord, dit-elle en regardant ses notes. La réunion est à treize heures.

– Quelle réunion ?

– Celle avec le Dr Frank... des laboratoires TRC.

– Oh... J'y serai.

Elle a baissé les bras et s'est approchée de mon bureau.

– M. Thompson, est-ce que tout va bien ?

– Je vais bien.

Je me noie dans ma peine.

– Vous ne semblez pas dans votre assiette.

– Je vais bien, Rebecca.

Je me suis glissé les doigts dans les cheveux.

Elle a jeté un coup d'œil à la photo sur le bureau.

– Tout va bien à la maison ?

– Ouais.

Je n'ai pas de maison.

– Vous devriez peut-être...

– Sortez de mon bureau.

J'ai parlé de façon brusque et méchante. Ce n'était pas mon intention, mais je n'avais pas toute ma tête en ce moment.

Elle a bronché à ma rudesse, puis reculé.

– Bien sûr...

Elle est sortie en refermant doucement la porte derrière elle.

Je me suis calé dans mon fauteuil, dégoûté par moi-même.

La voix de Rebecca a retenti dans l'interphone.

– M. Thompson, on demande à vous voir.

Était-ce Skye ? Voulait-elle me parler ? Je sautais à cette conclusion chaque fois qu'on toquait à ma porte ou que mon téléphone sonnait.

– Qui est-ce ?

– Vos parents.

Putain de merde.

Je ne pouvais pas les voir en ce moment. J'évitais tout le monde sauf Slade et Trinity, ne voulant pas faire semblant que tout allait bien alors que ce n'était pas le cas. J'étais brisé, et je me sentais incapable de faire bonne figure.

– Dites-leur que je suis trop occupé.

C'était une réponse impolie, mais je n'avais pas le choix.

– Euh, ils ont des cadeaux, dit-elle tout bas pour que je sois le seul à l'entendre. Je crois qu'ils sont ici pour vous féliciter.

Ils n'auraient pas pu m'envoyer une foutue carte ?

– Faites-les entrer dans cinq minutes.

– Très bien, M. Thompson.

Je me suis immédiatement rendu à ma salle de bain privée pour m'asperger le visage d'eau froide. Je me suis rincé les yeux pour réduire leur rougeur. Puis j'ai ajusté ma cravate et lissé ma chemise, essayant tant bien que mal de projeter l'image du type qui avait tout pour lui.

J'ai regardé mon reflet dans le miroir et je n'y ai vu qu'un spectre.

Je suis retourné m'asseoir derrière mon bureau. Je pouvais bien les affronter quelques minutes. Je pouvais garder la tête haute pendant un court laps de temps. Si je leur disais la vérité, ce serait mille fois pire. Le fait que ma famille soit témoin de la destruction de mon mariage n'aiderait en rien la situation. Ce dont Skye et moi avions besoin, c'était qu'on respecte notre vie privée. C'était la meilleure façon d'arranger les choses.

La porte s'est ouverte et ma mère est entrée la première, des ballons colorés dans une main.

– Surprise !

Je me suis levé en forçant un sourire.

– En quel honneur ?

– Ton nouveau boulot, répondit papa, un cadeau sous le bras.

– Vous n'auriez pas...

Je me suis figé en voyant Sean.

C'est la dernière personne au monde que je veux voir.

– On t'a fait un gâteau, annonça-t-il, une cloche de verre dans les mains. Bien, Scarlet l'a fait. Mais je vais certainement en manger.

Il a ri de sa propre blague avant de le poser devant moi.

– Merci.

Mince, ça ne fait qu'empirer.

Scarlet est entrée la dernière, tout sourire, ravie de me voir comme toujours.

– Félicitations, mon chéri.

Skye n'est pas là ? Je me demande ce qu'elle a trouvé comme excuse.

– Merci.

– Joli bureau, fiston, siffla papa en regardant autour de lui.

– Je suis tellement fière de mon bébé, s'extasia ma mère en m'embrassant sur la joue, puis me serrant dans ses bras.

Je pouvais rester fort. Je n'avais qu'à me concentrer.

– Merci, maman. Ce gâteau a l'air délicieux.

– Fait avec amour, dit Scarlet.

– J'ai dû m'assurer que Skye n'y touche pas, ajouta Sean.

J'ai tenté de ne pas réagir à son nom.

Sean a répondu à ma question implicite.

– Elle et Conrad avaient une réunion, alors ils n'ont pas pu venir. Mais elle te voit tout le temps de toute façon, alors je parie que vous avez déjà fêté.

En fait, je ne lui en ai même pas parlé.

– Oh, ouais. On est sortis dîner.

– Alors… ça te plaît, être le grand patron ? demanda ma mère.

– Je ne mène pas les gens à la baguette, maman. Je supervise plusieurs projets, c'est tout.

– Ne soit pas modeste, dit papa. T'es un dur à cuire et on le sait.

Ce job ne veut rien dire pour moi depuis que j'ai perdu Skye.

– Je suis fier de toi, fiston, dit Sean. Mon petit-fils a deux parents incroyables à admirer.

Je l'espère.

Maman a remarqué mon expression.

– Tout va bien ?

– Oui, répondis-je en feignant la bonne humeur. Je suis débordé aujourd'hui, c'est tout.

– Bon, on te laisse tranquille, dit papa. Mais on dîne ensemble ce soir.

Quoi ? Merde.

– Allons au restaurant italien, suggéra Scarlet. Je ferai une réservation pour sept personnes.

Euh...

– À plus tard, dit Sean en me serrant.

Tout le monde l'a imité. Puis ils sont sortis.

Je me suis laissé choir dans mon fauteuil en poussant un long soupir irrité.

Merde, qu'est-ce que je vais faire ?

Dès que je suis rentré du boulot, j'ai appelé Skye.

Elle a répondu d'une voix méfiante.

– Oui ?

– Nos parents sont passés à mon bureau aujourd'hui.

J'étais assis dans la boîte à sardines au-dessus du salon de tatouage.

– J'ai entendu dire.

Je percevais dans son ton sec qu'elle n'avait pas envie de me parler. Sa colère et son amertume exsudaient même à travers le combiné.

– Et ils veulent qu'on aille dîner ce soir — tous ensemble.

Skye a soupiré, comme si elle n'était pas au courant de ce détail.

– Qu'est-ce que tu leur as dit ?

– Rien. J'étais pris au dépourvu.

– Je ne veux pas dîner avec eux en ce moment. Je ne m'en sens pas capable.

– Moi non plus.

– Dis-leur que je suis patraque.

– Je ne peux pas faire ça, aboyai-je. Si t'es malade, je devrais être à la maison avec toi. C'est insensé.

– Alors j'irai, et tu leur diras que t'es malade.

– Ils m'ont vu aujourd'hui et je me portais bien. D'ailleurs, c'est ma promotion qu'ils célèbrent. Si je ne peux pas y aller, ils reporteront à une autre fois.

– Alors, je dirai que j'ai déjà prévu quelque chose avec Trinity.

– Non. Ils savent que tu ne raterais ça pour rien au monde.

Elle a grogné.

– D'ailleurs, j'étais absent au dernier événement familial. Si on continue comme ça, ils vont se douter de quelque chose.

– Ben, je ne suis pas prête à étaler nos problèmes au grand jour.

– Moi non plus.

– Alors, qu'est-ce qu'on fait ? demanda-t-elle doucement.

– Il faut y aller — ensemble.

Elle a soupiré, comme si c'était la dernière chose qu'elle voulait faire.

– Je ne veux pas faire semblant qu'on est amoureux et que tout va bien. Je ne peux pas.

Putain, ça fait mal.

– C'est juste pour une heure.

– Je ne veux pas que tu me touches.

Elle me brise le cœur encore et encore.

– Je n'ai rien fait, Skye. Tu nous fais vivre ce calvaire pour rien.

– Non, c'est toi qui nous fais vivre ce calvaire, siffla-t-elle. T'as détruit la plus belle chose qui m'est jamais arrivée parce que t'as pas pu garder ta queue dans ton froc.

– Je ne t'ai pas trompée !

Pourquoi elle ne me croit pas, bon sang ?

– Arrête de mentir, Cayson. Ça aggrave ton cas.

– Je ne mens pas.

Elle a grogné de frustration.

– Je ne veux pas y aller.

– Il n'y a pas d'issue... À moins qu'on leur dise qu'on traverse des difficultés. On n'est pas obligés d'entrer dans les détails.

– Mes parents me feront passer un interrogatoire jusqu'à ce que je flanche. Et après ils te détesteront.

– Mes parents non. Ils me croiront.

Je n'avais pas peur de leur dire.

Skye n'a rien dit.

– Ils savent que je ne ferais jamais une chose pareille. Et ils savent que je ne mens jamais.

– Eh ben, mon père te cassera les jambes.

Je savais que je devrais avoir peur de Sean, mais non. Il ne pouvait rien me faire parce que j'étais plus bas que terre.

– Qu'il le fasse, dis-je passivement.

– Et puis merde. Allons-y et finissons-en.

– Tu vas devoir me laisser te toucher.

– Pas question, siffla-t-elle. T'as touché Laura avec tes mains dégueulasses. Tu ne me toucheras plus jamais.

– Je l'ai touchée pour l'ôter de sur moi. C'est tout.

– Arrête ton char.

– Et si je ne te touche pas, ils sauront que quelque chose cloche.

Elle savait que j'avais raison.

– On se tient par la main. C'est tout.

– Très bien.

– On se rejoint là-bas.

– T'es dingue ou quoi ? m'étranglai-je. Tu ne crois pas que ce sera louche si on arrive séparément ?

– Ils ne nous verront pas.

– Je passe te prendre. N'oublie pas que tes parents sont nos voisins.

– Très bien. Tu pourras en profiter pour ramasser tes affaires.

Mes sacs étaient toujours dans le vestibule. Je faisais tout pour éviter d'aller les chercher.

– Je serai là à dix-huit heures trente.

Elle a raccroché sans dire au revoir.

Skye a ouvert la porte, vêtue d'une robe noire moulante qui mettait en valeur son ventre arrondi. Elle portait des chaussures plates, mais ses jambes paraissaient quand même longues. Ses cheveux étaient ondulés, et son maquillage rehaussait ses traits.

Elle veut m'achever ou quoi ?

– Finissons-en.

Elle a refermé la porte et l'a verrouillée derrière elle.

Je la fixais, obnubilé. À mes yeux, c'était la plus belle femme de tout l'univers. Comment osait-elle croire que je pourrais la tromper alors que je l'avais ?

Elle a mis son sac à main en bandoulière en marchant vers mon pick-up.

Je n'ai rien dit, muet d'émotion.

Quand j'ai démarré, Skye a allumé la radio avant de se tourner vers la fenêtre. Elle ne m'a pas parlé. Elle a laissé la tension monter dans la voiture, nous suffoquant tous les deux.

Comme elle était coincée ici avec moi, j'ai repris l'offensive.

– Je n'aurais pas dû laisser Laura dormir dans ma tente, commençai-je. C'était entièrement ma faute et j'en assume pleinement la responsabilité.

Skye s'est tournée vers moi, étonnée.

– Je l'ai fait pour la protéger, mais mon mariage aurait dû passer en premier. À l'époque, je la croyais inoffensive.

Skye m'écoutait attentivement.

C'était déjà ça.

– Elle et moi on a beaucoup discuté. Comme on partageait une tente tous les soirs, on s'est liés d'amitié. Quand je lui ai parlé de toi, elle a réagi négativement. Elle n'aimait pas le fait que tu bosses pour une entreprise capitaliste, et elle a même remis en question mon jugement de t'avoir épousée. J'aurais dû me débarrasser d'elle à ce moment-là. C'est ma faute.

Skye ne m'a pas interrompu.

– J'imagine que ça ne me surprend pas qu'elle se soit éprise de moi. On était ensemble vingt-quatre heures sur vingt-quatre. C'était inévitable. Je n'ai jamais rien ressenti d'autre que de l'amitié pour elle, et encore. Elle avait un caractère austère et agressif que je trouvais désagréable. Une nuit, je rêvais de toi. On était dans notre lit ensemble et on s'embrassait, c'était tellement beau. C'est à ce moment-là qu'elle m'a embrassé. Quand j'ai réalisé que j'éprouvais des sensations physiques, mon cerveau m'a envoyé un signal d'alarme. J'ai ouvert les yeux et elle était sur moi.

J'ai serré le volant en me remémorant ce cauchemar.

– Je n'ai jamais été aussi furieux de toute ma vie, Skye, continuai-je, l'angoisse montant en moi. Je l'ai violemment repoussée et traitée de salope. Je l'ai virée de ma tente et je lui ai dit qu'à partir de maintenant, elle pouvait se débrouiller toute seule. J'ai même eu envie de la frapper.

Skye a tourné son regard vers la fenêtre.

– Après ça, on ne s'est pas parlé pendant trois semaines. Elle m'évitait comme la peste. Puis elle m'a présenté des excuses. Je l'ai rabrouée. J'en avais rien à branler. Le reste du voyage a été tendu, jusqu'à ce que je lui pardonne enfin. Et c'est tout. Fin de l'histoire.

Skye a croisé les bras sur la poitrine, au-dessus de son ventre.

– C'est la vérité. Rien que la vérité. Laura prétend qu'elle a ressenti quelque chose quand on s'est embrassés, et elle a dû présumer que moi aussi. Je lui ai dit que j'étais marié et heureux et que je n'ai ressenti que du dégoût quand elle m'a touché. Quand on s'est dit au revoir à Londres, tout ce que j'ai fait, c'est lui serrer la main. Et c'est là qu'elle a glissé la lettre dans mon sac. Elle nourrissait l'espoir illusoire qu'on pourrait sortir ensemble un jour. Et je pense qu'elle a fait exprès de la mettre là dans le but de foutre notre mariage en l'air.

– Pour que tu retournes vers elle, dit Skye froidement. Mission accomplie.

J'ai serré le volant jusqu'à ce que mes jointures blanchissent.

– Je ne la désire pas, ni une autre femme. Je veux mon épouse — la personne que je veux aimer jusqu'à la fin de mes jours.

– Épouse est un peu fort… quand nos vœux ne veulent rien dire à tes yeux.

Il n'y a pas de lumière au bout de ce tunnel.

– Je pense que t'es tombé amoureux d'elle et que t'allais me quitter, jusqu'à ce que tu réalises que j'étais enceinte.

J'avais envie d'arracher le volant du tableau de bord.

– C'est complètement absurde.

– Au contraire.

– Si c'était le cas, qu'est-ce que je fais encore ici ? Pourquoi je ne suis pas parti la rejoindre dès le moment où t'as trouvé la lettre ?

– Parce que tu as un fils. Et tu ne l'abandonnerais jamais.

– Tu m'as dit que tu ne m'empêcherais jamais de le voir. Ta théorie ne rime à rien.

Skye ne détachait pas son regard de la fenêtre.

– Pourquoi j'aurais passé ce dernier mois à tomber plus amoureux de toi que jamais si j'étais obsédé par une autre femme ? Tu ne peux pas le nier, Skye. T'étais là. Tu l'as ressenti toi aussi.

– Je ne sais pas ce que j'ai ressenti.

J'avais envie de l'étrangler.

– Tu fais la plus grosse erreur de ta vie, Skye. Je n'ai rien fait. Je suis innocent.

– Arrête de parler, Cayson, dit-elle en augmentant le volume de la radio.

J'ai agrippé le volant de nouveau, me faisant violence pour ne pas dévier de la route.

Je me suis garé, puis nous avons marché jusqu'au restaurant. J'ai pris la main de Skye, comme je le faisais toujours.

Dès que je l'ai touchée, elle a tressailli, à croire que mon contact la dégoûtait. Elle a même grimacé comme si elle avait fourré la main dans un bocal d'asticots.

J'ai soupiré d'irritation, mais gardé mes commentaires pour moi.

– Ils sont sans doute déjà arrivés, dit Skye. Fais semblant qu'on est amoureux.

– On est amoureux, dis-je sombrement.

Nous sommes entrés dans le restaurant et avons vu nos parents ensemble. Ils buvaient et riaient, s'amusant comme des petits fous. J'ai forcé un sourire, même si c'était physiquement pénible.

– Ils sont là ! s'enthousiasma maman en levant son verre, tout sourire.

– Cayson Thompson, directeur du CDC, dit papa en hochant la tête. Ça sonne bien, non ?

– Content de vous voir.

J'ai embrassé mes parents avant de passer à Sean et Scarlet. Ils m'ont couvert de baisers, comme mes propres parents. S'ils pensaient que j'avais trompé leur fille, j'en serais malade. La rage et la déception brûleraient dans leurs yeux, et je perdrais leur amour à jamais.

J'ai tiré la chaise de Skye et je l'ai aidée à s'asseoir. Elle s'est laissée faire, ne semblant même pas répugnée.

– Tu es radieuse, Skye, dit maman.

– Merci, dit Skye en posant la main sur son ventre.

– Magnifique, renchérit Scarlet. La grossesse te sied à ravir.

– Eh ben, j'aime manger, railla-t-elle.

Sa voix avait perdu sa joie habituelle. J'espérais être le seul à le remarquer.

J'ai profité de la situation pour m'asseoir le plus près possible d'elle et lui enserrer les épaules. Je n'avais pas touché ma femme depuis des semaines, aussi je savourais le contact. Je pouvais sentir son délicieux parfum.

Skye n'a pas réagi, mais je savais qu'elle n'aimait pas le rapprochement.

– Alors, parle-nous de ton travail, dit maman.

Je me suis lancé dans un discours rasant sur le poste et ses responsabilités. Ils semblaient tous suspendus à mes lèvres, même si je me barbais moi-même. Mon boulot me plaisait, mais je ne m'attendais pas à ce que tout le monde comprenne ce qu'il avait d'intéressant. D'ailleurs, je ne l'appréciais pas à sa juste valeur depuis que je l'avais obtenu, ayant perdu la seule chose qui comptait réellement à mes yeux.

– Tu dois être tellement fière de lui, dit Scarlet à Skye.

– Je le suis, répondit-elle la tête dans le menu.

– Qu'est-ce que tu vas prendre, bébé ?

Elle ne me laissait plus l'appeler ainsi, mais tout était permis ce soir.

Skye a tiqué légèrement au surnom.

– Les aubergines à la parmigiana.

– Bon choix. Je vais prendre la même chose.

Nous avons passé un bon moment à causer de mon nouvel emploi. C'était un sujet sans danger, alors ça allait. Puis ils ont commencé à parler du bébé.

– Vous avez des idées de prénom ? s'enquit Scarlet.

– Non, répondis-je. On n'y a pas trop réfléchi encore.

– Slade veut qu'on lui donne son nom, ajouta Skye en roulant des yeux.

– Tu m'étonnes, s'esclaffa Sean.

– Vous avez décoré la chambre du bébé ? demanda maman.

– On vient de commencer, répondis-je. On l'a peinte il y a quelques jours.

– Comme c'est excitant, s'extasia Scarlet.

J'étais soulagé que Skye me laisse participer librement à la conversation. Elle était tellement fâchée contre moi que j'ignorais ce qu'elle me permettrait ou non de faire.

Nous avons survécu au dîner et l'addition est arrivée. Comme toujours, papa et Sean se sont disputés pour payer.

Je me suis tourné vers Skye et j'ai vu une tache de sauce tomate au coin de sa bouche. Une idée m'est venue en tête, et je savais à quel point elle m'en voudrait de le faire, mais ça m'était égal. Je me suis lancé.

– T'as de la sauce sur la lèvre.

– Ah oui ? dit-elle en prenant sa serviette.

J'ai écrasé la bouche sur la sienne, léchant la sauce.

Skye s'est figée au baiser, mais ne m'a pas repoussé et n'a pas hurlé. Elle s'est laissée faire jusqu'à ce que je m'écarte enfin. Quand j'ai reculé, j'ai vu la menace dans son regard.

Elle est furax.

J'ai souri, provocateur.

Ouh là, ce qu'elle est furax.

Une fois l'addition réglée, nous nous sommes dit au revoir. Je voyais que Skye avait hâte de foutre le camp tellement elle fumait de rage. La vapeur lui sortait quasiment par les oreilles, et je craignais qu'on le remarque.

Nous avons marché ensemble jusqu'à mon pick-up.

Une fois arrivée, elle a pivoté vers moi.

– Espèce de merde, grogna-t-elle en me giflant. Comment as-tu pu ?

J'ai encaissé la gifle passivement. Je l'avais vue venir et je n'étais pas surpris.

– T'as dépassé les bornes, continua-t-elle en me plantant l'index dans le torse. C'était mal et tu le sais.

– Tu me manques.

Je n'avais pas d'excuses pour mon geste, et j'en comprenais les conséquences avant de le faire.

– Je te manque ? s'étrangla-t-elle. C'était certainement pas le cas quand tu étais en Ukraine ou je ne sais où.

– Je m'excuserais bien, mais je ne suis pas désolé. Je t'aime. Tu n'as pas idée à quel point tu me manques.

Elle m'a repoussé violemment.

– Je te déteste, Cayson. Et je ne dis pas ça à la légère. Je te déteste réellement, et j'aimerais que tu puisses disparaître.

Ça m'a déchiré le cœur.

Skye me dévisageait avec une animosité indicible. Il n'y avait aucune once de remords sur son visage.

– Maintenant, ramène-moi à la maison.

Elle a contourné le pick-up jusqu'au siège passager.

Quand je me suis dirigé vers ma portière, j'ai aperçu Sean planté près de nous.

Merde.

Il tenait le sac à main de Skye, et à en croire son expression, il avait tout vu.

Je suis resté transi de stupeur.

Sean s'est raclé la gorge avant de s'avancer.

– Elle a oublié son sac… balbutia-t-il en me le tendant.

Je l'ai pris en sentant une décharge d'adrénaline me traverser le corps. Allait-il interroger Skye demain ?

– Merci.

L'excitation qu'il avait dans les yeux durant le dîner avait disparu.

– Bonne soirée, dis-je maladroitement.

– Bonne soirée.

Il a mis les mains dans les poches et s'est éloigné.

Quand je suis monté dans le pick-up, Skye était blanche comme un linge.

– Est-ce qu'il a…?

– Tout entendu. Oui.

Je lui ai rendu son sac à main.

– Merde, murmura-t-elle.

– Il va te mitrailler de questions demain. Tu devrais réfléchir à tes réponses. En fait, peut-être que tu devrais lui dire la vérité, s'il n'a pas déjà compris ce qui s'est passé.

– Non, dit-elle prestement. Je ne peux pas.

– On ne peut pas continuer comme ça pour toujours.

– On n'a pas à le faire. Je ne veux pas que les gens sachent ce qui s'est passé.

– Pourquoi ? Ils ne te croiront sûrement pas.

– Ils me croiront. Et ils te détesteront.

– Personne ne me détestera.

– Je leur dirai que ça n'a pas marché à cause du boulot ou quoi… les mariages échouent tous les jours.

Mon pouls s'est mis à tambouriner dans ma poitrine. Que venait-elle de dire ? Skye ne cessait de me briser le cœur, encore et encore.

– Ça va marcher, Skye. Je sais qu'on traverse un sale moment, mais on va s'en sortir. Ne parle pas comme ça.

– S'en sortir ? répéta-t-elle. Se sortir de quoi ? C'est toi qui as foutu en l'air ce mariage.

J'ai contracté la mâchoire.

– Combien de fois je vais devoir le répéter ? Je. Ne. T'ai. Pas. Trompée.

Elle a secoué la tête et regardé par la fenêtre.

– On est fous amoureux, et des âmes sœurs, continuai-je. Tu penses vraiment qu'ils vont croire que notre mariage est parti en couille après seulement quelques mois ? Je comprends pourquoi tu ne me crois pas. Parce que t'es idiote.

Skye n'a pas réagi à l'insulte.

– Je trouverai une excuse, dit-elle glacialement. Maintenant, ramène-moi chez moi.

DU MÊME AUTEUR

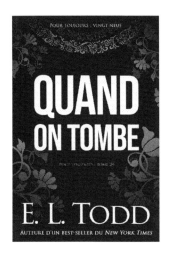

Conrad part à l'autre bout du monde pour fuir ses problèmes. Insouciant, il passe ses journées à faire ce qui lui chante sans le moindre tracas. Se porte-t-il réellement bien après ce qui s'est passé avec Lexie ? Ou refuse-t-il d'admettre que c'était la pire rupture amoureuse de sa vie ?

Slade pense que Trinity a laissé tomber l'idée de consulter un spécialiste de fertilité, mais elle aborde le sujet de nouveau au moment où il s'y attend le moins. Il se résigne à accepter. Mais croit-il vraiment que c'est une perte de temps ? Ou bien y a-t-il une autre raison derrière sa réticence ?

Arsen a une révélation soudaine à table. En regardant Silke assise en face de lui, il réalise un truc qu'il aurait dû remarquer il y a longtemps.

La relation de Skye et Cayson est toujours aussi fragile. Il clame toujours son innocence, mais elle refuse de le croire. Qu'arrivera-t-il lorsque la bande apprendra leur secret ? La troisième Guerre Mondiale éclatera-t-elle ?

EN VENTE MAINTENANT

Printed in France by Amazon
Brétigny-sur-Orge, FR